コーヒーを淹れる午後のひととき

岡村　健

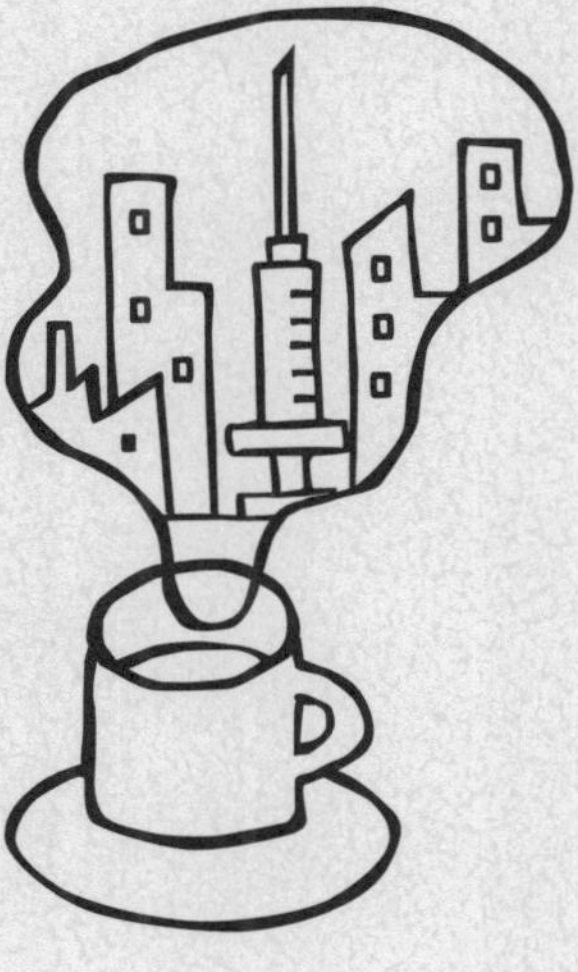

梓書院

装幀　いのうえ・しんぢ

まえがき

生来、作文は大の苦手である。それは今も変わらない。小・中・高校時代一貫して、国語の成績は振るわなかった。大学は理数系へ進学した。それなのに、なぜ本書を自費出版することにしたのか、自分でも今もって想定外の事態である。振り返ってみると、小学校高学年か中学の時、一度だけ、校内の作文大会で優秀賞の一人に選ばれた。文章の出来栄えが良かったのではなく、内容が優れていたとのことだった。子供からみた大人社会の理不尽さを感じるままに書いただけだった。

その後は、医師になって学術論文を作成することは度々あったが、それ以外の内容で書くことはなかった。偶に記念誌などに執筆を依頼されることがあり、本書1部の「食道空腸自動吻合器（ＥＥＡ）と零戦」は面白かったとの意見を頂いた。良い評価を得た二度目だった。その頃から、文章作成に興味が湧き、ハウツー本を購入して勉強した。書くことが多くなったのは、院長職として福岡市勤務医会の理事になり、季刊誌「きんむ医」に係わるようになってからである。その頃になると、各種の雑誌や会報からの執筆依頼も増えてきて、掲載された小稿も溜まってきた。原稿作成にはデータ収集、下調べなどが重要となる。資料調査のため国立国会図書館、福岡県・市図書館へも頻繁に訪れた。学会出席を口実に、宮崎県立図書館へも行った。

文章作成は今も苦労している。著名な作家の書籍を読むと、洗練された文章、豊富な語彙にいつも感嘆する。プロ作家に及ぶことは到底あり得ないと百も承知している。ただ、医療に関することだけでなく、歴史、唱歌など趣味的な内容もあるので、一般の人々にも興味をもって頂ければとの想いで、これまでの稿をまとめて出版することにした。

仕事の合間の休憩時間にでも気軽に手にとってリラックスして頂ければと思い、タイトルを「コーヒーを淹れる　午後のひととき」とした。ハードカバーではなく新書にしたのも同じ想いからである。当初は、一冊だと頁が嵩んで、手軽にとの趣旨から外れてしまうこと、また、執筆中ならびにその予定があったこともあって、二冊に分け、時期をずらして出版するはずだったが、ほぼ同時に完成したので、一冊にまとめた。ただ、手軽にとの趣旨は崩したくなかったので、1部と2部はそれぞれ独立した分冊用の編成を維持した。内容は一つひとつ完結している。1部と2部に時間的連続性はない。小説ではないので、必ずしも最初から読んで頂く必要もなく、どこからでも構わない。

本書が日常会話の話題の一つにでもなって、人間関係が円滑になり、ストレス解消の一助になれば幸いである。

平成二九年一月　著者

コーヒーを淹れる 午後のひととき＊もくじ

V　医療への想い……183

2部

1 部

著者撮影／「星生山から久住山（右端）と中岳（左端）を望む」

Ⅰ　日本の歌

世界が感動した「荒城の月」

「荒城の月」は瀧廉太郎の名曲であるが、その原曲やルーツ、ヨーロッパの修道院聖歌にまでなったことについては、あまり知られていない。

平成二一年から、三年に亘って、司馬遼太郎原作NHKスペシャルドラマ「坂の上の雲」が放映された。この第六作「日英同盟」に瀧廉太郎が登場する。ロシア駐在武官、廣瀬武夫の帰国送別会での場面。同郷の日本人作曲家の作品として、恋人アリアズナによって「荒城の月」がピアノ演奏され、会場の絶賛を浴びる。しかし、「これは盗作だ。日本人にこんな名曲は作れない」とあるロシア人貴族が侮辱するシーンがあった。

同じ時期、NHK特別番組で、この曲にまつわる話題が放送された。その中で、現在歌われている「荒城の月」が瀧廉太郎の原曲とは異なる旋律に変えられていることが紹介された。大正六年、山田耕筰は全音程を三度上げてロ短調からニ短調へ、またテンポを半分にして八小節から一六小節へと編曲した。その後（大正一三年ごろ）、さらに旋律を一音だけ変更し、＃を削除。したがって、今の歌は、正確には土井晩翠作詞、瀧廉太郎作曲、山田耕筰編曲「荒城の月」として歌うべきだろう。しかし、短調や小節数の変更ならまだしも、音を変えると、たった一つの音だけでも全く別の曲になってしまう。そのため、これは編曲の域を越えているとの批判もある。

原曲の楽譜を見ると「春高楼の花の宴」の「え」の音に＃（矢印）が付いている（下図）。半音高い音である。実際に

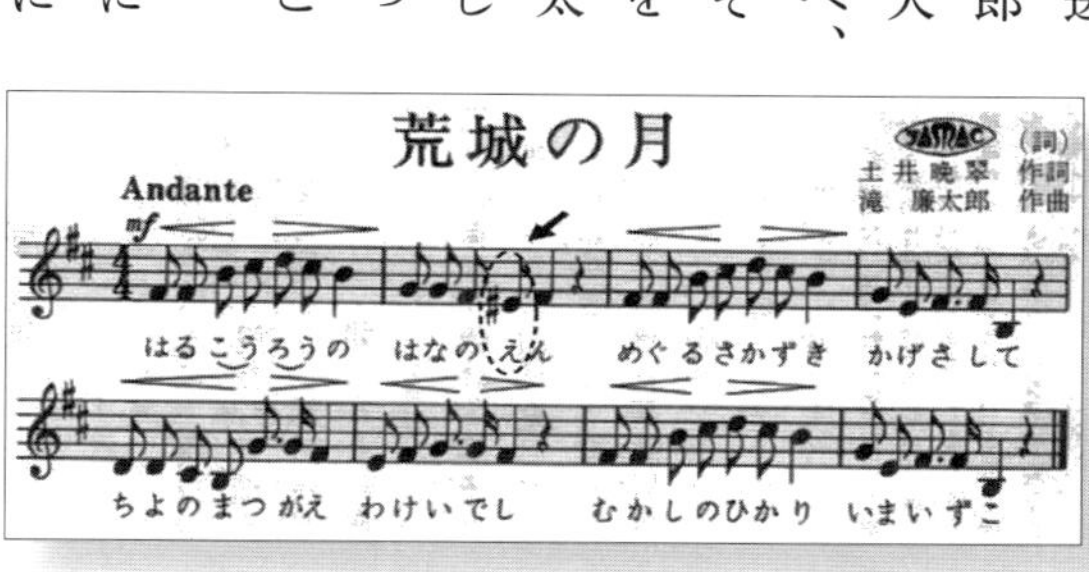

聴いてみると解るが、この音階だと哀愁漂う切ない音色となり、心の奥に秘められた微妙な心情に響いてくる。印象に残る旋律である。

山田耕筰がなぜこの音の#を外したのか。一説には、この#が入るとジプシー音階になり、ハンガリー民謡を連想させる。そのため、日本の歌としてはふさわしくないからとも言われている。

ジプシー（ロマ族）は流浪の民で音楽、芸能に長けており、現在はロシア、ルーマニア、ハンガリーに住んでいる。彼らの音楽、ジプシー音階はロシアやハンガリーの民族音楽にも深く浸透。「荒城の月」の原曲が、チャイコフスキーやリストの曲を連想させるのもこの#の音、ジプシー音階によるものなのであろう。

瀧廉太郎は何故、この音階を用いたのだろうか。彼は明治一二年、東京で生まれ、三歳から小学一年生ごろまで、横浜に住んでいた（父は瀧吉弘：内務官僚として大久保利通、伊藤博文に仕えた）。隣に熱心なカトリック信者の日本人が住んでいた。その家庭音楽会に二人の姉と共によく招かれ、姉達はアコーディオンとバイオリンで賛美歌を演奏していた。その後、富山で二年間、さらに父親の故郷、大分竹田で過ごし、一六歳の時、上京して東京音楽学校（現在の東京芸術大学）に入学した。ドイツ系ロシア人のケーベル博士からピアノと作曲の指導を受けている。ケーベル博士はモスクワでチャイコフスキーの手ほどきを受けていた。チャイコフスキーも博士も敬虔なロシア正教の信者である。瀧はこの博士に決定的影響を受けたとされている。東京音楽学校時代には麹町の聖公会博愛教会に通っていた。卒業後、同学校の研究科へ進み、二〇歳の時、キリスト教の洗礼を受け、クリスチャンになっている。教会では青年会副部長となり、オルガン奏者として賛美歌の伴奏を務めた。

瀧廉太郎

その頃（明治三三年）、瀧は文部省が公募した中学校唱歌集に「荒城の月」など三曲を応募。すると、三曲とも採用され、賞金も獲得した。翌年、ドイツのライプチヒ王立音楽院に留学したが、二ヶ月たらずで結核を患い、悪化して一年後帰国。大分の両親のもとで療養するも、翌明治三六

左：瀧家累世之墓
右：東京音楽学校同窓有志が建てた碑

年（日露戦争開戦の前年）に亡くなっている。享年二三歳一〇ヶ月。父親の友人が住職をしていた臨済宗万寿寺（大分市金池町）の境内に墓碑が建立されたが、もともと瀧家は日出藩家老の家柄だったので、今は瀧家代々の墓がある龍泉寺（大分市日出町）に移されている。

彼がクリスチャンであったことは、長年知られていなかった。彼の没後六四年目の昭和四一年、聖公会教会が記念誌を作る時、教会員原簿・洗礼者一覧表の整理中、たまたま瀧廉太郎の名前を見つけたのである。

余談だが、瀧はドイツ留学中、同時期ロシアに駐在していた廣瀬武夫海軍少佐に手紙を送っている。そこには「子供のころ、竹田に帰省されたあなたの軍服姿がまぶしく、

大分県竹田市　岡城跡

いつまでも後を追いかけました」と書かれ、「荒城の月」の五線譜（原曲）が同封されていた。NHKスペシャルドラマ「坂の上の雲」では、ドイツ留学中の友人、瀧廉太郎の作曲で故郷を描いた作品として、廣瀬少佐が「荒城の月」を紹介し、恋人アリアズナがピアノ演奏している。瀧が廣瀬への手紙に同封して「荒城の月」の楽譜を送ったのは事実のようであるが、この演奏の場面については、本稿冒頭で紹介したドラマの場面とは若干事実は異なるかもしれない。

ある記述によると、廣瀬は瀧の楽譜を親交のあった家族の令嬢に見せ、ピアノで弾いてもらった。すると居合わせた人々が感激して、「どこの国の誰の作品か」と尋ねた。「僕の友人の日本人です」と答えたところ、「日本人にこんな曲を作れるはずはない」と信じてもらえず、廣瀬が憤慨したとされている。ドラマでは、より感動的なシーンとして脚色したのだろう。ちなみに、廣瀬は瀧を友人と紹介したのは事実かもしれないが、廣瀬は瀧より一一歳年上である。直接会った事実は確認できなかったので、実際は同郷の後輩知人とするのが妥当かもしれない。

このように瀧廉太郎の生い立ちから考えると、彼の音楽のルーツはキリスト教会音楽、賛美歌にあることが理解できる。また恩師のケーベル博士に音楽上、強く影響を受けていたことからも、彼がチャイコフスキーやハンガリー民謡を連想させるメロディーを生み出したとしても何ら不思議はない。「荒城の月」はそのメロディーの素晴らしさから、世界的にも高く評価され、今やヨーロッパの修道院の聖歌（賛美歌）になっている。

昭和六〇年頃、日本人カトリック芦田神父がベルギー、アルデンヌ高原のシュヴトーニュ修道院［カトリック教徒とロシア正教、ギリシャ正教などの東方正教徒との融合を目的に設立］に滞在した。その時、修道院の聖歌隊長で作曲家でもあるジムネ神父に日本の名曲を紹介してくれないかと依頼された。芦田神父が日本の唱歌集を渡したところ、ジムネ神父はその中の「荒城の月」に感動し、古典教会スラブ語の歌詞を付け、「ケルビム聖歌」としたのである。今も、礼拝集会の聖歌として歌われ続けている。ただ、この聖歌は#が付いていない。山田耕筰編曲の曲である。おそらく芦田神父が渡した唱歌集は原曲の楽譜ではなかったのであろう。

瀧廉太郎がクリスチャンだったこと、「荒城の月」がヨーロッパ修道院の聖歌になったことはあまり知られていない。最近、意外な報道記事を目にした。〝日本人観光客がシュヴトーニュ修道院を訪れ、聖歌の旋律が「荒城の月」だったことに驚いた〟というニュースを読んだ声楽家が、「瀧が聖歌の旋律を盗作していた」と勘違いして、その意見を発表した。しかし、その後、自分の誤解、逆だと知って反省し、瀧廉太郎が世界を感動させた素晴らしい作曲家であることを誇りに思い、彼への謝罪文を発表したとの記事である。声楽家にしてみれば、明治の日本は西洋文化を取り入れるばかりだったので、日本の曲が逆にヨーロッパで聖歌になるとは思いもよらなかったのだろう。

最後にエピソードを二つ。欧州では「荒城の月」の原曲がよく歌われている。昭和五三年に来日公演したドイツのハードロックバンド、スコーピオンズが「Kojo No Tsuki」と紹介し、日本語で歌ったのは#が付いた原曲であった。

また、平成一五年、チェコスロバキアの民族舞踊団シャリシャンが来日公演した時、舞踊団の歌手が披露した「荒城の月」も#が付いた原曲であった。その時、同行していた日本のソプラノ歌手が「荒城の月」の楽譜を記念に贈ったところ、それは#の付いていない山田耕筰編曲の楽譜だったからだろう。「この音に#がないのはミスプリントではないか」と民族舞踊団の音楽教授から指摘されたという。

この#の音は日本古来の音楽にはないので、日本の歌としてはしっくりこないかもしれない。しかし、日本音階にない音だからこそ、より斬新で、魅力ある曲になっているのではないだろうか。皆さんも一度、哀愁溢れる、原曲の素晴らしさを実感して頂きたい。

世界の人々に感動を与えた名曲「荒城の月」は日本近代音楽の草分けである。作曲者瀧廉太郎の偉大な功績を讃え、わが国でも「荒城の月」〝原曲〟がもっと広く歌われることを願っている。

（「福岡南ロータリークラブ 月報」二〇一二年五月）
（「きんむ医」二〇一二年九月　第一六二号改訂）
（「九州がんセンター」広報誌コラム　二〇一四年秋号）

故郷：ふるさと ～柳の下のどじょう？～

「柳の下にどじょうはいない」。そんなにいつもうまい話はない、という時の言葉だ。一方、「二度あることは三度ある」ということもある。最近、些細ではあるが、こんなことがあった。ロータリークラブ（職業を通じて社会奉仕する会員制クラブ）では、毎週、定期的に例会が開催される。会の冒頭、全員起立し、歌を唱う。歌は小学校唱歌など懐かしい歌やロータリー独自に創作したロータリーソングなど。月の一週目だけは「君が代」を先に唱う。

五月二四日、例会の歌は「うさぎ追いし　かの山　こぶな釣りし　かの川　……」。

皆さんよくご存知の「故郷：ふるさと」だった。例会終了後、たまたまM先生と帰りのエレベーターで一緒になった。五月の月報で瀧廉太郎の「荒城の月」原曲にまつわる逸話を紹介していたからだろう。「荒城の月が賛美歌になったと月報に書いてあったけど、今日の歌、ふるさとも何だか賛美歌のようだったね。なんでかね？」と話しかけられた。「そうですね。明治は西洋の音楽を積極的に取り入れようとしていた時代ですから。そのせいですかね～？」。この歌が明治に作られたかどうかも知らない。いいかげんというか、適当な返事だ。答えになっていない。反省。帰りの車内で、週報をみた。週報には歌詞と作曲者・作詞者が掲載されている。作曲は岡野貞一とある。作詞は高野辰之。両者とも全く知らない。多分、昔の小学校唱歌なんだろうという程度の認識しかない。明治なのか、大正なのか、昭和になってからなのか、いつの時代の唱歌なのかも知らない。岡野貞一って一体何者？　瀧廉太郎と関係でもあるのか？　また、逸話があるのか。いや、柳の下にどじょうはいないだろう。でも気になるのでちょっと調べてみた。

岡野貞一。明治一一年、鳥取県士族の生まれ。七歳の時に父親を亡くす。明治初期、廃藩置県後の士族には職がなく、生活に窮していた。特に鳥取県は土地が狭く、交通の便も悪い。また、佐幕系の藩で中央との繋がりも薄く、多くの士族が飢餓線上をさまよっていた。

さらに、岡野家は母子家庭となり、困窮を極めた。八歳上の姉の影響もあり、日本キリスト教団の鳥取教会に通うようになり、四歳年長の永井幸次（のちに大阪音楽学校設立）にも誘われ、ローランド宣教師から音楽を習った。姉が一九歳で洗礼を受け、その三年後、貞一が一四歳で洗礼。クリスチャンになっている。鳥取教会と岡山教会は同じ教派の宣教師が行き来していた関係からか、姉（二二歳時）が岡山教会の日本人牧師と結婚したので、貞一は一五歳の時、姉を頼って母親とともに岡山へ移転。母親も四八歳で洗礼を受けている。岡山教会では宣教師アダムス女史からオルガンを習い、才能を認められて、一八

岡野貞一氏

歳で東京音楽学校（現東京芸大）に入学。東京音楽学校時代の仲間に瀧廉太郎（貞一の一歳年下）もいる。

貞一は音楽学校を首席で卒業後、教師として学校に残った。貞一は熱心なキリスト教信者で、六四歳で亡くなるまで、本郷中央教会のオルガニストと聖歌隊の指揮を四〇年間も務めている。

一方、高野辰之は信州の農家の生まれ。地元の師範学校を卒業後、国文学を志して上京するも、職に付けず、一旦故郷に戻った後、再び上京。東京帝大の国語初代教授上田萬年（小説家円地文子の父）に師事して、盛んに猟官活動を行う。その甲斐あって文部省の国語教科書編纂委員嘱託、文部属（現在のノンキャリア）となる。その後、東京音楽学校の邦楽調査掛となり、文部省小学唱歌教科書編纂委員に選ばれている。のち東京帝大文学博士、同大講師、大正大学教授。

高野辰之氏

作曲岡野貞一と作詞高野辰之とのコンビは、両者が文部省の小学唱歌教科書編纂委員会のメンバーになってからだ。その頃、小学唱歌は読本唱歌として各種出版され、バラバラであった。文部省はこれを統一するため、同時期、尋常小学校の国定読本教科書が再編集される中、読本の中の詩に楽曲をつけ、唱歌集を編纂するための委員会を設置した。国語教育と音楽教育を一つの流れにするためだ。歌詞委員六名、作曲委員六名、合計一二名の委員会で、高野辰之（当時三三歳）は歌詞委員、岡野貞一（当時三一歳）は作曲委員だった。両者とも委員の中では若い方だ。作曲委員の主任は島崎赤太郎で、東京音楽学校出身。岡野の先輩で、クリスチャンだった。

第一回委員会は明治四二年六月二二日、東京音楽学校の一室で開催された。高野・岡野コンビによる唱歌には、春が来た（明治四三年七月）、紅葉：もみじ（明治四四年六月）、春の小川（大正元年一二月）、朧《おぼろ》月夜（大正三年六月）、故郷：ふるさと（大正三年六月）など名曲が多い。しかし、このコンビは現代のような作詞・作曲の親密な関係とは全く異なる。唱歌編纂委員会では、新作の一つの歌詞に、三人が曲を作り、委員の投票で選び、さらに修正する過程を経て生まれている。したがって、このコンビは全くの偶然の産物だ。両者が編纂委員会の職務を越えて、親交を深めたとの事実はない。これらの名曲は日本人なら知らない人はいない程、よく歌われている。歌の知名度は高い。それに比べ、作詞・作曲者があまり知られていない。それは、これらの唱歌が文部省の編纂委員会によって創られたものであるため、作詞・作曲者の氏名が長い間伏せられたままだったからだ。

また、岡野貞一は大変無口な性格の人で、家族にも作曲のことを話さなかった。息子の岡野匡雄氏によると、「母が私をおぶって桃太郎さんを歌っていたら、『その曲、僕のだ』と言った」ことがあったとのこと。それは珍しいことで、殆ど話さなかったという。「ふるさと」を作曲したのが父親だと母親から聞いたのは、太平洋戦争開戦の年、昭和一六年一二月二九日に岡野貞一が亡くなり、終戦後、匡雄氏が復員してからだそうだ。

一方、高野は岡野とは正反対の陽気な性格だった。漫談風の講義は女学生の人気を博していた。高野夫婦には子供が出来ず、姪を養子にしている。その子が父から「春の小川」の作詞のことを知らされたのは随分後になってからで、親族にいたっては、高野辰之が唱歌の作詞者であったことや、名コンビであった岡野貞一のことも全く知らなかったようだ。

唱歌の名曲の生みの親が岡野貞一と高野辰之のコンビであることが広く知られるようになったのは、最近になってからだ。ノンフィクション作家、猪瀬直樹氏（元東京都知事）は、ある日、散歩の途中で小学校から聞こえてきた唱歌を懐かしく思い、それが動機となって、明治の唱歌誕生の経緯を詳しく調査。一九九四（平成六）年、「唱歌誕生―ふるさとを創った男」と題して著した。その著書で、猪瀬氏は岡野貞一がクリスチャンになり、オルガニストとしてキリスト教会音楽の素養を身につけていたことや「ふるさと」のリズムが賛美歌の拍子（三拍子）に酷似していることなどから、そのメロディーは賛美歌がルーツであろうと推論している。また、一小節をゆっくりしたリズムで一拍子とすれば、日本伝統に近い二拍子となるので、賛美歌と日本の伝統が織り交ぜられた曲になっているとも指摘している。

このように、唱歌の旋律のルーツは賛美歌にあり、日本人クリスチャンが深く関わっていた。M先生、第六感、見事的中。拍手！　柳の下にどじょうはいたのだ。一度あることは二度ある。どちらの言葉が適切か解らないが、何事も、やってはみるものだと、良い勉強になった。新たな発見で、教養も身についた。これも、M先生のお蔭だ。感謝。

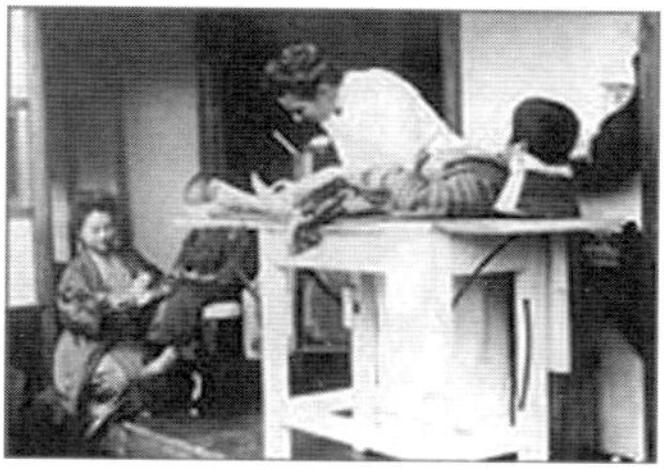
アダムス女史

ここで、話題を変える。明治時代はクリスチャンが多い。何故だろうか？　岡野貞一がよい例だ。明治になってから、旧士族には職がなく、生活に困窮していた。また、当時のキリスト教会は布教を通じて、困窮する貧しい人々の支援活動に熱心に取り組んでいた。岡野貞一がオルガンを習った岡山教会のアダムス女史は、弱冠二五歳で米国から来日。孤児院や診療所を開設したり、貧しい子供たちのために小学校や中学校を設立して、岡山での福祉活動に四五年間の生涯を捧げた。米国に帰国して一年後、七一歳で亡くなっている。岡山四聖人の一人だ。岡野貞一のような生活に困窮した旧士族青年達は洗礼を受け、クリスチャンになることで、職と食を得ていたのだ。特に藩閥政府と無縁の小藩や幕臣、佐幕系大名領地の出身者にキリスト教徒になる青年が多かった。

この頃、イギリス、アメリカは多くのキリスト教宣教師をアジア太平洋地域に派遣し伝道活動を行っている。この活動はミッションと呼ばれ、学校（ミッションスクール）を設立し、近代教育を普及させた。近代化という好ましい面もあったが、音楽教育では賛美歌を現地語に翻訳し、それを歌わせることで、現地伝統の歌や歌詞は根絶やしにされる結果となった。つまり、キリスト教伝道は活動を通じて、現地の教育権をも掌握するため、布教活動地域を西欧に属国化してしまうという隠れた側面もあったのだ。ハワイはこのミッションの教育権を取り戻すことはできず、アメリカに飲み込まれてしまった。ミクロネシアも同様だ。アジア太平洋地域で教育権を失わず、独自の唱歌を生み出せたのはわが国だけ。韓国も中国も教育制度の近代化整備が遅れ、日本の唱歌が導入されたため、独自の唱歌は育っていない。

明治政府は教育制度の近代化の重要性を早くから認識し、明治四年文部省設置。明治五年、近代教育制度の学制を公布したので、キリスト教ミッションによる教育権は限定されたものとなった。明治政府は学制を交付し、国語教科書の編纂を行う中、日本人だけで唱歌を編纂した。ただ日本伝統の旋律は近代化には対応しにくい。賛美歌の旋律の方が近代的だ。作曲委員は西洋音楽を学んだ東京音楽学校出身の島崎赤太郎や岡野貞一らが中心となっていた。彼らはクリスチャンとして賛美歌の旋律を同化していたが、旋律をそのまま採用することなく、上手に消化して日本独自の旋律を生み出している。

一方、歌詞においては、日本古来の万葉和歌の伝統を守りつつ、近代的な歌詞へ変貌させているため、賛美歌の影響は全くない。唱歌は賛美歌の旋律だけをうまく取り入れつつ、歌詞は日本古来の和歌の伝統を引き継いでいる。

このように、アジア太平洋地域で唯一わが国だけが、独自の唱歌を成立させた。これも明治政府がいち早く教育制度を近代化したことで、教育権の独立性を確保したからだ。

唱歌とは国の独立の証だとも言える。

話を戻す。唱歌の旋律のルーツは賛美歌で、日本人クリスチャンが深く関わっていた。そして、その後も、懐かしい日本の歌の旋律にその流れは脈々と続いている。「名も知らぬ　遠き島より　流れ寄る　椰子の実ひとつ」島崎藤村の詞でよく知られた「椰子の実」。その作曲は大中寅二で、島崎藤村、大中寅二、共にクリスチャンだ。大中は山田耕筰（彼もクリスチャン）に師事し、日本基督教団霊南坂教会（東京都港区赤坂）のオルガニストを五九年間も務めている。また、太平洋戦争中、「君が代」を凌いでよく歌われた準国歌的な歌「海ゆかば」。詞は万葉集大伴家持の長歌の一節で、遠征地で亡くなった防人への鎮魂歌。その作曲者、信時　潔は、大阪北教会牧師の三男で、幼少時に同教会の長

福岡県立筑紫丘高校　校歌

作詞　高木市之助
作曲　信時　潔

丘上吾等偲
遙々筑紫國原
思出夢遠
民族歴史荷
日本守護

丘上吾等立
碧空港彼方
盛上大都
東西文化学
日本開拓

丘上吾等若
高校吾等若
若人此処集
健康叡智正義
日本創造

老牧師の養子になり、東京音楽学校で学んでいる。ちなみに、福岡県立筑紫丘高校の校歌の作曲者はこの信時潔。私の娘が同校卒業生で校歌のCDを持っていた。聞いてみると、やはりその旋律は「海ゆかば」を思い起こさせる。歌詞は高木市之助（東京帝大卒、九州帝大教授、国文学者）作で、すべて漢字でつくられた漢文調だ。詞の中に高校名は出て来ない。国歌にしてもよい内容の歌詞と賛美歌風の旋律。わが国の将来を担う若人にとって、これほど素晴らしい校歌は他にない。校歌にしておくにはもったいないくらいだ。何度聴いても心が洗われる。在校生、卒業生の皆さんには、日本一いや世界一の校歌と誇りにして頂きたい。心に響く、素晴らしい名校歌だ。

歌詞にはその時代の背景、国や宗教などが色濃く反映される点で、限界がある。しかし旋律に国や人種、宗教はない。また時をも越える。瀧廉太郎の「荒城の月」が世界で愛され、賛美歌に採用されたのは、世界の人々がその旋律に心を奪われたからだ。英国の作曲家ホルストのクラシック組曲「惑星」の第四曲「木星：ジュピター」は、歌

岡野貞一記念碑　鳥取市久松公園

高野辰之記念館　長野県中野市

詞がつけられ、英国国教会の聖歌「I vow to thee, my country：祖国よ　われ　汝に誓う」になっている。故ダイアナ妃は生前この聖歌をこよなく愛していた。ウェストミンスター寺院で執り行われた彼女の葬儀では、彼女を偲んでその聖歌が歌われていた。

日本の女性歌手、平原綾香のデビュー曲「ジュピター」はこの旋律に日本語の歌詞（作詞：吉元由美、一部平原の詞も挿入）が付けられ、平成一五年、大ヒットした。心に響く旋律は、国や人種、宗教を問わない。また時をも越える。

旋律には普遍性がある反面、特定のものにはなり難い。童謡、唱歌、国歌、校歌、寮歌、応援歌などのように特殊性のある歌になるには、歌詞が必要だ。「故郷」の旋律は「うさぎ追いし　かの山　こぶな釣りし　かの川　夢は今も　めぐりて　忘れがたき　ふるさと」の歌詞があってはじめて、私たちの郷愁を誘う日本の唱歌になるのだ。

「春の小川」「故郷」「紅葉」「朧月夜」など、唱歌は、その旋律こそ確かに賛美歌がルーツだが、日本伝統の和歌を基調とした歌詞を付けることで、賛美歌からは解き放たれて、日本の歌、唱歌となったのだ。

敷衍《ふえん》すれば、「旋律（曲）の普遍性、詞の特殊性、相反する性格のものが高度のレベルで連結・協調して一つになることで、その国民に愛唱される歌が誕生する」ということになろう。

やっとのことで、何とか一つの結びの辞に辿り着いた。ご一読、お疲れ様。しかし、話はここで終わらない。だが、長くなるので次号へ続けることにする（本書2部「ロータリーソング誕生秘話」）。

〔参考文献〕

・「唱歌誕生 ―ふるさとを創った男」猪瀬直樹著（文春文庫）
・「日本の唱歌（上）、（中）」金田一春彦、安西愛子編（講談社文庫）
・「唱歌という奇跡　十二の物語」安田　寛著（文春新書）

（「福岡南ロータリークラブ」二〇一四年八月号）

II　歴史を探る

司馬遼太郎と歴史小説

司馬遼太郎はＮＨＫ大河ドラマの常連作家だ。調べてみると、平成二四年の平清盛で五一作品目だが、その中で司馬氏の原作が六つと最も多い。次は吉川英治が四、山岡荘八が三と続き、あとは一～二つである。私が彼のファンになったのは、昭和四八年に放送された「国盗り物語」からだ。それまでの大河ドラマはある一人の歴史上の人物が好人物として描かれていた。しかし、「国盗り物語」では、美濃の斎藤道三と尾張の織田信長を中心に物語は展開。司馬氏は「善に悪あり、悪に善ありという側面が人間にはある」として、登場人物を善人、悪人の視点ではなく、それぞれの人物の立場で描いている。いわば登場人物全員が主役。まるでノンフィクション、ドキュメンタリー映画をみるようで、斬新だった。視聴率は当時としてはそれほど高くはなかったようだが、私にとっては記憶に残る名大河ドラマだった。

これをきっかけにして、司馬小説に熱中した。「坂の上の雲」は彼がこの作品ではフィクションは書かなかったと述べているように、まさにノンフィクション、ドキュメンタリータッチの歴史大作だ。司馬遼太郎最高傑作だろう。司馬ファンは誰もがこの作品の映像化を期待し、NHKその他各局も盛んに映像化を持ちかけた。しかし、彼は戦争賛美になる恐れがあること、またスケールが大きすぎて映像化は無理だろうとの理由で断っている。彼の没後、本人の意志が尊重されることを条件で、遺族の了承が得られたようだ。ただ、いつもの大河ドラマでは、日露戦争のスケールを映像化するのは

無理とのことで、三年間かけてのスペシャルドラマになった。確かに最近のCG技術がなければ、日露戦争のスケールをテレビで映像化するのは無理であったろう。CG映像は素晴らしかった。

さて、前述のように司馬氏は「坂の上の雲」でフィクションは書かなかったと言っている。評論家で書誌学者、谷沢永一氏は、「坂の上の雲」執筆の文献渉猟について、司馬氏は東京の古書店からトラックで膨大な刊行物を送ってもらい、一人で読み解いていったと述べている。したがって、殆どが史実に基づいていると思われるが、「坂の上の雲」の大きな山場、第三軍の旅順攻略の場面については、史実ではないとの反論もある。それは中央乃木会を中心とした「名将・乃木希典」論を展開する人々だ。長くなるが、本稿論点の軸となるので概説する。

司馬氏は第三軍の乃木希典司令官(乃木と略す)、伊地知幸介参謀長(伊地知と略す)が旅順要塞攻略に対し何の策もなくひたすら肉弾戦を挑んで多くの兵を失う結果になったとして、彼らを無策・無能の指揮官として描写している。しかし、この作戦については大本営ならびに満洲軍総司令部総司令官大山巌（大山と略す）、同総参謀長児玉源太郎（児玉と略す）の策定であること、総司令部の第一回総攻撃命令は正攻法ではなく強襲作戦であり、乃木、伊地知の第三軍司令部は情報不足、準備不足、正攻法でないことなどを理由に反対していたが、総司令部の命令で実行した。第一回の失敗を反省し、第二回総攻撃は坑道を掘って要塞を破壊する要塞の正攻法に作戦変更。この方針も大本営、満洲軍総司令部は承諾の上で敢行。第二回総攻撃でも攻略できなかったため、乃木は大山の許可を得ず、第三回総攻撃の目標を二〇三高地へ変更・決断した。ただし総司令部から派遣された参謀副長を説得・納得させている。大山は終始反対していたようだ。二〇三高地は一旦奪うも直ぐに奪い返され、日露両軍死力を尽くしての激しい争奪戦・消耗戦となり、乃木は最後の手段として予備隊投入を決断。総司令部に報告した。それを知った児玉が旅順行きを決心。その際、大山からの第三軍の指揮権委譲の命令書を携えていたとされているが、乃木から指揮権を奪った事実はない。

児玉の功績についても、彼が旅順に到着した時はすでに二〇三高地争奪戦の真っ只中。重砲陣地の変更、突撃歩兵部隊の整備などの指示は行ったようだが、児玉が来なくても、二〇三高地は攻略されていた可能性が高い。また、小説では二〇三高地攻略後の砲撃で旅順港のロシア軍艦を破壊している。しかし、攻略後二〇三高地から旅順港を偵察すると、既に多数の軍艦は傾いたり、横倒しになっていて使用不能の状態になっていたとの報告もある（二〇三高地攻略前の二八センチ榴弾砲の砲撃での破壊説、あるいはロシア側の自沈説もある）。さらに、二〇三高地攻略後、直ぐ旅順が陥落したわけではなく、本陣である要塞の攻略にはその後約一ヶ月も要している。この旅順本陣の陥落がなければ、後ろから挟み撃ちにされる第三軍はその後の奉天の会戦に参加できず、日露戦争陸戦の雌雄を決めた満洲の主戦場、奉天会戦の勝利もなかった。

このように乃木、伊地知は無策、無能ではなく、極めて堅固な要塞に対し、攻略作戦を講じて、よく戦ったというべきである。また、児玉が旅順陥落に果たした役割も小説で描かれているほど大きくはない。

大山の指揮権委譲の命令書の存在についても、児玉に随行した田中国重少佐（田中と略す）が「第三軍の指揮権委譲に関する書簡」をもらってでかけたと回想として述べているが、田中はその書簡を実際に目にしたわけではなく、また公刊戦史にもその記述はない。乃木と児玉は同郷・同級の親しい間柄であり、乃木の人物を知る児玉が乃木の指揮中に指揮権委譲を依頼することは考えられない。また西郷隆盛の従兄弟で人望も厚い大山の性格からもそのような命令は出さないだろう。ただ、あくまで乃木が戦死した場合を想定しての指揮権委譲の命令書はもらっていた可能性はある。

「名将・乃木希典」論支持者はこのような具体的事実を示し、客観的で冷静に司馬氏に反論している。ここまで、乃木、伊地知無能論に対する反論の一端を紹介した。

私見を述べる。司馬氏は児玉に随行した田中の回想録から、児玉が大山からの指揮権委譲の書簡をもって旅順に出かけたことを事実として描いている。今となってはこの書簡の存在が事実かどうかも解らない。その内容も闇の中だ。しかし、児玉が二〇三高地攻略の成否を握る最終局面になって、大山と密談し、わざわざ旅順まで行くからには、何らかの大きな役割、あるいは重大な決意を秘めていたと考えるのは当然だろう。田中も直接書簡を目にしたわけではないだろうが、そう思わせるだけのことが大山と児玉との間にあったからこそ、回想録で述べているのではないかと思われる。

したがって、公史にないから事実ではないとも言えないのではないだろうか。予備隊まで動員することを知った児玉が「乃木は死ぬ気だ」と直感し、乃木司令官戦死、第三軍総崩れという万一の非常事態に備えて、大山から第三軍指揮権委譲の書簡をもらっていたが、二〇三高地が何とか攻略できたので、その書簡を密かに破棄した。大山の性格、児玉と乃木との友情の絆などを考えると、大山と児玉だけの乃木戦死の場合の極秘命令的性質の（大本営の了解は得ていない）書簡であったと考えても不思議ではない。幸いにして、乃木戦死という最悪の非常事態は免れたので、その書簡は闇に葬られたのではないだろうか。

歴史の中には史実として残らないもの、あるいは残せないものがある。それは現在の社会をみても真実がすべて明らかにされ、記録として残されているわけではないことからも十分納得できる。したがって、記録として残っていなければ事実ではないとも言えない。

誰の言葉か忘れたが、歴史を作るのは人である。単に、史実を繋いだだけの史書には、誤りはないかもしれないが、それでは無味乾燥。その時代の中でどんな人物がどのように考え、どのように活動したのかなど、その時に生きた人々の生の実態・生活・人生は見えない。史実に纏わる事象を解きほぐし、史実と史実の行間を埋め、歴史を人の営みとして生き生きとして蘇らせるのが、司馬氏のような歴史小説家だ。司馬氏はそのことに卓越している。歴史に息を吹き込み、蘇らせるには、司馬氏による人物分析・評価という過程を経なければならない。しかし、現在でもそうだが、そもそも人物評価というのは、評価する人の立場や捉え方で随分と変る。司馬氏は太平洋戦争での自身の陸軍体験から、陸軍の精神的体質を批判している。その陸軍精神の原点が神格化された乃木希典であるとの認識から、無意識かもしれないが、自身の否定的感情として、乃木や伊地知を無能な指揮官と評価したのではないかとも言われている。また、司馬氏が人物評価の判断材料とした回想録(「日露大戦秘史　陸戦篇」の田中の証言)や戦史(児玉の部下であった井口省吾参謀は伊地知と激しく対立していたが、戦後陸大校長となり、その時学生であった谷壽夫の著書が「機密日露戦史」)は、満洲軍総司令部の立場からみたものであり、乃木や伊地知には不利なことも考慮しておかねばならない。

司馬氏に対する反論は乃木の軍人としての人物評価の部分だ。しかし、司馬氏が史実を歪曲したり、虚偽の事実を創作しているわけではない。したがって、中央乃木会の人々が主張する、「司馬氏が史実を誤っている」との見解は正確ではない。「司馬氏の乃木に対する人物評価が妥当ではない」とするのが正しい表現だろう。人物評価については、評価者の経験、立場、考え方、資料の出自や解釈などによって異なるのは当然だ。したがって、司馬氏と中央乃木会のどちらが妥当かを云云しても決着は難しいだろう。私は司馬氏の乃木無能論は少し厳しい。そこまで断定できるだろうかと思っていたが、TVドラマでは小説ほどには乃木無能との印象はなかった。NHK制作者が脚本、演出の段階で司馬氏に対する反論意見を考慮したのかもしれない。乃木役の俳優、柄本明が味のある渋い演技で、高橋英樹の児玉に負けない存在感を発揮していた。そのせいもあるかもしれない。一方、伊地知については、俳優村田雄浩が可哀想なくらい、小説どおりの無能な参謀長になっていた。しかし、軍事研究家には伊地知の評価も低すぎるとの異論もある。

歴史書は事実を中心とした記録だ。しかし、そこからはその時代に生きた人々の苦悩、悲しみや喜びの営みは想像できない。「坂の上の雲」は歴史書ではない。歴史小説である。当然、創作の部分がある。それがなければ小説にならない。司馬氏の優れた人物描写力、そして史実に纏わる人々の感情や営みを創造し、一つの物語として構築する彼の作家能力が卓越しているからこそ、明治の時代が生き生きと蘇ってくるのである。だからこそ面白い。創作部分は、もしかしたらそれは現実のこと（事実と同じ）なのかもしれない。

司馬氏の描写は読者にそう思わせるだけの現実感と説得力がある。フィクション（虚構）かノンフィクション（事実）かは、永遠にわからない。歴史小説でそのことを論じても無意味である。読者は作家というフィルターを通して人物のある一面をみているのだと理解しておけばよいのだろう。あるいは小説だから単に面白ければよく、ただ、それだけのことだと割り切っていてもよいと思う。一つ確かな事実は、司馬遼太郎が歴史小説家として優れた、素晴しい物語作家ということである。

（「きんむ医」一六一号　二〇一二年六月）

「坂の上の雲 ～自分の一途～」。今回も興味深いテーマです。

　巻頭言をいただきました先生には、少年のころの〃一途な思い〃をご披露頂き、ベン・ケーシーのことなど大変懐かしく拝読させて頂きました。しかし、往年の名TVドラマのことよりも「少年のころの〃一途な思い〃が

無意識のうちに人生を決める」との含蓄あるお言葉には、さすが脳神経ご専門の先生だと敬服致しました。名語録として読者の皆さんの記憶に残るのではないかと思います。大変貴重なお言葉を賜りまして、誠にありがとうございました。
　皆様からお寄せ頂きました作品は、貴重な経験、愛、友情、苦悩、挫折、そして栄光と、ドラマや小説にしてもよい程、心に残るものもありました。その中で、青春時

代の部活での苦い挫折経験がその後の生き方に大きく影響している感動的な一篇がありました。これを読んで、ある小説が浮かんできました。題名は「走れT高　バスケット部」。物語は、まだ一度も勝利したことのない弱小の都立高校バスケット部に、バスケット強豪の名門私立高校で挫折した名選手が転校してきたことから始まります。青春の高校部活スポコンものですが、読み始めると主人公とそれを取り巻く人たちがどうなっていくのかが面白くて、一気に読んでしまいました。次々と続編が出て、それぞれのメンバーが大学生そして社会人となって、別々の道を歩んで行きます。今は七巻目の長編小説に成長。累計九〇万部も売れていて、人気シリーズになっています。一部漫画化もされているようなので、そのうちTVドラマか映画になるかもしれません。青春物語ですから、もちろん読者は高校生やその親が多く、そこから評判になったようです。

この歳になって、何故こんな青春ものを読んだかといいますと、実はこの作家が私の高校時代の同級生だったからです。彼はどんなスポーツもこなし、特にバスケットは上手で、よく昼休み時間帯に臨時で二チーム（参加者が少ない時は三対三）を編成し、ハーフコートのバスケットで遊んでいました。私も時々そこに参加して、彼を知っていました。一作目が出版された時、高校同窓会の連絡メールで彼が作家としてデビューしたことを知りました。東京の大学に進学したことまでは知っていましたが、その後のことは全く知りませんでした。彼の作家に至る人生もまた、〝坂の上の雲〟なのだろうと想像しています。面白くて、読み易く、廉価な文庫本なので、子供さんや親御さんにお薦めです。話が逸れて失礼しました。

表紙の写真は特集テーマ担当の先生ご自身が撮影されています。今回もプロカメラマン顔負けの素晴らしい写真です。撮影日の五月五日は立夏。初夏を感じさせる能古島の爽やかな風景です。

（「きんむ医」一六一号　編集後記）

軍艦「筑波」～偉大なる航海・世紀の臨床実験～

I はじめに

世界五大医学雑誌の一つ「THE LANCET」は創刊一八二三年、日本では江戸時代、文政六年である。その「THE LANCET」一九〇六年版に日本の軍艦「筑波：Tsukuba」が登場する。

幕末、万延元（一八六〇）年、勝海舟率いる江戸幕府の軍艦「咸臨丸」が日本船で初めて太平洋横断を成し遂げた。その一五年後、明治八（一八七五）年一一月六日、軍

図1　軍艦「筑波」

艦「筑波」が品川を出港した。サンフランシスコ、ホノルルで碇泊し、翌年四月一四日横浜へ帰港した。海軍誕生後、初めての遠洋航海訓練、「咸臨丸」に次ぐ、わが国二度目の太平洋横断である。「筑波」は英国から購入した中古の木製軍艦で、排水量一、九七八トン、スクリューによる駆動、一四門の砲を装備しているものの、三本マストの帆船である（図1）。軍艦としての輝かしい戦績はない。もっぱら、航海訓練用である。「咸臨丸」は歴史の教科書にも載っているので、その知名度は高いが、「筑波」は低い。この遠洋航海で記録に留めておくべき出来事を敢えて挙げるとすれば、ハワイ、ホノルルでの碇泊中、カラカウア国王に参謁し、その後の明治一八年、ハワイとの移民条約締結の道筋を付けたこと、生徒の中に、山本権兵衛（日露戦争時の海軍大臣）、日高壮之丞（のちの常備艦隊司令長官）、上村彦之丞（日露戦争時、第二艦隊司令長官）ら、将来帝国海軍で活躍する人物がいたこと、四名の病死者が出て、サンフランシスコの墓地に埋葬したことくらいである。しかし、これらも歴史の表舞台に登場するほどではない。したがって、「筑波」の名前を知っているのは、ある専門筋の人だけであろう。このあと「筑波」は日本の将来を左右する、そして世界史に残る偉業を達成することになる。そのことを紹介する前に、「筑波」を知ることになったきっかけについて少し触れる。

明治の文豪、森鷗外（林太郎）は石見国・津和野藩医の家に生まれ、東京帝国大学医学部を卒業。陸軍軍医としても活躍した。彼は数々の文学作品を世に出し、東京大学文学博士を授与された。さらに、文部省の国語関連の職務もこなしながら、最後まで軍医官僚としての道を歩んだ。高級医務官僚としては最高の地位、陸軍軍医総監・陸軍省医務局長にまで昇りつめた。勲章も授与されている。しかし、人生を閉じるにあたり、残した遺言状の中に「余は石見人、森林太郎として死せんと欲す。……墓は『森林太郎』のほか一字も彫るべからず」と、一切の栄典を拒否した。墓は遺言どおりとなった（図

2)。

　当時、鷗外と並ぶ文豪、夏目漱石が東京大学文学博士を辞退し、大学教授の誘いも断り、職業作家としての道を歩んだのと対照的である。森は最後まで医務官僚としての人生に拘っている。それにも関わらず、遺言状でその栄典を拒否したのは、どんな理由からだろうか。これについては諸説あって、一言で語るのは難しい。また、本稿の趣旨からは外れるので、別の機会に委ねたい。彼の遺言状のことについて調べるなかで、海軍と陸軍の脚気論争について詳しく知ることとなった。陸軍の中心人物はもちろん森林太郎である。一方、海軍は、高木兼寛であるが、彼についてはあまり知られていない。高木こそ本稿の中心人物である。

図2　森 鷗外（林太郎）の墓

Ⅱ 生い立ち

高木兼寛《たかきかねひろ》、嘉永二（一八四九）年九月一五日生まれ。森の一四歳年長である。高木家は代々島津藩の下級武士であったが、生活は苦しく、父親は宮崎、穆佐村《むかさ》（現在の宮崎県高岡町）で大工の棟梁をしながら生計を立てていた。兼寛は八歳から村の私塾（中村塾）で四書五経を学び、勉学熱心で記憶力も優れていた。医者を志し、鹿児島の蘭方医、石神良策、岩崎俊斎の塾で学んだ。幕末の動乱期、薩長同盟が成立すると京都方面へ出兵する小銃九番隊付の医者として従軍し、鳥羽伏見の戦いに参加する。維新最大の激戦、会津若松の攻防戦にも参加した。彼は維新戦争の中で、自分が学んだ蘭方医学がすでに時代遅れで、負傷した兵士の治療に全く役に立たないことを思い知る。従軍中、彼は英国医師ウィリアム・ウィリス（図3）や最新の西洋医術を学んだ医師たちが多くの負傷

図3 ウィリス

兵士を救う姿を見聞していた。そこで、帰郷後は最新の西洋医学を習得すべく、鹿児島の開成所洋学局に入った。語学はオランダ語から英語が主流になっていたので、ただひたすら英語の習得に励んだ。高木が最新の西洋医学を習得するまでには、ウィリスとの出会いまで待つことになる。それは次のような経緯からである。

明治政府は当初、維新戦争の負傷兵の医療に大きく貢献したウィリスの英国医学に日本の医療と医学教育を託す予定であった。しかし、長崎で日本の西洋医学発展に寄与し、幕末に東京の海軍病院設立に尽力したオランダ軍医ボードインの処遇問題がその流れを変えた。ボードインの教えを受けた佐賀藩医・相良知安や福井藩医・岩佐純らは、当時世界で目覚ましい業績を挙げ、科学、基礎医学分野で世界の最高峰と評価されていたドイツ医学を導入すべきと強く主張した。次第に、その意見が主流となり、紆余曲折あって、最終的には明治二年七月八日の官制改革で医学校、大学のドイツ医学派人事が決まった。これで、事実上ドイツ医学の採用が確定した。ウィリスの英国医学を推していた大久保利通は彼の処遇に苦慮する。薩摩藩とも相談し、帰郷していた西郷隆盛の賛同も得て、鹿児島へ招聘することにした。ウィリス自身も快諾し、四年契約で鹿児島医学校に赴任した。かねてから彼の名声を聞いていた高木は歓喜し、ウィリスの下で、みっちり最新の西洋医学を学ぶ。ウィリスも高木をはじめ医学校の本科生（原語科・四年制）の優秀さと熱心さを高く評価し、彼らを信頼した。

三年後、高木にチャンスが訪れる。かつて薩摩で教えを受け、ウィリスの鹿児島招聘にも功績のあった石神良策（海軍省海軍軍医部最高責任者）から、将来の海外留学に繋がる海軍病院（東京高輪）の医員になるよう推挙される。ウィリスは寂しいと言いつつも、高木の海外留学を快く薦めた。この頃、わが国の医学はドイツ医学になっていたが、海軍が英国軍制を採用していたため、海軍軍医は英国医学を学ぶことになる。

明治五年四月、高木（図4）は上京し、海軍病院へ入る。同年、石神の世話で外務省高官・瀬脇寿人の長女、富子と結婚。石

図4 高木兼寛

図5 アンダーソン

図6 セント・トーマス病院

神は軍医養成のため、英国からセント・トーマス病院の外科助教授であるウィリアム・アンダーソン（図5）を招聘した。明治六年一〇月、アンダーソンが横浜に到着。高木はすでに英語も堪能で、英国医学も習得していたため、アンダーソンは彼を大変気に入り、親交は直ぐに深まった。明治八年三月、石神はアンダーソンと相談し、高木を英国留学に推挙した。高木は最新の英国医学に直接触れることができることに感激し、すでに三人の子供を授かっていたが、妻の賛同も得て、単身で英国へ向かった。同年九月、アンダーソンの母校、ロンドンのセント・トーマス病院附属医学校へ入学（図6）。

高木は直ぐに頭角を現す。翌年の第一期冬期試験で三位の成績を修め、その翌年には学業優秀ということでクリニカルクラークに任ぜられる。第二期冬期の試験では首席となった。さらに翌年、外科、内科、産科の医師資格を取得。その後もトップクラスの成績を修め、明治一二年にはセント・トーマス病院附属医学校の最高外科賞牌であるチェセルデン銀賞牌を授与される。その翌年には英国外科学校フェローシップ（英国医学校教授資格）を授与され、アンダーソンと並ぶ輝かしい成績を上げ、留学を終了する。

高木は、明治一三年一一月五日横浜港に到着。五年振りの日本である。英国では華々しい業績を上げたが、留学期間中、母親と幼い長女（六歳）を病気で失い、また義父も亡くなった。さらに留学の前年に父親、五ヶ月前に恩師の石神良策が亡くなっている。多くの親しい人々との哀しい別離を乗り越えてのことであった。

Ⅲ　脚気の調査・分析

帰国後、高木はセント・トーマス病院医学校での輝かしい成績が高く評価され、海軍中医監（中佐待遇）に昇進。海軍病院長に任命される。彼は留学前から海軍病院に脚気患者が多いことを憂慮していた。脚気は日本書紀、続日本紀に同様の症状の病気が記載されており、起源は古い。平安時代には、俗に「脚の気：あしのけ（落窪物語に記載）」と呼ばれ、天皇や貴族など上層階級を中心に発生していた。原因不明であった。江戸時代になると武家や町人にも広がり、大流行する。「江戸煩《えどやみ》」と称された。それは、江戸で生活すると罹り、地方へ行くと治ることから、そう呼ばれた。病気が進むと、下肢がむくみ、脚気衝心（心不全）となって突然死に至る。三代将軍徳川家光、一三代家定、一四代家茂とその奥方、和宮などが脚気で亡くなっている。明治になっても脚気の流行は続き、天皇も罹っている。

高木は留学して、英国には脚気患者が一人もいないこと、したがって英国医師は脚気のことを全く知らず、興味もないことに驚いた。しかし、帰国後、前にも増して海軍病院に脚気患者が多く、死亡する者もあとを絶たないことに呆然とする。高木の留学中、天皇のお声かけもあり、全国に蔓延した脚気の対策として、内務省は脚気専門の病院を設立する。陸軍軍医と彼らの出身母体、東京帝国大学医学部教授を中心としたメンバーが設立委員に任命され、洋方医と漢方医を配置して取り組んだ。しかし、原因はおろか治療法すら見いだせないまま閉鎖されるという。そのことを知った高木は失望すると共に、この病気が一筋縄ではゆかない難病であることを思い知る。彼はこの問題に真剣に取り組むことを決意し、実態調査に乗り出す。彼の調査方法は過去のデータを詳細に分析し、綿密な現場の聞き取り調査を行って、その原因を突き止めようとする、いわば名刑事の犯人探しのような、地道な手法である。現在は疫学的研究法として確立されている。

海軍は明治一一（一八七八）年から総人員数、脚気患者数とその死亡者数を統計調査していた。それによると、総兵員四、三三一〜五、一六六名中、毎年約二〇〜四〇％が脚気に罹患し、六年間で二四一名が死亡していた（表1）。また脚気が大流行した明治一〇（一八七七）年は総人員（一、五五二名）の四倍もの脚気患者（延六、三四四名）が発生しており、一人の兵員が年に四回も脚気に罹患していたのである。

以前から脚気は夏に多いことが知られていた。そこで、彼は海軍の記録から発病と季節や気温との関係を入念に調べた。しかし、脚気と季節や気温との相関は見いだせな

表1 日本帝国海軍の脚気患者数と死亡者数

年次	兵員数	患者数 (%)	死亡者数 (%)
明治11(1878)年	4,331	1,485 (34.3)	32 (2.15)
明治12(1879)年	4,924	1,978 (40.2)	57 (2.88)
明治13(1880)年	4,808	1,725 (35.9)	27 (1.76)
明治14(1881)年	4,528	903 (19.9)	25 (2.76)
明治15(1882)年	4,677	1,894 (40.5)	51 (2.69)
明治16(1883)年	5,166	1,292 (25.0)	49 (3.79)

(高木兼寛の論文より、調査し始めた頃は明治 14 年までの資料)

かった。彼は外国人医師たちの考えも調べてみた。ドイツ人医師ベルツ（東京帝国大学医学部教授）は細菌が原因としていた。その教えを受けた陸軍軍医も細菌説を信じていた。京都療病院の教師ショベイも伝染病説を唱えていた。他の外国人医師や海軍軍医の教師アンダーソンたちは風土病ではないかと判断していた。しかし、航海記録を調べてみると、サンフランシスコやホノルル、バンクーバーや豪州などの脚気がない海外でも日本の軍艦だけで発生している。したがって、日本の風土病の可能性は低いとみていた。細菌説にしても、日本で脚気が流行している時期ですら、横浜や長崎に長期碇泊中の外国軍艦では、脚気が全く発生していない。そのことから、細菌説も否定的であった。

多くの記録を調べてゆくなかで、彼は軍艦「筑波」の遠洋航海訓練の行動記録に着目した。最初の航海は冒頭で紹介した太平洋横断で、二度目は豪州への練習航海である。彼はそれらの記録を丹念に読んで、ある事実に気付いた。二度の航海でも、脚気患者は多数発生するのであるが、それは航海中であって、港に碇泊中は脚気が発生していないのである。そこで、彼は筑波に乗船していた士官に直接面会し、乗組員の行動について詳しく尋ねた。すると、乗組員らは港に碇泊中は交替で上陸し、街を歩き、名所見物を楽しんでいたが、食堂でのパン主食の洋食だけは辟易しているものが多かったとの話を聞いた。高木は、はたとひらめいた。港碇泊中に脚気が発生しなかったのは、乗組員が洋食を摂っていたからで、長い航海になると和食だけになるので脚気が多発するのではないか、つまり脚気の原因は食事（和食）にあるのではないかと。

彼はさらに海軍全体の脚気の発生状況と食事との関係を調査した。すると、士官には脚気の発生が少なく、多くは水兵であった。このことから、士官と水兵の食事内容の違いに何か要因が潜んでいるのではないかと思い、艦内と兵舎内の水兵の食事を視察した。彼は水兵の食事が米飯（白米）中心で、副食が極めて少ない粗食であることを知る。貧しい家庭出身が多い水兵たちは、幼少時から雑穀しか食べたことがなく、海軍に入っておいしい白米を食べられることに満足していた。水兵たちの副食が少ない理由は、海軍の兵食制度にあった。海軍は食事を現物支給から金銭支給へ変更していた。ただ、主食の白米だけは軍で購入・供給し、現金支払としていたが、副食は各自で購入することになっていた。しかし、水兵たちは食費を副食購入に当てず、多くは貯金するか地元へ仕送りしていたのである。高木は食事の内容が脚気に大きく関係しているのではないかとの確信を深める。彼は、一層、水兵の摂取する食物を調査。そしてセント・トーマス病院で学んだ実用栄養学を基に、食物の分析に取り組む。その結果、脚気患者の多い艦船や兵舎の食物では蛋白質が少なく、含水炭素（米飯）が多いことを突き止め、蛋白質と含水炭素の比率の異常が脚気の原因であると確信するようになる。

Ⅳ 海軍の惨状

この頃、海軍を揺るがす一大事件が起きる。明治一五（一八八二）年七月二三日、朝鮮李王朝で内部対立していた守旧派兵士の反乱、壬午（京城）事変である。開化派を支援していた日本も不満の矛先となり、京城の日本公使館が襲撃される。海軍は初めて海外（朝鮮）に軍艦五隻と運搬船一隻を派遣する。清国は日本を牽制するため、巨大戦艦・定遠、鎮遠（両者とも七、三三五トン）と通常戦艦一隻を同じ港に派遣していた。清国との武力衝突の恐れもあったが、わが国の軍艦内部は戦闘できる状況ではなかった。多数の脚気患者が発生して艦内に横たわっており、死亡者もいたからである。幸い、平和条約が締結され、日本軍艦の惨状を気付かれることなく、清国軍艦は母国へ帰還した。日本海軍指導部は胸を撫でおろした。

不幸はこれだけではなかった。当時、日本最大の鉄製軍艦「扶桑：三、七七七トン」

図7　鉄製軍艦「扶桑（初代）」（英国製）改装後

（図7）は臨戦態勢で品川沖に待機していた。急航できるように乗組員は上陸を禁止されていた。しかし、海上生活と同じ状態にあったからであろう、三〇九名の乗組員中、何と一八〇名が脚気に罹り、一五〇名は上陸させて加療せざるを得なかった。朝鮮への派遣は不可能だったのである。さらに、次々と艦船が帰還してくると、高輪の海軍病院には脚気患者があふれて収容しきれず、近隣の寺々の大広間を臨時の病室にせねばならぬ程であった。これでは戦闘どころではない。今、清国と戦争になったら、日本海軍は全滅する。海軍省内は騒然となった。

この惨状は海軍卿・川村純義（図8）から明治天皇にも奏上され、陛下も憂慮された。海軍軍医部の脚気撲滅は国の命運を左右する最大急務となった。当時の海軍軍医部の最高責任者は高木の恩師・石神良策亡き後、戸塚文海であっ

図8 海軍卿・川村純義
（薩摩藩出身、西郷隆盛の縁戚）

た。戸塚は天保六年、備中（現在の倉敷市）に生まれ、幕府奥医師・戸塚静海の養子となり、適塾、シーボルトに学び、将軍侍医となる。維新後、海軍省に入り、明治九年八月の海軍組織改編で海軍医務局の初代医務局長、軍医総監になっていた。

高木は戸塚に、自分のこれまでの脚気に関する調査結果を詳しく説明し、脚気の原因が兵食、すなわち蛋白質不足と含水炭素の過剰にあることを説いた。そして、その解決策として兵食を洋食に代えることを提案した。戸塚は、高木の説明に理解を示したが、兵食制度の変更は甚だ実行困難と返答した。それは、古来、綿々と米を主食としてきた日本人がパンを主食にすることには相当の抵抗があること、副食を金銭支給で代用してきた制度を止めると、その金銭を貯蓄に回してきた水兵たちの不満が嵩じること、さらにパン主食の洋食にするには海軍の経費が増大するので大蔵省が抵抗することなどが理由である。高木の認識も戸塚と同じだった。しかし、何らかの対策をとらねば、海軍の存在意義はなく、国の存亡にもかかわる。戸塚は実験的に期限を限って、一部で採用してみてはどうかと提案し、高木も賛同した。そしてそのことを海軍卿へ上申することにした。明治一五（一八八二）年一〇月七日、高木は「脚気病予防の義に付上申」と題する上申書を作成し、翌日、医務局長・戸塚文海の名前で海軍卿・川村純義へ提出した。その内容は、脚気のために海軍の戦闘能力が低下し、このままでは全滅すること、脚気駆逐の方法として、艦船の兵食を改めることを訴えた。ただ、経費と他のこともあるので、まず試みに二〜三年間、三隻の軍艦に限り洋食に変え、他は従来どおりとすること、そして、各艦船、兵舎に脚気病調査委員を配置し、調査するとの内容の上申書である。

　これを受け、川村は直ちに艦長一五〜一六名を招集し、会議を開いた。その席に高木と海軍病院の軍医少監が呼ばれた。高木はこれまで調査した内容をまとめた資料を提示し、上申書の趣旨を説明した。川村は、兵食の金銭支給を廃し、その費用をすべて食費に使うことを伝えた。しかし、一名以外はことごとく反対であった。明治五年以来続けてきた食費の金銭支給は、食品仕入れ係が安く仕入れて、残りの金銭の分配高をできるだけ多くすることが慣習になっていた。したがって、これを突然廃止するのは、先年イタリア海軍が食物改良を行った際、水兵が暴動をおこした例もあるので、無謀であること。また洋食にすることについても、日本人は生まれた時から米食で育ってきた人種であり、これをにわかにパン主食の洋食にすることは不当極まりないとの議論が沸騰。会議は長時間に及び、紛糾した。そこで将官以上を集めて大いに協議し、川村が決をとって以下のように結論した。

一　将来、兵食の金銭支給を廃し、食物そのものを与えることを、ほぼ内定する
二　改定にあたっては、兵食を管理する海軍省主船局が審理し決定する
三　その改定にそなえて、医務局は、適正と思える食物の品種と量をあらかじめ定めておくこと
四　右のため、医務局では、軍医監以上の者による会議を開いて協議を重ね、まず東京海軍病院内に於いて数名の患者にヨーロッパ風食事を与え、実験してみること

この結論は、上申書の趣旨に沿ってはいるが、ことは急を要するとの訴えは聞き入れられず、「将来」ということと「ほぼ内定」という曖昧な決定となっている。また、米食を洋食（パン主食）に変更することも、「適正と思える食物の品種と量をあらかじめ定める」という程度にとどまっている。高木は落胆して、戸塚に報告した。戸塚は上申書の内容は理解されたことでもあるし、兵食制度は厚い壁だから一歩一歩進むしかないと慰めた。

高木は気を取り直し、まずは艦長会議で決定された海軍病院での実験に取り組むことにした。骨折や外傷などで入院している疾病のない兵士を第一班と第二班の五名ずつに分け、第一班は洋食、第二班にはこれまでどおりの米主食の日本食とし、期間を四週間として比較実験した。洋食の献立には苦労した。三食すべてをパン食にするのは無理と考え、蛋白質と含水炭素の比率を考えて、栄養の数値を計算し、米飯も取り入れた献立とした。実験終了後、兵士たちの健康診断が行われた。両班とも脚気の発生はなかったが、洋食班の方は不慣れな食事で食欲が低下したためか、体重は減少していた。しかし、健康状態は日本食班より良好であった。この実験で、兵士たちは洋食に耐えられることとその費用が日本食の二倍かかることが明らかとなった。この結果は戸塚医務局長名で海軍卿へ提出した。

年が明け、明治一六（一八八三）年は高木にとって多忙で重要な年となる。兵食制度の改定は海軍省主船局が審理、決定することになっていたので、高木と戸塚は、主船局に何度も働きかけたが、全く進展はなかった。業を煮やした高木は戸塚の諒解を得て、艦隊司令長官に直接、要請することにした。中艦隊（のちの連合艦隊）司令長官・仁礼景範少将（薩摩藩出身）は、かねてから金銭支給の兵食制度に批判的で、改定を要請していた。それを知っていた高木は、仁礼少将に洋食採用の要請書を送った。しかし、仁礼が兵食の金銭支給を批判した理由は、個々の水兵に食物購入を任せていては食中毒や感染を招く恐れがあることと、戦時には各水兵が食物を購入する余裕などないことが理由であった。したがって、仁礼は高木の要請する洋食へ変更することまでは考えてお

図9　木製（側面に鉄製装甲）軍艦「龍驤」（英国製）2,530トン

らず、逆に洋食導入は困難と考えていた。彼は予算のこともあり、海軍省の許可なく変更することはできないので、兵食の金銭支給を止め、現物支給を求める趣旨の上申書に、洋食変更は難しいとの意見を添え、高木の要請書も付けて海軍卿に提出した。七月六日、川村は洋食への変更は別にして、兵食の金銭支給を廃し、現物支給にする調達方法や費用などの調査を会計局長、主船局長、医務局長に命じた。

話は前年に戻る。明治一五（一八八二）年一二月一九日、軍艦「龍驤」（図9）が品川沖を出航した。ニュージーランド、チリ、ペルーなどの南洋からハワイを経由する遠洋練習航海で、その距離は二万二、二二五里（およそ四万一、一四二㎞）の大航海である。艦長は伊東祐亨大佐（日露戦争時、大本営軍令部長、後に元帥）で、乗組員には加藤友三郎少尉補（後の総理大臣、元帥）、出羽重遠少尉補（後に大将）、藤井較一少尉補（日露戦争の日本海海戦時の第二艦隊参謀長。ロシア海軍の対馬海峡通過を予見・主張し、東郷司令長官の決断・運命の一日を導いた。後に大将）などがいた。

明治一六（一八八三）年九月一六日、軍艦「龍驤」が九ヶ月間もの長期遠洋航海から帰還した。伊東艦長からの報告を受け、海軍省幹部には衝撃が走った。それは二つの大事件が起きていたからである。一つは火薬庫の火災。赤道祭開催の夜、火薬庫から出火した。火薬に引火すれば、大爆発で艦は沈没する。必死の消火活動で鎮火した。出火原因は碇泊地で打ち上げる予定の花火であった。それらの花火は甲板へ移動させたが、翌日もそこから発火した。これは直ぐに鎮火した。発火し易い花火は全て打ち上げ処理し、事なきを得た。

二つ目の大事件は脚気患者の多発である。最初の寄港地はニュージーランドのウェリントン、次はチリのバルパライソ、それからペルーのカラオである。カラオには四日間だけ碇泊し、最後の寄港地、ハワイのホノルルへ向かった。その距離五、五二六里（約一万㎞）の大航海である。品川からウェリントンまでに三名、ウェリントンからカラオまでは二四名の脚気患者が発症し、三名が死亡したが、カラオからホノルルまでの航海になると、脚気患者が急増した。死亡者も増えて水葬に付した。その後も死亡者が続々と出て、乗組員は恐慌状態に陥った。通常、帆船型軍艦の航海は帆走が原則であったが、伊東艦長はできるだけ早くホノルルに到着して、患者の治療に当らせるべく、蒸気走にした。しかし、火夫たちも脚気で倒れてしまったので、艦長はじめ士官も率先して石炭を蒸気機関に入れる作業を行った。ホノルル到着までの四五日間に、乗組員三七八名中一三八名が脚気で倒れ、一四名が死亡した。ホノルル到着後、患者を病院へ搬送したが、現地の医師たちは原因が解らないので有効な治療もできず、さらに八名が死亡した。この航路での死亡者は二二名になった。ホノルル碇泊中は脚気の発症はなく、軽症者も徐々に恢復した。全員恢復まで三二日間の碇泊を余儀なくされた。その後、従来の食料を全て廃棄し、新たにパンや肉類などを積み込んでホノルルを出航した。日本までは四一〇三里（約七、六〇〇km）であったが、この航路四一日間での脚気はごく数名の軽症者が出ただけであった。しかし、全行程二七〇日の脚気患者は一六九名、乗組員の四五％、死亡者は二五名、脚気患者の一四・八％にも達し、海軍医務史上最大の惨事となった。

V 脚気撲滅へ

この「龍驤艦」脚気病報告は伊東艦長から川村海軍卿を通じて海軍医務局長・戸塚文海に伝えられ、戸塚は直ちに高木を呼んでこの惨状を知らせた。戸塚と高木は、海軍の命運は脚気撲滅の成否にかかっていることを更に強く確認し合った。高木は、海軍省幹部は衝撃を受けているに違いないので、兵食改革を一気に進める絶好の機会と捉えた。それにはまず、「龍驤」の調査委員会設置の上申を戸塚に提案した。戸塚も大いに賛同してくれたが、上申書は高木の名前で提出するよう指示された。戸塚はこれを契機に辞任し、後任に高木を推薦するとのことであった。高木は慰留したが、戸塚の辞意は固かった。高木は直ちに草案を作成し、戸塚とも協議の上、海軍医務局副長・高木兼寛の名前で、明治一六（一八八三）年一〇月一日、「脚気病調査の義に付上申」を川村海軍卿に提出した。その二日後、戸塚は辞表を提出した。さらにその二日後、高木は海軍医務局長の辞令を受け、海軍医務関係の最高責任者となった。三四歳という若さであった。川村は高木の上申書を受け入れ、「龍驤艦」脚気病調査委員会が発足した。委員長は真木長義少将（佐賀藩・長崎海軍伝習所出身）以下一〇名の少数精鋭である。もちろん高木も入っている。真木委員長は高木を信頼し、調査主任心得に任命して、委員会活動の中心人物と定めた。高木は土、日を除く毎日、委員会を開いた。

その頃、以前から予定されていた海軍生徒訓練のための軍艦「筑波」が遠洋航海の準備中であった。高木は「筑波」が「龍驤」の二の舞になることを危惧した。彼はこれを回避すべく、兵食の金給制度を廃止し、食費を全額食料購入に当てるべきとの上申書「食料改良の義上申」を川村に提出した（明治一六年一一月二四日）。これに遡ること、同年七月六日、高木の上申により、川村は兵食の金銭支給から現物支給へ改めた時の食物調達と支給方法、経費の増減などの調査を会計局長、主船局長、医務局長に命じていた。しかし、その後は一向に進展がなかった。高木はこのままでは遅々として進まないと考え、政府部内で強い発言力を持つ前内務卿・伊藤博文に嘆願した。伊藤は「陛下も常日頃、このことをご心配なさっておられるので、陛下にご謁見下されます様お願い申し上げておく」とのことであった。また、伊藤の計らいで、有栖川宮威仁親王（会津戦争や西南戦争の総督として総指揮をとり、天皇の信任も篤い）にもお願いした。それらの嘆願が功を奏し、数日後に天皇陛下に拝謁を賜ることになった。

明治一六（一八八三）年一一月二九日、高木は川村海軍卿に伴われて赤坂皇居に参上した。有栖川宮親王と伊藤博文が臨席していた。高木は陛下を前に、海軍の惨状を訴え、これまでの脚気の調査・分析結果とその駆逐策について詳しく解説した。彼は脚気の原因は細菌や風土病などではなく、食事の調合不良が原因であり、兵食を白米からパン食や肉食へ変更する必要性を訴えた。また、兵食の金給制度もその要因になっていることなどを説明した。最後に陛下のご英断によって、兵食が改良されるようお願いした。天皇は高木の緻密で説得力のある調査・分析と国を思う信念に強く心を動かされ、「いい話を聞いた。海軍のために一層努力するように」とのお言葉を発せられた。この後、川村は高木の上申を受け入れ、「筑波艦」の遠洋練習航海では兵食の金給制度を廃止し、全額食費に当てるよう指示した。さらに、「筑波艦」脚気病予防実験の調査委員として筑波艦長・有地品之允大佐以下四名を任命した。また、海軍全般の食料調査を行い、毎月医務局に報告するよう、艦隊司令長官、海軍兵学校長、海軍裁判所次長らに指示した。有地艦長以下、「筑波艦」脚気病調査委員は高木を全面的に支持した。有地は「筑波」の脚気予防実験航海が海軍にとって極めて重要であることを乗組予定者全員に訓示し、彼らも高木の定めた食料を摂ることを誓った。

年が明けた。明治一七（一八八四）年は高木にとって、また海軍にとっても運命の年となる。一月一五日、川村は「下士以下食料給与概則」を全海軍に通達し、兵食の金給制度を廃止した。概則には高木が定めた食料の内容（米、牛・豚・鳥・魚など肉類、野菜、豆類、小麦粉、牛乳など）も記載されていた。高木は自分の要望が取り入れられたことで嬉しかったが、まだ不満があった。それは「筑波」の遠洋練習航海の内容である。予定の航路はホノルル、ウラジオストック、釜山へ寄港するだけの「龍驤」より遥かに短い距離であった。「筑波」を脚気病予防実験艦とするならば、「龍驤」と同じ航路でなければ比較する意味はない。彼は川村にそのことを何度も嘆願したが、これまで彼の要請を受け入れてきた川村は一転して「それは受け入れられぬ」と頑として首を縦に振らなかった。経費の増大が理由である。「筑波」の航海は以前から予定されていたもので、予算も既に決定されており、航海予定日数は一四〇日であった。「龍驤」の航海日数は二〇六日の予定であったが、脚気患者が多発したため二ヶ月も遅れた。そのため、資金が底を尽き「病者多し、航海できぬ、金送れ」と悲痛な電報を海軍省へ送ってきていたのである。「筑波」を「龍驤」と同じ航路にすると、五万円の費用を捻出せねばならない。当時の国家予算が八、三〇〇〇万円、海軍全体の予算が三〇〇〇万円である。

当時の五万円を現在に換算するとおよそ十数億〜二〇億円にもなる。海軍卿といえどもそう簡単に決められるものではない。かなりの高額である。

しかし、ここからが高木の真骨頂である。彼はいかに費用が嵩もうとも、脚気の予防法が確立しなければ海軍の存続はないと、「筑波」の航路を「龍驤」と同じにするよう川村に決断を迫った。しかし、「筑波」の航海予算は既に大蔵省を経て、閣議決定済みである。川村は大蔵省が拒否すると考えていた。高木は日本の盛衰にもかかわることだと必死に説き、何度も頭を下げたが、川村は大蔵省が許可しないと言うばかりである。そこで、高木は思い切って、自らが直接大蔵卿に嘆願することを許可してもらいたいと願い出た。川村はそこまで言うならと、自分の代理として交渉することを許可した。高木は礼を述べると、すぐにその足（人力車）で大蔵省へ向かった。そこへ着くと、大蔵卿・松方正義（薩摩藩出身、図10）に面会を求めた。しばらく待たされた後、松方の部屋へ通された。高木は「筑波」の実験航海がいかに重要であるかを熱く語った。松方は以前から海軍の脚気による惨状を聞いていたこともあり、理解を示してくれた。し

図10 大蔵卿・松方正義

図11 参議・伊藤博文

かし、「内閣閣議の決定事項だから自分の一存ではどうにもならない。参議の伊藤博文の同意を得て内閣閣議に取り上げてもらう必要があるので、伊藤参議にお願いしては」とのことであった。彼は松方大蔵卿に感謝し、再びその足で伊藤邸に向かった。幸い伊藤（長州藩出身、図11）は在邸していて、すぐに座敷に通された。高木は「筑波」が「龍驤」と同じ航路をとることの重要性を力説した。伊藤は「陛下が脚気のことをご憂慮されていることから、筑波の実験航海で解決の道が開けるのなら、内閣の議題に取り上げるべき」とのことで了承した。そして、「閣議の時には海軍卿と共に出席して説明するように」と指示された。

翌朝、高木は昨日のことを川村に報告した。川村は「そうか」とだけ言った。川村は自分の代理人として大蔵卿に交渉することは許可したが、伊藤参議にまで嘆願に行ったたことが不快であったのかもしれない。高木の要請に川村が難色を示していたことは海軍省内では周知の事実であり、高木が政府重臣にまで説得工作したことに反感を抱くものも少なくなかった。しかし、「筑波」の軍医長・青木忠橘・大軍医が高木の部屋を訪れ、有地艦長以下乗組員全員、食料積込の手筈も全て完了して、意気盛んなこと、そして「筑波」の実験航海は「龍驤」と同じ航路を取ることを一同切望していると勇気づけてくれた。高木は「龍驤」脚気病調査委員会にも「筑波」の航路を「龍驤」と同じにする件を上程。全員一致でこれを決議し、真木委員長と共にその決議をもって川村に尽力を懇願した。川村は「内閣決議事項なので、自分に採決権はない」と素っ気ない返答であった。

数日後、大蔵省から川村宛に書面が届いた。その内容はおよそ次のようであった。「筑波の遠洋航海の件については、内閣閣議で討議されるとされていたが、国家の存亡にかかわる重大事であるので、閣議の同意を得る必要はないことになった。大蔵省で検討した結果、その費用は来年度上半期の予算から、特別に繰り上げ支出されることに決定した」。高木はこれまでの苦労が報われたことに感激し、嬉しかった。川村も祝いの言葉をかけ、高木は謝辞を述べた。すぐに医務局長室に戻った高木は、有地艦長に書簡でこのことを知らせた。

「筑波」の航海予算承認の経緯については、もう一つ別の資料がある。高木が後年、講演した時の記録である。それによると、高木が松方大蔵卿に五万円の経費をお願いしたところ、松方は「私の金ではないから即答はできないが、伊藤に話しておけ、伊藤が賛成すれば異議はない」と言った。そこで、伊藤博文に話したところ、伊藤は「海軍省で三〇〇万円の経済（予算）に五万円の金が出ないことはなかろう。そんな筈はない」と言う。高木は「けれども（川村海軍卿は）できないというお話でありますから、私には何ともすることはできません。何卒大蔵省から五万円の支出をお願いします。ご賛成を願えば、松方大蔵卿が承諾するというお話でありました」と嘆願した。伊藤は「宜しい。承知した。明後日、内閣閣議だから、明後日、出て来なさい。海軍卿が海軍省に関する書類を携えて登閣なさい。その時、その筋の者に聞かなければならぬということのないように、有るだけの書類を持って来なさい」とのことであった。高木は海軍省へ戻って（川村に報告すると）「説明が入り用であるかもしれないから、お前（高木）も一緒について来い」と言われた。（ところが同席していた）海軍主計総監の長谷川貞雄が「来年度の上半期の分を使用して宜しいということならば、今度の航海に差し支えはない」と言い出した。すると（川村が）「上半期、差し支えない。五万円の支出を願うというならば、お前（高木）の言うとおり航海をさせることができる」と言ったので、大蔵省に特別支出を願い出ないことになった。つまり、この記録では、海軍省内部で決着している。また「筑波」の航路については、高木と有地艦長が「龍驤」と同じ航路にするべきと主張したが、川村は合意しない。その話の最中、火事を知らせる半鐘が鳴り、その火元が有地艦長の住居（木挽町）附近だとの報告が入った。川村は「筑波」の航路決定を先延ばしにしようとしたが、有地は「その方（航路のこと）が大事であるから、今ここで川村卿が決定するまでは、家は焼けても帰らない」と言い張った。それで川村もとうとう「それじゃ、まあ、それで宜しかろう」と合意したという。高木は有地艦長を尊敬すべき人物と高く評価している。

いずれにしても、「筑波」の予算と航路は高木らの要望どおりとなった。ただ、「筑波」出航まではあまり日数がない。高木は急いで、「筑波」の食事の献立（食量表）作成にとりかかった。彼は蛋白質と含水炭素の比率が適正になるように食量表を何度も修正し、完成させた。その表を有地艦長に渡して食料の調達を指示した。青木大軍医には、航海中、毎日曜日に乗組員の体重測定と病気発症時にはその病名を詳細に記録するよう指示した。さらに寄港地到着後、概要報告書を医務局に送るよう求めた。明治一七（一八八四）年二月二日、高木は「筑波」用の食量表を全海軍で実行するよう川村に要請した。川村は全艦船、兵舎、学校にこれを配布し、同年二月九日をもって実行するよう通達した。

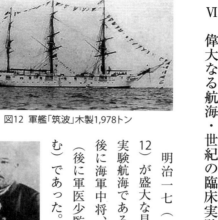

Ⅵ　偉大なる航海・世紀の臨床実験

図12　軍艦「筑波」木製1,978トン

明治一七（一八八四）年二月三日、軍艦「筑波」（図12）が盛大な見送りを受けて、品川沖を出航した。運命の実験航海である。艦長は有地品之允大佐（長州藩萩出身、後に海軍中将、男爵、図13）、軍医長は青木忠橘・大軍医（後に軍医少監）。総乗組員は三三三名（生徒二五名を含む）であった。航路は「龍驤」と同じくニュジーランドからチリ、ハワイを経る遠洋航路である（図14）。

図13　艦長・有地品之允大佐

「筑波」出航後、高木は各碇泊港からの報告が届くまで、夜も眠れ

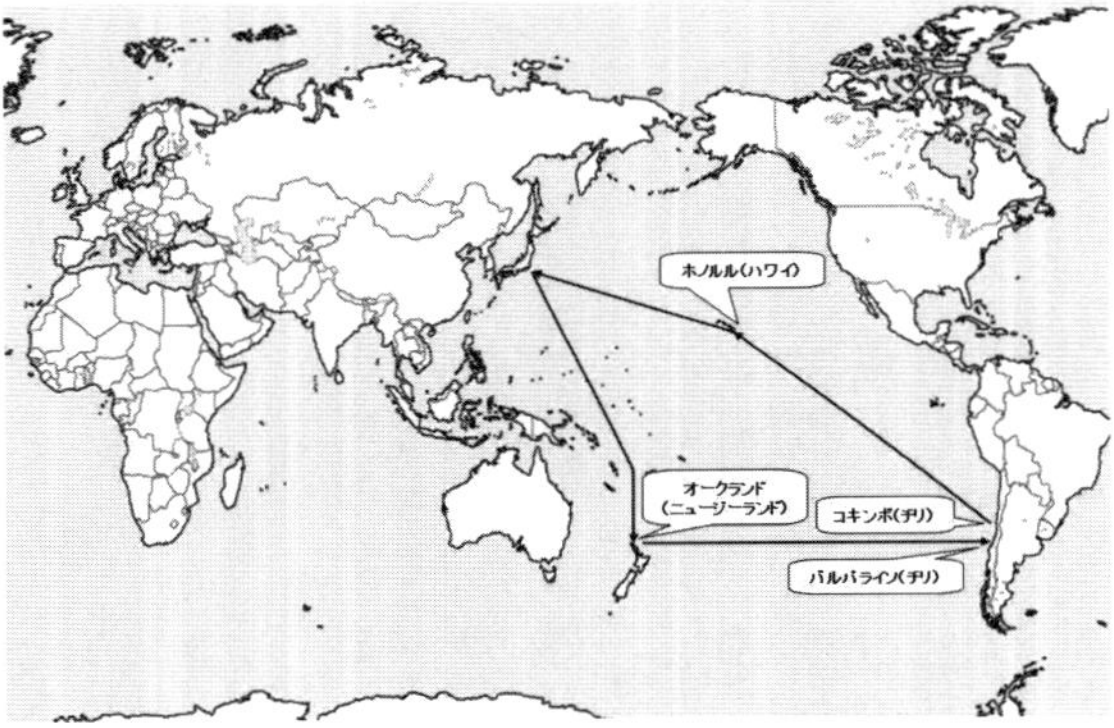

図14　筑波艦　実験航海航路図

ず体調もすぐれない日々が続いた。彼は、天皇にまで奏上し、有栖川宮親王や大蔵卿、内閣参議まで巻き込み、特別予算をもらってまで「筑波」の実験航海計画を変更させた責任を背負っていた。この航海に命を懸けていた。実験が失敗すれば切腹し、お詫びする覚悟であった。夜、眠っていても、「筑波」で脚気患者が多発し、実験が失敗に終わる悪夢で目が覚めることが幾度もあった。

三ヶ月が過ぎた。五月二八日、有地艦長からの第一報が届いた。「三月二一日、最初の寄港地ニュージーランドのオークランドに到着。生徒三名、水兵一名、計四名の軽症の脚気症状があった」との報告であった。しかし、まだ喜ぶのは早い。比較対照である「龍驤」の航海でもニュージーランドまでは、脚気患者は三名であった。差は全くない。まだ予断を許さない状況である。

秋になり、青木大軍医から第二報が届いた。四月二〇日にニュージーランドのオークランドを出航し、六月二二日チリのバルパライソに到着。しかし、そこは安全でないため、五日後に出航して北上し、七月二日チリのコキンボに到着。そこからの報告であった。「生徒一名、水兵四名、準卒一名、計六名が軽症の脚気に罹ったが、四名は航海中に、二名も寄港後数日で恢復した」とのことである。ただ、「龍驤」の場合もニュージーランドからペルーのカラオまでは脚気発症二四名、うち三名死亡とそう多くはない。ある程度減少したものの、差があるとまでは言えない。「龍驤」で多数の脚気患者が発症したのは、南米からハワイまでの航路である。したがって、チリからハワイまでの長期遠洋航路で脚気患者の発症をどの程度まで抑止できるのか、ここからが今回の「筑波艦」実験航海の最大の正念場である。高木には不安の日々が続いた。次のハワイからの報告までは人生で最も長く感じた日々であった。眠れぬ日々であった。酒を飲んで眠りに入っても、「筑波艦」内に脚気患者が溢れ、次から次へ死亡者を水葬に付す情景が何度も夢に出てきた。「こんな食量表などなんの役にも立たぬ」と有地艦長が激怒し、青木大軍医がその表を破り捨てる夢も見た。あげくの果ては、「筑波」が航行不能に陥り、太平洋を幽霊船のように漂う情景までも浮かんできた。

一〇月九日夕刻、高木は川村海軍卿から呼び出しを受けた。有地艦長からの電信文が届いたからである。いよいよ「筑波艦」実験航海の命運を決する時である。「筑波」は七月三〇日にチリのコキンボを出航し、九月一九日にハワイに到着していた。航行日数は五二日。「龍驤」は途中から蒸気走にしたため航行日数は四四日と短かった。川村から高木に電信文が渡された。高木は、最悪の場合、死も覚悟していた。どんな結果でも冷静に対処するつもりであった。しかし、電信文を見て手の震えが止まらなかった。「龍驤」でそこには「ビョウシャ　イチニンモナシ　アンシンアレ」と書いてあった。

一三八名もの脚気患者が発症し、二三名の死亡者まで出た南米からハワイまでの長期航路で、「筑波」は脚気患者を一人も出さなかったのである。

高木は電信文の文字を見つめながら、思わず胸が熱くなり、こらえきれず涙が漏れた。川村も目を潤ませ「よかったな」と声をかけた。川村は全面的な助力を約束した。高木は川村に頭を下げ、自室に戻った。「ビョウシャ　イチニンモナシ」の電信文が目に焼き付いていた。嬉しくて、頭の中で何度も読み返した。ここに至るまでの苦労の日々、陛下をはじめ政府重臣へ嘆願したこと、上司の石神、戸塚、部下の軍医たちと苦労を重ねて来た日々、これまで自分を支えてくれた人々、ウィリス、アンダーソン、妻や子供たちとの日々、そして自分を医師の道へ送り出してくれた亡き父や母との思い出が走馬灯のように次々と浮かんで来た。一気に涙があふれてきて、止まらなかった。

「ビョウシャ　イチニンモナシ」の電信文に海軍省内は沸き立った。高木のところには祝いの言葉を述べに大勢の者が訪れた。特に真木以下「龍驤艦」脚気病調査委員会委員たちの喜びはひとしおで、皆で祝宴を催した。

一一月一六日、「筑波」が品川沖に帰還した。ホノルルから日本までは腸チフスで一名死亡しただけで、脚気に罹った者は一人もいなかった。全航海日程二八七日（「龍驤」は二七〇日）で、脚気は一五名と極めて少なく、脚気による死亡者は無かった。「筑波」の実験航海は大成功をおさめたのである。高木は食量表を徹底的に実行させた有地艦長と青木大軍医に心から感謝した。後日、脚気一五名の中で八名が肉を嫌って全く食べず、また四名はコンデンスミルクを飲まなかったことが報告された。このことも高木が作成した兵食が脚気を予防するとの傍証となった。なお、後日の海軍医事報告撮要にはチリのコキンボからハワイまでの航海で「脚気一名あり」と記載されている。しかし、「一名あり」も「なし」も結論に全く差はない。結論が同じなら、数字は問題ではなく、結論をいかに印象深く、簡潔明快に伝えるかが電信文では重要なのであろう。有地艦長はこの航海最大の難関を乗り切って、いち早く高木ら海軍幹部に良い報告を伝えたかったに違いない。「ビョウシャ　イチニンモナシ（病者一人もなし）」は実験成功の報告とその時の歓喜を的確に表している。

有地艦長、青木大軍医以下乗組員は見事にその目的を遂行し、高木が改善した兵食が脚気を防止することを証明したのである。「筑波艦」実験航海の大成功により、海軍の兵食改革は一気に進んだ。「筑波」が出航した直後の明治一七（一八八四）年二月九日から、海軍では兵食を「筑波」と同じ食量表に統一することになっていたが、まだ徹底されていなかった。「筑波」が帰還した翌年の明治一八（一八八五）年二月、米食に慣れた兵たちはパンや肉を嫌い、それらを艦から海へ投げ捨ててしまうとの報告があった。それならばということで、高木は米・麦を等分にした主食にすることを川村に上申し、川村は直ちに全海軍に通達した。さらに、これを徹底するため海軍全部門の責任者への啓発講演を提案し、川村も快諾した。同年二月二四日、講演会が開かれた。前段として「龍驤艦」脚気病調査委員会委員長の真木少将が調査の経過と委員会の完了を報告した。次に高木が登壇した。これまでの詳しい資料で兵食改革の必要性を解説し、「龍驤艦」の惨状と「筑波艦」の実験航海の成功を示して、白米主食からパン、肉食への改

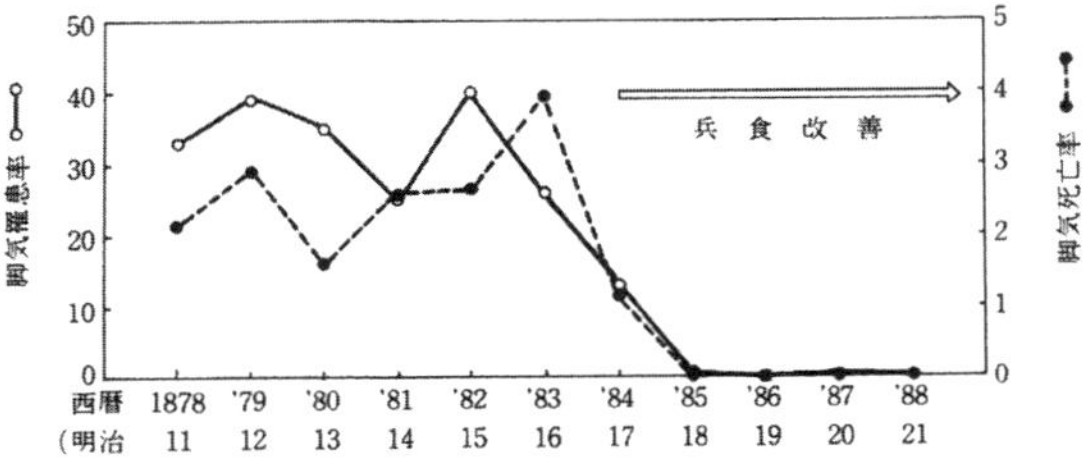

図15 脚気の罹患率と死亡率の年次推移・兵食改善の効果

善で脚気を撲滅できることを説明した。さらに、パンや肉が捨てられている事態に対応するため、米・麦混合食にすることで脚気を予防できることを訴えた。海軍存亡の危機から脱出するには兵食改革を確実に実行するしかないと熱く語った。講演が終わると、静まり返っていた場内から、大きな拍手が起こり、高木が降壇するまで続いた。

明治一七（一八八四）年、脚気患者は激減し、翌一八（一八八五）年以降は姿を消した（図15）。高木の兵食改善が正しかったことが証明された。同年三月になると、伊藤博文から「筑波」実験航海の成果を陛下に奏上するようにとの指令が下り、三月一九日宮中に参内した。高木は「龍驤」の調査報告とパンと肉類中心の兵食改善で「筑波」の遠洋航海では脚気を防止できたことを奏上した。陛下は脚気専門の高名な漢方医・遠田澄庵を深く信頼していた。遠田の主張する「脚気の予防は米食を断ち、小豆、麦を食べさせる」ことについて、高木に意見を求めた。彼は「まことにそのとおりと存じます。米こそ脚気にとって最も好ましくないと考えております」とお答えした。天皇は満足そうであった。

Ⅶ　脚気論争

この後、高木はやはりパンを主食とするよう活動する。これと並行してこれまでの成果を医学論文にまとめ、大日本私立衛生会雑誌に送った。明治一八（一八八五）年三月二八日発行の同雑誌に掲載された。当然、彼の成果を称賛する声が巻き起こると予想されたが、全く逆であった。ここから陸軍軍医部とその母体である東京帝国大学医学部陣による反論が始まるのである。いわゆる陸軍（ドイツ医学）対海軍（英国医学）の脚気論争である。相手は石黒忠悳（東京帝大医学部卒、当時陸軍軍医監）、緒方正規（東京帝大医学部卒、脚気病菌発見と発表、後に否定される）、大沢謙二（東京帝大生理学教授）、森（鷗外）林太郎（東京帝大医学部卒、陸軍一等軍医）など脚気病細菌原因説を主張するドイツ医学派（学理主義を重視）の人々である。中でも森は反論の急先鋒で、舌鋒は鋭く、論点は的確であった。彼は「高木の栄養学説に学問的裏付けがないこと、『筑波』の実験航海の結果は過去のデータ（龍驤艦）との比較であり、単なる偶然の一致の可能性があること、したがって『筑波』の実験では従来どおりの兵食を摂らせる群（コントロール）も設定して比較すべきだったが、それを行っていないこと、このように高木の学説は全く根拠がない」と徹底的に批判した。

図16 脚気論争の頃の高木兼寛

まだ脚気の原因が不明なこと、また当時は臨床試験の方法や疫学的な証明の方法が確立・評価されていなかったこともあり、高木は反論すべくもなかった。

しかし、高木（図16）は原因不明でも、臨床実験で脚気予防に成功したことこそ真理である（英国医学の臨床実証主義）と自信を持っていた。彼は食物中のある栄養素の欠損によって脚気が発症することを指摘し、ビタミン発見の道を開くことになる。一三年後、米の胚芽、米糠の成分（のちに化学構造が解明されビタミンBと命名）に脚気治療効果のあることが発見され、胚芽を除去した精製米（白米）の摂取が脚気の原因と判る。高木の学説が証明されたのである。しかし、ビタミン発見後も日本の陸軍中心の医学界は細菌説を固持し続けた。高木の学説を認めるのは森、高木が亡くなった後の大正一四（一九二五）年四月、ビタミン発見から二八年も後のことである。

脚気論争については長くなるので、またの機会に委ねるが、少しだけ高木を擁護しておく。彼は米食が脚気の原因とほぼ確信していた。「筑波」の実験で、森が主張するコントロール群を設定すれば、間違いなく脚気が多発する。したがって、人間性尊重の精神と臨床重視の英国医学を修得した高木にとって、そのような設定はありえなかったのであろう。現在では、臨床試験で高い死亡率が想定されるコントロール群の設定は倫理的に許されないことを考えると、高木は先見性のある、優れた医師である。しかし、法律と同様、歴史も「不遡及」なので、現代の価値観で森の反論を非とすることも適切ではない。ただ、歴史を検証し、その結果を将来の糧とすることは重要である。高木は時空を超越した、永遠に称賛される人物である。

高木は日本初の英語の国際欧文誌、Sei-I-Kwai Medical Journal（成医会医学雑誌）を発行し、英文でも発表した。それを交換雑誌として世界に送っていたことから、国際的に権威ある医学雑誌「THE LANCET」が彼の論文を見て、高く評価し、明治二〇（一八八七）年七月と明治二一（一八八八）年一月にその要旨を掲載した。日露戦争後、明治三九（一九〇六）年、米国コロンビア大学からの要請で講演を行い、拍手喝采を浴びた。その後、米国の主要都市を歴訪し、ワシントンではセオドア・ルーズベルト大統領にも会っている。フィラデルフィア医科大学でも講演し、同大学から名誉学位を授与された。その後、英国へ渡り、母校のセント・トーマス病院・医学校で、特別講演を行った。五月一九日、同二六日、六月二日の三日間にも及ぶ講演で、この内容はほ

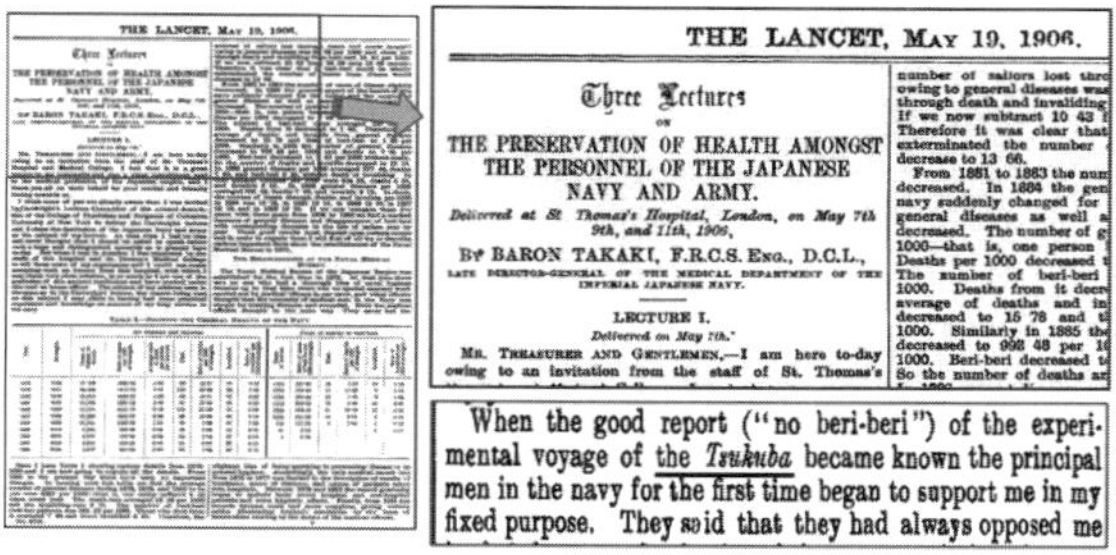

THE LANCET, May 19, 1906.

Three Lectures
ON
THE PRESERVATION OF HEALTH AMONGST THE PERSONNEL OF THE JAPANESE NAVY AND ARMY.

Delivered at St Thomas's Hospital, London, on May 7th 9th, and 11th, 1906,

By BARON TAKAKI, F.R.C.S. Eng., D.C.L.,
LATE DIRECTOR-GENERAL OF THE MEDICAL DEPARTMENT OF THE IMPERIAL JAPANESE NAVY.

LECTURE I.
Delivered on May 7th.

Mr. Treasurer and Gentlemen,—I am here to-day owing to an invitation from the staff of St. Thomas's

When the good report ("no beri-beri") of the experimental voyage of the *Tsukuba* became known the principal men in the navy for the first time began to support me in my fixed purpose. They said that they had always opposed me

図17 THE LANCETの論文（1ページ目）

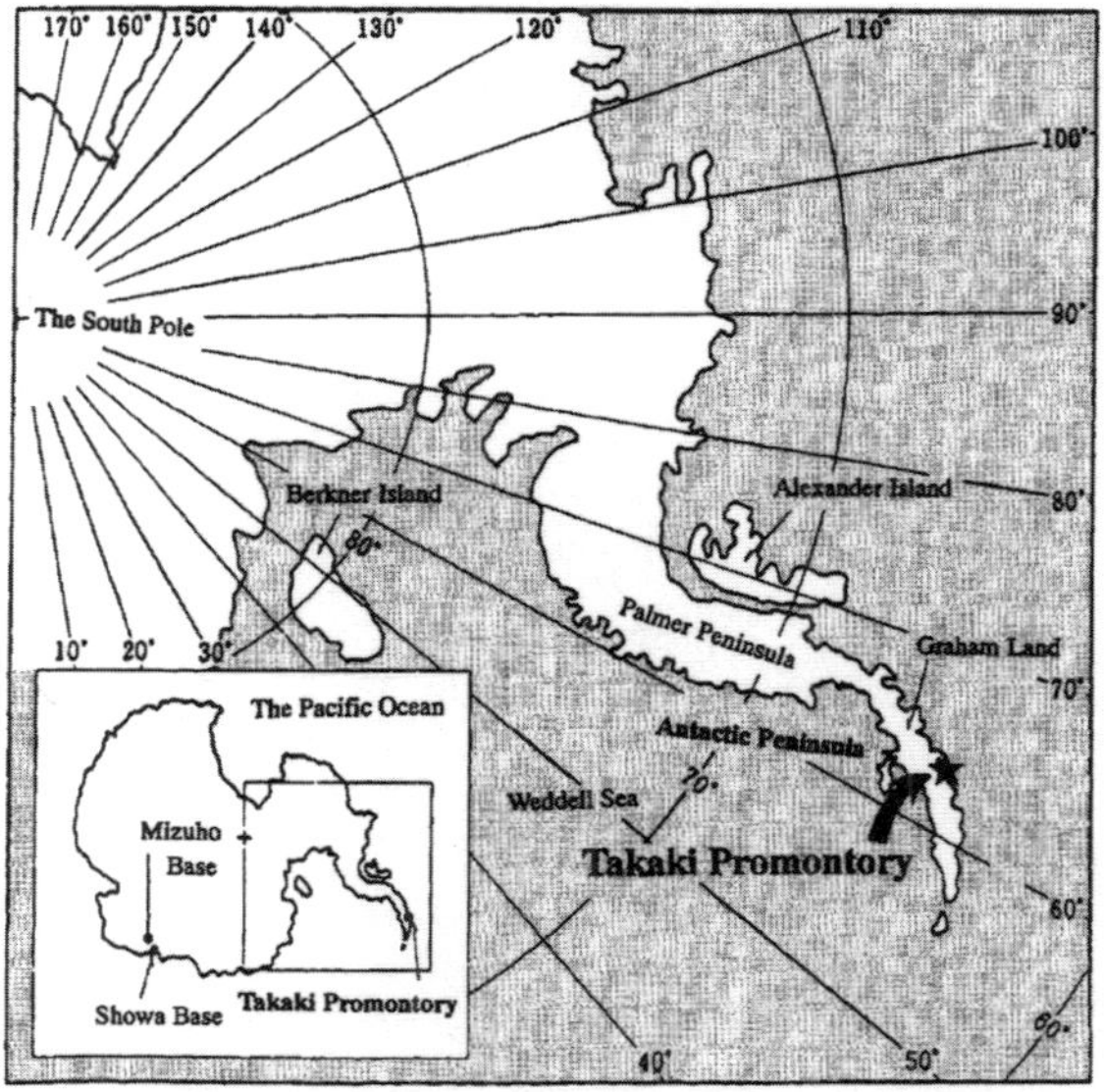

図18 南極大陸の高木岬（Takaki Promontory）

とんどそのまま「THE LANCET, May 19, May 26, June 2, 1906」に詳しく（合計一五ページ）掲載された。この講演のなかで「龍驤艦」の惨劇と「筑波」の実験航海のことが語られている（図17）。

高木は世界的に有名な数々の医学著書や教科書（ハリソン内科学書など）にもビタミン発見の先駆者として 紹介されており、日本よりも広く世界で名声を博した。昭和三四（一九五九）年、英国南極地名委員会は南極の地名にビタミン発見の功労者五名の名前を採用した。高木岬、エイクマン岬、フンク氷河、ホプキンス氷河、マッカラム峰である（図18）。エイクマンは高木が亡くなって九年後の一九二九（昭和四）年、ノーベル生理学・医学賞を受賞している。高木はノーベル賞クラスの医学者といえるであろう。ちなみに、世界地図に日本人の名前が付いているのは、間宮林蔵（間宮海峡）に次いで高木が二人目である。

Ⅷ　医学校、看護婦学校、後年

高木の功績はこれだけではない。彼は東京帝大医学部を中心とするドイツ医学派の権威・理論主義、研究至上主義の医風に対し、臨床を重んじる英国医学による医師育成の必要性を感じていた。そこで、志を同じくする松山棟庵（英国学派医師、福沢諭吉の高弟）と共に、明治一四（一八八一）年、成医会を結成した。患者を研究対象とみる医風から、病に悩む人間とみる医風へ転換しようと努力する。同年五月には成医会講習所を設置。翌年には有志共立東京病院（貧しい病人を無料診療する施療病院）を開設し、成医会講習所を成医学校と改称して、同病院内に移設した。このモデルは母校のセント・トーマス病院とその医学校であった。その後、東京慈恵会医院医学校となり、有栖川宮威仁親王妃殿下を総裁とする社団法人慈恵会設立後、東京慈恵会医院医学専門学校と改称。最終的には現在の東京慈恵会医科大学へ発展する。

また、彼は英国留学時、セント・トーマス病院で医学知識と経験の豊富な看護婦の活躍に感銘を受けた。それが同病院内にあるナイチンゲール看護学校での看護婦教育によるものであることを知った。そこで看護婦教育の必要性を痛感し、日本初の看護婦学校、有志共立東京病院看護婦教育所を創設する（明治一八〔一八八五〕年、現・慈恵看護専門学校）。その時、資金援助で創設に大きく貢献したのが、大山巌（薩摩藩出身、西郷隆盛の従兄弟、戊辰・会津戦争で狙撃され下肢を負傷、日露戦争時の満州総司令官・元帥陸軍大将）の妻、捨松である。実際の写真が残っている（図19）。

図19 大山（山川）捨松

話が逸れる。彼女は、平成二五年の大河ドラマ「八重の桜」に登場した。会津戦争で若松城に籠城した時、凧揚げをした子供たちの一人、山川さき（咲子、留学時に捨松と改名）である。明治四（一八七一）年一一月一二日、初めての海外女子（官費）留学生として岩倉使節団と共に渡米した。当時はまだ一一歳であった。その中には最年少六歳の津田うめ（津田塾大学の創始者）もいた。一〇ヶ月前には次兄・山川健次郎（会津藩白虎隊、後に東京帝大、九州帝大、京都帝大の総長を歴任）も既に米国エール大学に官費留学していた。捨松は一一年間の留学から帰国後、留学同窓生の永井繁子と瓜生外吉海軍中尉（米国アナポリス海軍兵学校卒）との結婚披露宴に出席した。ふたりは留学中に知り合っており、恋愛結婚であった。その時、同宴会に出席していた大山巌が捨松を一目で見初めるのである。大山は早くに妻を亡くし（二三歳、産褥熱）、三人の子供を抱えていた。捨松の長兄・元会津藩重臣・山川 浩（大蔵）ら山川家は大山が遺恨の宿敵、薩摩の軍人であったことから、猛反対する。しかし、大山の従兄弟・西郷従道が山川 浩を粘り強く説得し、ふたりは付き合うことになる。捨松は大山の人柄に惹かれ、自ら望んで彼の妻となる。彼女は名門ヴァッサー（女子）大学を優秀な成績（卒業生総代の一人に選出）で卒業したが、留学を一年延長したので、看護婦養成学校に通い、上級看護婦免許も取得していた。彼女は、わが国にも看護婦学校が是非必要と思っていたので、高木が資金不足で看護婦学校創設に苦労していると聞き、鹿鳴館で慈善バザーを開催。資金援助を行っている。

高木は海軍軍医総監そして日本初の医学博士となり、男爵、勲章も授かって、社会的には高い栄誉を得た。しかし、家庭での人生は社会による評価や本人の意志・願望とは関係なく、無情な世界の中で動いているようである。彼は六人の子宝に恵まれたが、長女は彼の英国留学中に六歳で病死。四男は三歳で病死。次女・寛子は大正四年一月、三一歳で病死。その四年後、大正八年一月、三男・舜三（ニューヨーク三井物産社員）が三七歳で急死（交通事故）。さらにその三ヶ月後、次男・兼二（セント・トーマス病院留学、東京慈恵会医科大学教授）も腸チフスのため三九歳で病没した。残ったのは長男・高木喜寛（セント・トーマス病院留学、東京慈恵会医科大学教授）ただ一人となった。この頃から急に心を病み、体調を崩した。持病のリウマチが悪化、腎機能も低下して、脳溢血で東京病院（高木の個人経営、現・東京慈恵会医科大学附属病院）に入院。妻、長男ら親族に見守られながら、大正九（一九二〇）年四月一三日、逝去した。享年七二。

Ⅸ　おわりに

高木は医師・看護婦教育などでも数々の素晴らしい業績を残したが、やはり日本の将来を左右した海軍の脚気撲滅が彼の最大の功績である。明治三七〜三八（一九〇四〜〇五）年の日露戦争で陸軍では多数の脚気患者が発症したが、海軍ではそれがなかった。特筆すべきは、旅順包囲戦では、海軍兵も陸軍と一緒に陸戦を闘ったが、陸軍（白米主食の兵食）が膨大な脚気患者を出したのに対し、兵食改革を行った海軍は殆どなかった。この事実は、兵食以外の条件が全く同じであることから、偶然ではあるが森林太郎が反論の根拠とした（レベルの高い前向きの）比較試験となっていた。高木学説の正しさを高いレベルで証明した事実（根拠）である。高木による脚気の調査・分析や「筑波艦」の実験航海は、日本初の疫学研究であった。彼が日本「疫学の父」とも称される所以である。

海軍の脚気撲滅がなければ、日本海海戦の勝利はなかったかもしれない。そして日本海海戦の勝利がなければ、日露戦争の勝敗はどうなったかわからない。その意味で、高木は日本海海戦さらには日露戦争勝利の立役者である。もっと言えば、日本国の救世主と言っても過言ではない。彼自身が脚気撲滅の達成をどう評価していたのかについて、興味深い記録がある。彼は母校セント・トーマス病院・医学校での特別講演のなかで、次のように述べている。「脚気撲滅の達成は、第一に海軍首脳に一人の有能な人物、川村純義海軍卿をもったこと、第二に軍医の教育を熱心に行ったこと、この二点によってであると躊躇なく言明できる」と。川村は高木の活動を必ずしも快く思っていなかったかもしれない。しかし、それでも彼の活動を妬んだり、邪魔したり、陸軍における森林太郎のような左遷人事（異論もある）はしなかった。高木の言動を理解しながらも、海軍組織の最高責任者として、苦渋の判断があったのだろう。「筑波」の実験航海成功後は、積極的に支援している。高木も順風満帆とは言えないまでも、大局的見地でみれば自分の要望は叶えられていることから、川村を高く評価したのではないだろうか。

最後に、脚気撲滅の最大の山場、一大転機は何と言っても、高木が命懸けで大幅に計画を変更した軍艦「筑波」の遠洋実験航海である。脚気撲滅の栄冠は、高木兼寛を筆頭に、彼を支えた多くの人々、そして、この「偉大なる航海」を遂行し、「世紀の臨床実験」を大成功に導いた艦長・有地品之允大佐、青木忠橘・大軍医、さらに、改善された兵食の摂取を忠実に実行した三三一名の乗組員が一丸となって勝ち取ったものである。全員に称賛の拍手を送りたい。

X　あとがき

本稿は主として吉村昭著「白い航跡」と松田誠著「高木兼寛の医学」をベースにし

た。しかし、それらの中で、航海のデータは数値が異なる部分もあったので、龍驤艦脚気病調査書、海軍医事報告撮要の資料を採用した。

〔参考文献〕

「白い航跡（上、下）」吉村 昭著（講談社文庫）
「高木兼寛の医学」松田誠著（東京慈恵会医科大学）
「高木兼寛伝：脚気をなくした男」松田 誠著（講談社）
「高木兼寛伝」高木喜寛著、佐藤謙堂編（一九二二年）
「龍驤艦脚気病調査書」明治一八年二月二五日 海軍省 国立国会図書館資料
「海軍医事報告撮要」明治一六年第三号 海軍医務局 国立国会図書館資料
「　同上　」明治一七年第五号 海軍軍医本部 国立国会図書館資料

「Three Lectures on the Preservation of Health amongst the Personnel of the Japanese Navy and Army」By Baron Takaki, F.R.C.S.Eng., The Lancet, May 19;1369-1374, May 26; 1451-1455, June 2;1520-1523, 1906

「食事の改善と脚気の予防」（高木男爵のセント・トーマス病院医学校での特別講演）
　松田　誠訳　第一〇〇巻記念論文　慈恵医大誌一〇〇、七五五－七七〇、一九八五

「鹿鳴館の貴婦人　大山捨松」久野明子著（中公文庫）

（「きんむ医」一六七号　二〇一三年一二月）

表紙の写真は、特集担当の先生撮影で、米国フロリダ、オーランドのディズニーワールドリゾートのエプコットセンターです。ＥＰＣＯＴとはExperimental Prototype Community of Tomorrow の略で「実験未来都市」との意味です。今回のテーマ「治験・臨床試験・臨床研究」は未来の医療への架け橋となるものです。先生の将来への思いが表れています。

私も、二十数年前、米国留学中に家族を連れて、訪れたことがあります。隣接するマジックキングダムが目当てでしたが、遊び疲れのため、二日目から子供が熱発して、ホテルで看病となりました。時間がなくてほんの一部しか見られませんでしたが、とにかくディズニーランドの規模の大きさには圧倒されました。

日赤の先生も少し述べられていますが、今回のテーマに因んで、特別寄稿として、不肖、私からわが国の臨床研究の元祖、高木兼寛を紹介させていただきました。日本初の臨床試験ともいうべき軍艦「筑波」の航海実験を計画・指導し、脚気の撲滅、ビタミン発見へと導いた人物です。鈴木梅太郎が世界に先駆けてビタミンを発見したことは国内では広く知られています。しかし、彼の業績が英語ではなくドイツ語に翻訳されたためでしょうか、世界で広く知られることなく、フンクがビタミン発見者となりました。高木は自ら創刊した成医会医学誌に英文でも掲載し、さらに世界の英文医学誌との交換を行いました。そのため「THE LANCET」が高木の業績を高く評価し、その内容を掲載しました。「THE LANCET」一九〇六年版には彼の英国での特別講演の内容が詳細に紹介されています。それを読むと、脚気撲滅に対する彼の情熱が伝わってきます。世界の人々が感動し、高木兼寛の名声が世界に広まったことが納得できます。

福岡病院の先生の「若人よ、チャレンジ精神、勇気をもって挑め」とのご意見に同感です。未来を担う若い人々には、高木兼寛のように、情熱と勇気、不撓不屈の精神をもって、病《やまい》の克服に取り組んで頂きたいと願っています。

（「きんむ医」一六七号　編集後記　二〇一三年一二月）

III

趣味

椿《つばき》の山

あれからもう四年近くになる。県内の国立病院機構では年に数回、院長協議会を開催している。一〇月の同協議会の時、某院長が痛そうに足を引きずっていた。理由を聞くと、先週の日曜日、秋晴れの天候に誘われ、ご夫婦で油山へ登ったものの、降りる時に足を滑らせ、膝が過度に屈曲。腱が断裂したという。完全断裂ではなかったそうで、手術は不要とのこと。しかし、局所の固定･安静が必要で、全治一～二ヶ月。重傷である。彼は私より七歳年下。といっても、もう若くはない。なのに慣れない事をするからだ、と密かに思いつつ、「お大事に」と慰めの言葉をかけた。

会も終わり一人で帰宅途中、大学時代の思い出が蘇ってきた。大学受験に失敗し、福高研修学園（浪人生専用の受験校）を共に過ごした友人がいる。一浪して互いに九州大学（彼は工学部）へ合格した。一年目は同じ六本松の教養部へ通った。彼の誘いで、何度か油山へ登った。あの頃の懐かしい思い出が目に浮んできた。本学に進んでからは学部キャンパスが離れていたこともあって、以後、油山へ行くことはなかった。

今、油山はどうなっているだろう。あの市民の森の展望台はまだあるのだろうか。初めて山頂に辿り着いた時、そこは木が生い茂り、周囲の展望は全く不良。周りは木ばかりで何も見えず、市街地や博多湾を見渡すことはできなかった。「油山の頂上ってこんなところ～？　見晴らし悪い！」と、期待はずれであった。今でもそうだろうか。いろいろな思い出が湧いてきて、あの青春の日々が懐かしくなった。それで、その足跡を辿ってみようと思い、次の日曜日に登ってみることにした。

四十数年ぶりである。前日は小学校の遠足前のように気分が高揚した。一〇月一七日(日)、目覚めは早かった。雲一つない秋晴れ。絶好の行楽日和である。リュックに飲料水とチョコレートを入れ、車で油山へ向かった。市民の森への入り口に到着したが、門は閉まっていた。午前九時開門との表示。まだ一時間もある。周りの道路端には数台が駐車していた。早朝に来た人は、皆ここから歩いて登ったのだろう。私もここに車を停め、まずは市民の森を目指すことにした。しばらく登りの坂道が続く。勾配は緩やかであるが、歩いて数分もすると息が上がってしまう。日頃の運動不足を痛感した。時折休みながら、三〇分もかかって市民の森の駐車場、管理センターへ到着。この年は猛暑で、一〇月に入っても気温は下がらず、秋の気配は全くない。汗びっしょりである。少し休憩し、水分を補給した。

さて、ここから山頂までどれくらいの時間がかかったか。四〇数年も前の事である。憶えていない。市民の森散策ルートの看板を見ると、山頂へのコースは三つある。最短コースで、行けるところまで行ってみることにした。市民の森周回コースの途中に、案内表示があった。山頂への道はよく整備されていて、急峻な坂道は階段になっていた。昔はここまで整備されていなかったと思いながら登っていった。登山道は、山頂まで平坦なところはほとんどない。緩急混在する登り坂の連続である。すぐに息が上がるので、何度も休憩しながら進んだ。

早朝だったので当初は人の気配もなく、自分の荒い呼吸と時折の野鳥の鳴き声が聞こえるだけであった。ところが、時が経つに連れ、何人もの登山者が「おはようございます」と挨拶しながら、後ろから軽々と追い越していく。私は息が上がっているので、返事の挨拶も絶え絶えである。若い人から追い抜かれるのはやむを得ないが、追い抜く人たちはどう見ても私より年配か、せいぜい同年代にしか見えない。その中には女性グループもいる。悔《くや》しいというか、惨《みじ》めというか、情けない限りだ。いや、これまでの運動不足、不摂生の罰だ。今は諦めるしかない。羨むよりも、むしろ素晴らしい、立派な人たちと称賛しよう。私も負けずに頑張ろうと思った。

やっとのことで頂上に辿り着いた。標高五九七m。午前一〇時を回っている。そこは昔と変わらず木が生い茂っていて、周囲の展望は開けていない。ただ、北側だけは木が伐採されて、博多湾と市街地を望むことができた。丸太を縦割りしたベンチもいくつか設置されている。昼食にはもってこいの場所でもある。登山は下山の方が危険である。知人の院長のこともあるので、滑らない様、慎重に下り、無事に車へ辿りついた。下りは登りの2／3位の時間で済んだ。良い運動にはなったが、年齢には勝てない。翌日から数日間は下肢の筋肉痛と右膝の関節痛に襲われた。

その後も休日には油山市民の森の周回コース（一周三、四〇〇m。二〇〇m毎に道路表示がある）を散策した。しかし、暫くすると体力もついてきたので、山頂を目標に定めた。一年後には、五〇回登頂を達成した。毎週一回は登ったことになる。お蔭さまで体重は一割減少。ズボンのベルト穴も二つ縮まった。食事を減らした訳ではないので、思わぬ嬉しい効果である。

さて、当時、「山ガール」と称する若い女性の登山が流行し始めていた。確かに女性登山者には多数遭遇したが、どなたを見ても失礼ながら接頭語に『元』が付く。「山熟女」もそれなりに経験と落ち着きがあって趣が深い。ただ、集団化すると、世間話に夢中のあまり、こちらが挨拶しても無視されることがある。油山に「山ガール」はいないのかなあ……。それから一年が経過し、山熟女には毎回のように遭遇した。お互いに顔馴染みとなって、今では必ず挨拶を交わすようになった。しかし、相変わらず「山ガール」には遭遇しない。ただ時折、若い集団が駆け上がってゆき、その中に女性を見かけるが、登山スタイルではない。トレーナーにスポーツシューズ。トレイルランである。多分どこかの会社か大学の陸上部なのだろう。登りの階段は、結構急勾配で、一歩一歩ゆっくり登っても息が切れる。なのに、この若い集団はそこをあっという間に駆け足で登ってゆく。しかし、驚くのはまだ早い。上には上がいる。いつものように登頂し、下山していると、自転車（マウンテンバイク）を肩に担いで駆け登って来る強者《つわもの》とすれ違った。「おはようございます。すごいですね。頑張って下さい」と言葉をかけた。油山は中高年にとっては登山の対象だが、この若者たちにとっては単なる陸上部のグラウンド、鍛錬の場なのであろう。

またある時、頂上でいつも顔馴染みの男性と少し会話を交わした。週に三回以上は山へ登っているそうである。今年も二六〇回以上とのこと。計算すると、一週間に五日。彼の足は早く、いつも途中で追い抜かれる。年齢、七六歳（現在八〇歳）とのこと。よく行くのは、久住、背振だそうで、この年は車で高速を飛ばし、鹿児島の開聞岳（通称薩摩富士）にも日帰りで登ってきたという。超人的高齢者である。彼のストックは登山専用の洒落たものではなく、そこらに落ちていそうな木の枝で、腰にはタオルをぶら下げている。これで白髪に白髭を生やしていたら、まるで仙人。このスーパー御老人にとっては、油山は登山の対象というより、ランナー集団の若者と同様、日常の鍛錬の場なのである。

油山だけだとマンネリ化する。体力が付いてくると、もう少し高い山へ行ってみたくなった。大学時代、学友たちと一度だけ宝満山へ登った。すごく苦しかったことだけは忘れられない記憶として残っていた。この歳になって登れるか、挑戦してみることにした。宝満山もいくつかの登山ルートがある。最もポピュラーなのは正面の竈門神社からのルート。五月八日（日）、いつものように早朝に出発。日の出頃に竈門神社の駐車場に到着。まだ薄暗いのにもう既に数台の車が停まっている。支度を整えていると、数人が下山してきた。いずれも中高年の男性である。後でわかったことだが、宝満山は古くから修験道の霊峰で、頂上には神社の上宮がある。この時刻に下山ということは、信心深い人たちのご来光目的なのだろうか。

神社に参拝し、その横に登山口の表示があるので、そこから登山を開始。最初と八合目の中宮附近にやや緩やかな道があるものの、あとは殆どが急勾配の上りがひたすら続く。特に百段ガンギと呼ばれる急な石段（事実、数えてみたらほぼ百段だった）は心臓破りの階段。修験者の修業の山であったことを実感させられた。ここを登り切っても、やっと七合目。

百段ガンギ

ここからも、ただひたすら登りの連続である。中宮に辿り着くと少し平坦になる。あと一息。袖すり岩（岩と岩の狭い道で袖をすりそうになるのでこの名がついたらしい）を過ぎると頂上。宝満は岩山である。頂上は特に巨大な岩の上で、正面ルートの最後は人がやっと一人登れるくらいの狭い急峻な石段である。別のルートへ回っても、ほぼ垂直と思われるほど切り立った岩場に打ち込まれた鉄製の足場や鎖、梯子を伝ってよじ上らなければ頂上に辿り着けない。

山頂鎖場

山頂まで二時間半ほどかかった。標高八六九m。上宮に参拝。油山と違って、宝満山頂からの眺めは素晴らしい。三六〇度見渡せる。福岡市は一望できるし、周辺の山々、そして晴れていれば、遠く雲仙も望むことができる。暫く休憩し、下山。その途中、大勢の人だかりで道が塞がっていた。近づくと山伏姿の人々を囲んで何やら儀式を行っている。宝満山修験会による峰入りの行事とのことであった。竈門神社に戻ってくると、何組もの「山ガール」とすれ違った。

　宝満山ともなれば、「九州百名山」（山と渓谷社刊行）の一つにも選ばれている。人気の山である。九州一円からはもちろん、本州からの来訪者も多い。ある時、山頂から三郡方面へ少し下った分岐点で、中年のご夫婦が地図を広げて悩んでいた。傍を通りかかると、三郡への道を尋ねられた。道程を教えたところ、三郡縦走したいと言われる。縦走となると若杉山までとなるが、往復されるという。そうなる

山伏

山ガール

宝満眺望

と宝満まで戻って下りるまで、少なくとも八〜一〇時間はかかる。今からだと、帰りは暗くなりそうである。九州人ではなさそうなので、どこから来たのか聞いた。さいたま市とのこと。あちらでは三郡縦走ルートは好評だそうで、一度訪れてみたかったという。この時間から往復するのであれば、前砥石か砥石山までくらいで引き返せば、明るいうちに下山できるし、三郡縦走も十分堪能出来ると説明した。ご夫婦も納得された。お気を付けてと言葉を交わし別れた。

一方、油山は「福岡市民の森」として知られているが、山としての知名度は地域限定（福岡市近郊）である。立花山もこの百名山に紹介されているが、標高は四〇〇ｍにも満たない。油山は標高五九七ｍ。高さだけが百名山選定条件でもないようである。百名山は品格、歴史、眺望、個性などが選定基準とのこと。

油山の歴史は旧い。その名称は六世紀、インド渡来の清賀上人が油山観音正覚寺で、わが国で最初に椿の実からツバキ油を精製したことに由来している。由緒ある山である。平安時代末期には三六〇もの僧坊があって、比叡山で修業を積んだ鎮西上人が油山学頭となり、九州第一の学問の道場であったという。油山観音の近くに、鎮西上人霊蹟と刻まれた立派な石碑が立っている。江戸時代には黒田藩のお狩場となり、藩主が姫を連れて訪れた「姫ヶ淵」や領内（宗像から朝倉）を一望に見渡したとされる国見岩（今は杉が生い茂って見晴らしは今一歩）などもある。

登山対象としての評価のマイナスポイントは、山頂は木が生い茂り、眺望が良くないことである。日陰になるので、憩いの場としては好ましいとの意見もあるが……。また、太平洋戦争末期、終戦直前の福岡空襲、広島と長崎の原爆投下に端を発する米軍捕

椿の山から三郡縦走路の山々を望む
（左から若杉、砥石、前砥石、三郡、宝満）

虜処刑、通称油山事件（現在の斎場附近）があり、さらに、終戦直後、海軍士官二名（海軍技術中佐三九歳、海軍少尉二五歳）が国を守れなかった責任をとって、鎮西上人霊蹟碑から少し奥へ入った所で割腹自刃した。その追悼の石碑が建っている。そんな戦争の暗い過去を背負っている。九州百名山に選出されていないのは、これらのマイナス要因のためであろう。

百名山といえば九州では〝くじゅう連山〟が全国的に有名である。そこへも何度か登ったが、そうたびたび行ける山ではない。これに対し、油山は、交通の便もよく、何といっても、日常の散歩感覚で気軽に楽しめるのが最大の長所。キャンプ地、遊歩道、登山道もよく整備され、四季折々の変化もある自然豊かな山。私の登山の原点。ホームグラウンドである。昨年四月には一〇〇回、今年の六月には一五〇回登頂を達成した。しかし、知名度の低さか、あるいは早朝のためなのか、いずれにしても、あれから四年も経つが、未だ「山ガール」は幻である。

「油山」は一四〇〇年以上も前からそう呼ばれている。名称は尊重すべきであるが、その言葉から受ける印象は芳しくない。山頂からの眺望は今一つであるが、山道の随所に福岡市街や博多湾、太宰府方面、そして立花山、若杉〜三郡〜宝満の縦走ルート（写真）が一望できる展望箇所がある。古来、椿が咲き誇る、歴史と伝統ある山である。この山を慈《いつく》しむ者として、別称でもよいので、「椿《つばき》の山」と呼ぶことを提唱したい。いつの日か、「椿の山」の知名度が高まり、山ガールたちにも人気が出て、広い世代から親しまれる山になることを願っている。

（「きんむ医」一七〇号　二〇一四年六月）

表紙の写真は、山岳写真撮影を趣味にしておられる先生の作品です。本誌一六〇号の表紙を飾った「霧氷のライオン岩（大船山、九重）」も同先生の撮影でした。冬の九重も素晴らしい景色でしたが、今回のミヤマキリシマ（平治岳）も絶景です。ただ、写真では限界があります。実際の方がもっと素晴らしく、実感としては世界自然遺産に匹敵すると思っています。世界遺産？　そこまで言えるの？　と疑われるでしょう。実は、今年の六月初旬、初めて平治岳に行ってみました。麓に着くと、そこから山頂に至る一面にミヤマキリシマが群生していて驚きでした。その麓までは、結構、何時間もかかりましたし、そこから目前の山頂までの路は登山客で激しい渋滞でした。したがって、この山麓でも十分堪能できたので、ここで引き返そうかと悩んでいました。ただ、折角来たことでもあり、頂上まで行かないのも何のため苦労して、ここ

まで登って来たのか解らないので、小休止後、渋滞の列に加わりました。大渋滞のためほとんど動けない時間の方が多かったのですが、初心者には辛い、結構急な登りです。

やっとの思いで頂上に着くと、突然目の前がパッと開けて、圧巻の景色が目に飛び込んできました。驚きと感動で思わず「ワーッ！ すごい！…」あとは言葉も出ません。デジカメのシャッター切りまくりです。山頂と思って登って来てみると、実はそうではなく、平治岳はさらにその向こうに見える山でした。しかし、ここからの眺望は、見晴らしの良い平治岳の山全体とその周辺の山々まで、見渡す限り一面がミヤマキリシマでピンク色に染められていたのです（表紙の写真）。麓からは、この圧巻・絶景は全く見えません。登山渋滞を耐え忍び、この急登も制覇した者だけが見ることのできる神様のご褒美です。世界自然遺産にしてもらいたいほど圧巻の絶景です。

この日はもう一つ想定外のことがありました。これは世界遺産という大袈裟なものではありません。ごく個人的な些細な驚きです。殆ど進まない大渋滞を何とか凌ぎ、平治岳の山頂に辿り着きましたが、あまりの人の多さに閉口し、やっとのことで最初に山頂と思い込んでいた箇所に引き返してきました。そこに次々と這い上がってくる人々は、突然目前に広がる絶景に「ワーッ！ すごい！ オーッ！ すごい！」の喚声を口々に連発していました。そこも混雑が激しく、満員電車状態の中、私は下りようとして、続々と登って来る人々をかき分け、かき分け進んで行きました。すると、大きなカメラを首から下げて登ってきた一人の男性が私の進路を塞ぐように正面に立ちはだかりました。邪魔なおじさんだなと思って、目と目が合った瞬間、絶句。なっ！ なんと！ 表紙の写真を撮影された先生ではありませんか。こんなところで、しかもこれだけの雑踏・満員状態の中、何という巡り合わせなのでしょう。赤い糸？ お互いに思わず苦笑してしまいました。日頃、医師会の会合では定期的に会っているし、こんな所で今更、日常会話もないもんだ、と言わんばかりの雰囲気で、この日は山岳カメラマンになりきっておられました。会話も挨拶程度で済ませると、山岳写真家に戻った彼は、高級カメラを手に、絶景アングルを求めて、颯爽と雑踏の中に消えて行かれました。素性を知らない周囲の人々は、生き生きとした、格好よいその姿から、プロの山岳カメラマンと思ったに違いありません。今回の表紙の写真はその時撮影されたものです。

（「きんむ医」一六六号　編集後記　二〇一三年九月）

運と偶然の意味

車の運転中、独りの時はＦＭラジオが欠かせない。この地域の一番人気はＦＭ福岡。地元パーソナリティの会話が楽しい。時間帯によっては全国ネットのキーステーション・東京ＦＭが流れる。日曜日の午後四時は、福山雅治の「スズキトーキングＦＭ」である。一時間番組で、福山選曲の音楽と視聴者からのメールを紹介するコーナーで構成され、彼の軽妙なトーク、放送作家・今浪《いまなみ》氏との掛け合いが愉快である。日曜日の夕方なので、その時に運転中でないと聴かないが、平成二六年一二月二一日は、たまたまその時だった。「Hotel de 福山（オテル・デ・フクヤマ）」のコーナー。冒頭、福山がこのコーナーを説明する。「福山さんファンのアナタ、他の誰かと二股かけたりしてませんか、それは誰？　また、一度は他の誰かのファンになったけど、福山さんファンに戻ってきたアナタ、本命は◯◯なんだけど、今は福山ファンに浮気中、という方も、赤裸々な告白、お待ちしています」。その日は広島市、三一歳男性からの投稿メールが披露された。

『福山さん、僕は福山さんと縁を切ろうと思ったことがあります。それは去年の二月の話です。もともと僕は「ゆず」が一番大好きだったんですが、付き合い始めた彼女が福山さんの大ファンだったので、僕もその影響を受けて直ぐに福山さんに鞍替えしました。二人で全部CDを揃えました。ライブも沢山行きました。ライブの選曲を全部メモして帰って、カラオケで二人で全部そのまま歌うのが帰りの楽しみだったんです。僕たちは甘い福山さんライフを三年ほど続けたんです。いつか二人で長崎を旅行しようねと約束をしていました。

結婚も話し合っていたんです。それなのに突然、別れ話を切り出されました。理由は、結婚を考えたりしているうちに、他に好きな人ができたから、一回リセットして考えたいということでした。突然の宣告に、最初は実感がなかったけど、どんどん悲しくなって、独りで福山さんの曲を聴いていると余計に悲しくなって、彼女が特に好きだった「スコール」とかは、その最初のワンフレーズ目から嗚咽して聴いていました。

〝……さっきまでの通り雨が……私　恋をしてる
哀しいくらいもう隠せない　この切なさは
もっと一緒にいたい　二人だけでいたい
叶えてほしい　夏のひとみ
さがしてた　あなただけ……〟

それで僕は大晦日に、彼女を忘れるためには、福山さんを忘れなければならない。

という答えになり、「ゆず」の前に並べていた福山さんのCDを全部売りました。

　そして、年が明け、でもやっぱりラジオは聴きたいし、どうしても彼女からの告白を受け入れられなかった僕は、二月に長崎に誘うメールを送りました。でも返事は来ませんでした。それでも待ち合わせの土曜日、時間を指定して、広島駅で新幹線のチケットを買って待っていたのですが、彼女はやっぱり来ませんでした。その時、何もかもが阿呆らしくなって、僕は彼女のチケット代を全部払い戻して現金に換えました。二万五千円くらいだったんですが、そのお金を全部ドブに捨てようと思って、馬券売り場に行きました。そして、日曜日のG１レースの馬券を、福山さんの誕生日二番六番で全部買いました。そして彼女に「旅行代は馬券にして処分しました。福山さんの誕生日で買ったよ。二番六番で」とメール。それでも返事はなく、僕は独りで長崎を旅行しました。独りで福山さんの曲を聴きながら、長崎を傷心旅行。特に稲佐山公園で聴いた「約束の丘」は泣けました。

〝……何度も自分に問いかけてきた　何ができるか
追い続けてるこの憧れは　どこにあるのか
目を閉じて見つめれば　ここにあるのに
なに一つこの手にまだつかめない
約束の丘にたつ　その日まで
求めてくこの道を　切り開く……〟

彼女をここへ連れてこれなかった自分を恥じました。
一泊二日の長崎旅行を終え、帰りの博多からの新幹線で福山ナンバーを全部消去。生まれ変わると決めた僕がいました。そして家に帰って福山さんグッズの整理をしながらテレビを見ていたら、スポーツ番組で僕が買ったG1レースの結果をやっていました。それを見たら、なんと二番六番が当たりになっていました。「これ、なんだよ、マジかよ、当たってんじゃん」と思って金額をみたら、それは万馬券。なんと計算したら二五七万円。ビクッとなって、ビクッとなって、そしたら彼女もテレビを見てたみたいで「ねえ、ねえ、二番六番って。買ったレース？」とメールをくれました。

　こんな大金の馬券をどうしていいか解らなくて、とりあえず彼女と相談することになりました。そして話し合っているうちに、お互いもう一回やり直そうという話になりました。そのお金で婚約指輪を買いました。それから僕は直ぐに福山さんのCDを全部新品で買い直して「ゆず」の前に並べ直しました。

　それから一年経って、僕たちは今年の春に結婚しました。結婚式では福山さんの曲を全部やりました。彼女の歌う「スコール」で長崎旅行を思い出し、またまた僕は号泣してしまいました。福山さん、あの時はほんとうに助けられました。あんな幸運は、もう人生で二度とないと思います。福山さんへの思いが、あの時からますますふくらんでいる僕です（終）』

福山さんと今浪氏のテンションは最高潮に達した。投稿メールの真偽のほどはわからないが、「事実は小説より奇なり」である。ストーリーは真に迫っている。事実には違いないだろうが、これは誰でも経験することではない。どうしてこんな〝奇なり〟が起こるのだろうか。少し考えてみよう。

これは運（人知・人力の及ばないなりゆき）と、それとは無関係の、いやそう思うだけで、関連はあるかもしれないが、いくつかの行動や出来事の連鎖（人の意思による作用）が巧妙に繋がって、幸運がもたらされたといえる。G1レースで二番六番が優勝し、万馬券であったことは偶然の運である。一方、未使用の新幹線の代金払戻しは通常、誰もが行うだろうが、やけくそで馬券を買う、そして馬券の数字を自分や彼女の誕生日ではなく、福山さんの誕生日にする、さらにそのことを彼女にメールすることなどは、彼独自の決断と行動である。これら（人の意思による作用）に偶然の運が絡んで、最終的に彼に幸運が舞い込んだといえる。

しかし、視点を変えてみると、馬券は買わない、番号を一番五番にする、彼女へはメールしないなど、どれか一つでも異なる行動をとっていたら、幸運はめぐって来なかっただろう。そう考えると、この世界には様々な、そして多くの運が溢れているが、それが幸（幸運）になるか、不幸（不運）になるかは私たちの意思、行動が関係しているということになる。

ただ、運のすべてが人の幸・不幸に繋がるわけではなく、周囲に渦巻く運の大半は何の影響も及ぼすことなく、通り過ぎ去っているのであろう。そうでなければ、私たちの行動のすべてが自分の意志の及ばないところで、幸か不幸のどちらかに、偶然、仕分けされることになり、緊張感と不安で、とても生きて行けない。恐らく何らかの要件、というか何かが揃って、偶然、運と人の行動が繋がった時、幸になれば幸運、不幸になれば不運ということになるのであろう。しかし、その何らかの要件とは何なのか。何が揃ったらそうなるのか。どんな手法でアプローチしたらよいのか。皆目見当もつかない。

先日、日頃、親しくお付き合い頂いている先輩の先生から、遠藤周作のエッセイ集『生き上手　死に上手』という文庫本を頂戴した。その中に「人間の無意識の力　〝偶然と加護〟」という項目がある。そこには近年、深層心理学者たちが「偶然」には深い意味があるのではないかと考え、研究していることが紹介されていた。気分不良のため、乗らなかった飛行機が墜落したことを引用し、助かったのは人の心の奥底にある予知能力が警告を発し、気分不良になったからだというのである。

深層心理学者から見れば、広島の彼が二番六番の馬券を買って、彼女にメールし、その馬券が万馬券になったのは、彼の心理（彼女への執着・未練・強い願望）と心の奥底にある予知能力（無意識の力）によるということなのだろう。しかし、彼の一連の行動が一つでも異なっていれば、彼女との関係が戻らなかったのは確かである。

信念、夢や願望とそれをめざした一連の決断・行動が偶然の運（時代の変革など）と結びついて、思いがけなく念願が成就するということは事実として、歴史上でも起きている。ただ、偶然の運は人の信念・意志の及ばないところなので、それは「運が良かった」の一言で片付けられている。しかし、そこに至るまでの信念や願望、そして一連の決断・行動がなければ、幸運は訪れないことも確かである。そう考えると、人の意志、信念、揺るぎない願望とそれを目標とした一連の決断・行動があって（深層心理学者からみれば、それが無意識の力となって）そこに偶然の運が連動した結果、幸運が舞い込んで来るといえる。とはいっても、それら（信念や願望と一連の決断・行動）があれば、すべてが幸運に繋がるとは限らないのも事実である。しかし、少なくともそれらがなければ、偶然の幸運に恵まれる可能性すら皆無になることも確かである。

これ以上の論理展開は堂々巡りになるので、ここまでが素人の考えうる限界である。これから先は形而上学分野にお任せするしかないが、深層心理学者が考える「偶然には深い意味がある」、つまり「人間の無意識の力」と「偶然の運」には何らかの関係があるのではとの考え（仮説？）は、ある意味、真実なのかもしれない。将来「偶然の深い意味」が解明されることを期待している。

それにしても、壊れかけた男女関係が蘇《よみがえ》ったのは、奇跡である。人の願望と一連の決断・行動、そして偶然の運が織り成した無形芸術作品と言える。赤の他人事ながら祝

長崎市街（稲佐山より）

ながさきサンセットロード（左）と遠藤周作文学館

福したいが、その後、彼らがどんな人生を歩むのか。一度ある事は二度ある。再び別離の危機が来た時、果たしてそれを脱することができるのか。無責任な大衆週刊誌的興味は尽きないが、予期せぬ幸運をつかんで絆を深めた貴重な経験が、これから起きる数々の難局を乗り越える縁《よすが》になると信じている。「末永くお幸せに」

（附）「スコール」と「約束の丘」の歌詞（ゴシック体の箇所）は投稿メールにはない。本稿の演出効果を高めるため著者がその一部を抜粋・挿入した。見出しの画像は東京ＦＭの番組ホームページから引用した。同番組は平成二七年一二月から土曜日の午後二時の新番組「福山雅治　福のラジオ」になった。

〔参考文献〕

・「福山雅治の suzuki Talking F.M.」東京ＦＭ、平成二六年一二月二一日(日)午後四時～四時五五分放送

・「生き上手　死に上手」遠藤周作著（文春文庫）

（「きんむ医」一七六号　二〇一六年三月）

Ⅳ　人生の道標

私のこだわり「何故？ どうして？」

今回の特集テーマは「私のこだわり、私の決め事」。担当の先生曰く、「書き易いテーマでしょう」。では投稿してみるかと思ったが、自分のこだわりって一体何だろうか。私としては日頃の生活・行動はごく普通だと思って意識していない。全く思い浮かばない。はたと行き詰まってしまった。広辞苑をひくと「些細なことにとらわれる」「拘泥する」「思い入れする」とある。あまり良い意味ではないようだが、一般会話では「あの人って~にこだわっているよね」とは普通によく聞かれるフレーズだ。ということは、こだわりは他の人々がその人の性格や行動などをみて、他の人とは違う、その人だけの特徴を表現したものということであろうか。言い換えれば、こだわりとは、他の人とは異なる自分独自の信念的思考や行動を指しているのだろう。そう思って自分のこれまでの考えや行動で他人と異なることがなかったかを振返ってみた。

そういえば、ある時期「何故？　どうして？」にこだわったことがある。大学受験に失敗し、浪人生活を送っていた頃だ。当時、高校三年生と浪人生の高校附属予備校では定期的に合同の試験結果が公表されていた。高校一階廊下に横長の紙で一番右がトップで左へ一〇〇番位まで氏名が張り出されるのだ。一〇〇番まで公表される理由は、某有名大学合格者が一〇〇人前後だったからだと思う。つまり廊下に公表されるということは、某有名大学の合格圏内だということなのである。浪人当初は上位にランクしていたが、次第にスランプに陥ってしまい、夏頃にはついに廊下の紙から消え去ってしまった。これでは学部の変更どころか志望大学も変えねばならない。勉強しなかった訳ではないが、スランプとは恐ろしいもので、先生や友人、親の意見を聞いても、何をやってもうまくゆかない。合格圏外の遥か彼方、数百番台くらいまで下降していった。秋になり、冬が近づくと何とか圏内には入るようになったが、下位に低迷。医学部圏内にはほど遠く、なかなかスランプから抜け出せなかった。

しかし、あることがきっかけで気分一新。ただ受験日まで三ヶ月。もう後がない。背水の陣。食事、入浴、睡眠・トイレなど生命維持に必要な時間は可能な限り短縮。後の時間はすべて受験勉強に集中。周囲のあらゆる雑念を振り払い、精神を集中して臨んだ。すると、頭の中に新しい場面が展開してきた。それまでは歴史の教科書を開いても年号と出来事を憶えるだけで、無味乾燥。面白くもなく、なかなか憶えられなかった。しかし精神を集中して読んでゆくうちに、ある時、「どうして」この出来事（紛争や政変など）がおこったのだろう?「何故」この人物がこの出来事を興したのか?などの疑問が生じて来た。そんな思いで、歴史の教科書を読み込んでみると、その疑問に答える内容がさらりと簡潔に記載されていた。ただ「～だから、この出来事が起こった」というような理由が述べられているわけではないので、疑問に思わなければそのまま記述に流されて記憶に残らない。しかし、疑問をもって読むと、何故この出来事が起こったのかが理解できるのである。

当時、その歴史の教科書は優れた教科書として大変好評であったが、その時、始めてそのことを実感した。素晴らしい教科書であった。それからは、歴史の勉強が面白くなり、「なるほどそうか」と自らの疑問を自ら解釈・解決しながら、近代から古い時代へ遡って勉強していった。そうやって時間軸を逆にして歴史を紐解いてゆくと、ある出来事の背景にはその要因となる変化が必ず事前に存在する。歴史は必然性の連続で、繁栄をもたらす要因に滅亡の原因が内在する。歴史はまさに、平家物語の冒頭の言葉「諸行無常」「盛者必衰」なのだと感じた。

話が逸れた。歴史に限らず「何故？　どうして？」と意識することで受験勉強全般が面白くなった。その結果、成績は急激に向上。三月、晴れて「桜咲く」の朗報となった次第である。今こうしてあるのも、このこだわりのお蔭だ。

その後、折に触れて「何故？　どうして？」と自問自答している。学位のテーマもこのこだわりから生まれた。胃癌に表層拡大型（Super 型）や深部浸潤型（Pen 型）のように異なる発育形式があるのは何故だ。詳述するだけの紙面の余裕はない。結論としては、がんの領域（多中心）発生説へ到達し、何とか学位を授かった。

その後、外科医として手術後の経過が思わしくない時には必ず「何故だ。どうしてそうなったか」と自問自答している。しかし、答えは簡単にはみつからない。解剖や生理の教科書、文献で基礎的なところを調べてみても、推論するしかないものばかりである。例を挙げる。食道癌の再建手術で食道胃管吻合はいくら上手な熟練外科医が行っても吻合不全は起きている。胃管の血流が問題であるとして、細径胃管がよいかどうかが議論になったこともある。また再建ルートの影響として、胸壁前は胸骨後や後縦郭に比べて吻合不全が多いことから、胸壁前ルートは胃管が長くなるため吻合部が血流不良になりやすいからと言われている。胃管の血流が関係していることは、術後一〜二日目に血圧が下がったり、思わぬ出血を来すと吻合不全を来すことが多いという経験的な印象からも頷ける。これに加えて私は二つの不利な条件があると考えている。

食道の解剖、生理をおさらいしてみよう。吻合部となる頸部食道の筋肉は横紋筋（随意筋）だが、胃の筋肉は平滑筋（不随意筋）である。種類の異なる筋肉の吻合（消化管を骨格筋に吻合するのと同じ）であり、吻合条件として不利である。もう一つの不利な条件は、手術後麻酔が醒めると嚥下運動がおきてくるが、そうなると吻合部が常に上下に動かされている不安定な状態になることである。頸部食道が横紋筋であることが、吻合に不利益をもたらしているのである。ただ、この二つの不利な条件は現状では避けられないものである。将来は横紋筋と平滑筋の吻合条件を改善する方策が講じられてくることを期待している。

もう一つ例を挙げる。これは最近、若手外科医によく質問している。「S状結腸は何故S字状になっているのか？」。彼らにすれば、これまで疑問に思ったこともない質問だ。誰もが「エッ……!?」必ず暫く絶句する。しかも、すぐに返答は戻ってこない。後で解答するよう指示しても、なかなか返答はこない。それならばとヒントを出す。「それではS状結腸がS字状でなかった場合、つまりS状結腸切除術を行ったらどうなるかを考えてみなさい」。「あーそうか。S状結腸がなくなって直腸と下行結腸を吻合すると結腸が直線化して、排便回数が多くなる。軟便にもなるなー」。そのとおりだ。S状結腸は便を貯留し、水分吸収の最終段階で固形便にすることで、一日に一回か数日に一回の固形便の排便で済むようになっているのである。つまりS状結腸があることで、人間は日常生活に支障を来さないようになっているのだ。人類創成期、弱肉強食の生存競争を生き延びてゆくためには、襲われる危険性の高い排泄行為はできるだけ少ない回数で短時間がよい。そのため、便の貯留機能と固形化機能としてS状結腸が存在するのではないかと考えられるのである。人類が弱肉強食の時代を生き抜き、今、こうしていられるのもS状結腸のお蔭だと言えなくもない。これは解剖や生理の教科書に記載されているわけではなく、単に私の見解である。他に理由があるかもしれない。

長くなった。最後に、「こだわり」って、一体何なのだと少し考えてみた。「何故?」「どうして?」とこだわって、それなりに自分の納得できる解答が得られても「それでどうなんだ」「歴史に必然性があるのなら、将来どうなるか予測できるのか?」「それは結果論だから、そう言えるのだ」こんな意見が投げかけられるだろう。確かに、結果論として、その理由は何とでもこじつけられそうである。そこからは何も生まれてこない。ただ、その存在自体に成功と失敗の要因が表裏一体になっていることを悟り、「諸行無常」「盛者必衰」の虚しさを実感するだけかもしれない。

こだわりとは他人からみれば、些細なこと。ただそれだけのことだろうが、その人にとってはなくてはならない大切なもの、かけがえのないものなのだろうと思う。時代や体制を変えることはないのかもしれないが、その人の人生を左右するほどの大きな潜在力を秘めている。寿司におけるわさびの存在のように、それがないと味気ないが、多すぎると涙が溢れて耐えられない。「こだわり」は人生に変化と魅力、豊かさ、そして時には辛さも与える「人生のわさび（香辛料）」のようなものではないだろうか。本稿を閉めるに当たり、私にとってのこだわりとはそういうものではないかとの結論に達した。皆さん方はいかがであろうか。

（「きんむ医」一六六号　二〇一二年三月）

一六〇号のテーマは「私のこだわり、私の決め事」。

当初、担当の先生から、「特集を組むに当たって」の原稿を戴いた時「書き易いテーマでしょう」と言われました。それならばと、今回、私も投稿しようとしましたが、「はて、何を書こうか……」と、しばらくはフリーズ状態。意外と難しい。皆さん方の原稿を読んでみても、どなたもすんなりと書き始められていないようですし、ご苦労されたことがよくわかります。

「こだわり」といっても、これは第三者にとっては些細なことでしょうが、本人にとっては大切なことです。しかし、当の本人は普段から身に付いているので、あまり意識していません。だから、そうたやすく筆が運ばなかったのだと思います。ただ、今回、自

分のこだわりって一体何だろうと逆に意識させられたことで、これまでの人生を振り返り、考えさせられる良い機会を与えて頂いたようです。

担当の先生が「何故、このテーマを選ばれたのか？」を考えてしまいました（これこそ私のこだわりです）。先生の「特集を組むに当たって」の中に、人生の参考にしたい企画とあります。確かに、執筆者の皆さん方のこだわり、決め事を通して、それぞれの人生、そして人物像の一端が浮かび上がってきています。各人の思い、生き方など、某元首相の国会答弁で話題になった「人生いろいろ」を実感した次第です。読者の皆さんにも、人生の参考になったことと思います。

しかし、一方では執筆者の方々のこれまで知られていなかった一面も披露されています。性格をさらけ出し、迂闊にも、ある意味自分を裸に晒してしまった感もあります。これこそ、担当の先生の、無意識なのかもしれませんが、密かな隠された企みだったのではと勘繰ってしまいました。考え過ぎでしょうか。単なる邪推かもしれません。でも、言い換えれば、それほど人物像が浮き彫りになった優れたテーマだったという賛辞でもあるのです。もし意識されていたとすれば、独り密かにほくそ笑んでおられるかもしれませんが、これればかりは、人の心の奥底、闇の中。ここは、私のこだわり、自問自答、根拠のない勝手な解釈ということでお許し下さい。

今回の特集担当の先生には、人生を振り返るきっかけを与えて頂きました。企画の真意はともかく、自らの人生を回顧し、生き方を考えさせられる大変良い、優れたテーマだったと感服し、心から感謝しております。

なお、表紙の写真は山岳写真が趣味の先生が撮影され、別の会誌のご寄稿の中に貼ってあったのを、特集担当の先生が是非表紙にとご依頼されて、ご提供頂きました。とても素人とは思えない、プロカメラマン顔負けの素晴らしい九重の冬景色です。

（「きんむ医」一六〇号　編集後記　二〇一二年三月）

「若さ」の意味　～こころに残る詩～

一七年程前、米国へ留学し、東部フィラデルフィア郊外で一年間程、生活した。ニューヨークへは車で二～三時間の距離だったので、家族を連れて時々遊びに行った。そのせいか帰国後もニューヨーク、マンハッタンの街がテレビに映ると、なぜか懐かしくなってその番組をみてしまう。

帰国後数年経った、ある休日の午後。家族は外出。自宅で独り、遅めの昼食をとりながら何気なくテレビのスイッチを入れた。特に見たい番組があったわけではない。チャンネルを二つ、三つ変えると、ニューヨーク、マンハッタンのビル街が目に入った。

懐かしくもあり、そのまま眺めた。新聞の番組欄をみると、タイトルは「カウボーイfrom JAPAN」とあった。米国で生活する日本人を通して、米国の理念「自由と正義」の大切さ、日本社会との違いを紹介したドキュメンタリーのようであった。その内容はもう憶えていないが、その中の一人の日本人の印象が忘れられない。

彼は博多、中洲でカントリー&ウェスタン（C&W）の店を営んでいたが、四年前、本場の米国ナッシュビルへ渡り、青春時代からの夢であるC&Wの歌手を目指しているという。画面に彼の名前と年齢が表示された。名前は忘れたが、五四歳という年齢が強く印象に残った。表示が出なければ、とても五四歳には見えなかったからである。三〇歳後半か四〇歳前後にしかみえない。ギターを片手にC&Wを歌っている彼の表情は生き生きとして、若々しい。今、青春の真っ只中といった感じである。彼の唄う姿をみていると、「若さ」について詩ったサミュエル・ウルマンの一節が思い出された。

若さとは人生のある時期のことではなく、心のあり方のことだ。

若くあるためには、強い意志力と優れた構想力と、激しい情熱が必要であり、小心さを圧倒する勇気と、易きにつこうとする心を叱咤する冒険への希求がなければならない。


人は歳月を重ねたから老いるのではない。

理想を失う時に老いるのである。

歳月は皮膚に皺を刻むが、情熱の消滅は魂に皺を刻む。

心配、疑い、自己不信、恐れ、絶望——これらのものこそ、成長しようとする精神の息の根を止めてしまう元凶である。


（中略）


大地や人間や神から、美しさ、喜び、勇気、崇高さ、力などを感じとることができるかぎり、その人は若いのだ。

すべての夢を失い、心の芯が悲観という雪、皮肉という氷に覆われるとき、その人は真に老いるのだ。

全文はまだ長い。歳をとっても情熱、勇気、信念、希望を忘れないことが「若さ」の秘訣であろう ―― くらいの意味しか思い出せなかった。この原稿を書くにあたり、以前読んだ文献を探し、こころに残る詩として、その一節を紹介した。

話を戻す。五〇歳を過ぎて、故国を離れ、外国で生活するのは将来への不安も少なくないはずである。しかし、彼はそのような不安に打ち勝つ勇気、情熱、希望をもっていたのに違いない。ウルマンの詩った「若さ」である。だから彼は実際よりも若くみえたのであろう。若さとは暦の年齢ではない。心に勇気と情熱、希望を絶やさないことである。五四歳の青年の夢が実現しつつあるところで、このドキュメンタリー番組は終了した。

年を経るにつれ、日々の生活に埋没し、疲れ、次第に若さを失ってゆく。誰もが持っていた青春時代の勇気と、情熱、希望をいま一度思い起こしたいものである。失われつつある「若さ」がよみがえってくることを期待して。

（「きんむ医」一三三号　二〇〇六年六月）

教育は人生を左右する？

前院長の後任で平成二一年七月に新入会（ロータリークラブのこと）しました。自己紹介致します。昨年（平成二一年）還暦を迎えた団塊の世代です。生まれは福岡県糟屋郡古賀町花見（現在の古賀市）。

当時はまだ自宅出産で、産婆さんが間に合わず、父（内科勤務医）がとりあげました。

幼少時、まだ我が家にテレビはなく、楽しみといえばラジオの少年探偵団や赤胴鈴之助でした。テレビは近所に一軒だけ。夕方になると近所の子供たちがみんな見に来ていました。相撲は若乃花と栃錦戦。野球は西鉄ライオンズ。巨人との日本シリーズで、三連敗後、稲尾の四連投四連勝で奇跡の逆転優勝。とくに第五戦目延長一〇回裏、稲尾のレフトぎりぎりのサヨナラホームランで勝利した場面は今も深く脳裏に焼き付いています。神様、仏様、稲尾様。

小～中学校で二度転校し、転校生へのいじめも経験しましたが、何とか耐え抜いてきました。ロータリークラブ入会時の挨拶でも述べましたように、高校は福岡高校です。有名大学進学に限らず、柔・剣道やラグビーなど福岡高校のライバルは常に修猷館でした。若い頃の教育は大変重要で、人間形成に大きく影響します。修猷館に負けるな、追い越せの徹底したライバル意識付けは、恐ろしいというか、今なお生き続けています。

残念なことに、前院長、その前の元院長、両先生とも修猷館。おまけに何の因果か、こともあろうに家内とその姉、その夫も修猷館。周りは修猷館だらけ。負けています。以前よく妻の実家に夫婦で集まった時など、高校の話題になると、肩身の狭い思いでした。ただ、唯一の味方は旧制福岡中学（福岡高校の前身）出身の義父でしたが、八年前に他界。現在また孤立状態です。

彼女と知り合った時、出身高校はわかっていたのですが、ライバル意識は意識するなと思っていても、逆に意識してしまいます。

敵に勝つには敵を知らねばならない。幸か不幸か、自ずと興味が湧く。哀しき？　それとも嬉しき？　宿命でしょうか。もし私が福岡高校でなかったら、あるいは彼女が修猷館でなかったら、一緒になっていなかったかもしれない。そう思うと、教育は人生を左右する？　ロータリアン四つのテストその一「真実かどうか」。

今は、日常、意識することはありませんが、最近、家内は高校の同窓会旅行に出かけたりすることが多くなり、そうなると話題は噛み合うはずもなく、逆になんでそんなに楽しいんだと絆の強い同窓意識を妬ましく思ってしまいます。気持ち的には負けているのでしょうか。いつまで経ってもライバル意識から逃れられない日々を送っています。ロータリアン四つのテストその三、ライバルは「好意と友情を深めるか」に照らしつつ、良きライバルは良き友とならんことを念じて。

（「福岡南ロータリークラブ」二〇一〇年一月号）

The Longest Day of A Japanese Family

「日本人家族、高速道路で全員凍死」？　二八年も前のことである。某医師が家族を連れて米国フィラデルフィア中心街の大学医学部へ留学した。フィラデルフィアは北緯三九度五七分。日本では岩手県北部に相当する。冬の寒さは厳しく、零下一〇度C以下になることも珍しくない。積雪は深くはないが、冬期は日常のことである。米国の国土は広い。公共交通機関網は主要都市を結ぶ幹線のみで、日本のように生活圏にまで普及していない。日常生活では自動車が唯一の移動手段。車は一人一台。生活必需品である。そのため、道路網は良く整備されている。冬の積雪時でも幹線道路は除雪と融雪剤散布で車道に雪は積もっていない。凍結によるスリップのリスクはあるが、注意して運転すれば左程の支障はない。彼の住まいは中心街から北へ三〇㎞ほど離れた郊外のベンセイラム、ヴィレッジ・スクエア・ウェスト、ローレル・コート。木々の緑に囲まれた閑静な集合住宅街。治安も良く、生活環境は悪くない。通勤は車で約三〇分弱の道程である。六ヶ月が過ぎ、初めての冬を迎えた。この頃になると、日常英会話は話すのはともかく聴く方はかなり理解できるようになっていた。休日は家族を連れて車で遠出することも多く、行動範囲も広くなった。

一九八九年一月七日(土)、快晴であった。一家四人(夫婦、長女五歳、二女三歳)はヤオハン・ニューヨーク店へショッピングに出かけた。ニューヨークへは片道一二六㎞。車で約一時間四五分の道程であるが、米国へ来てから一～二度訪れていたので車での移動は慣れていた。ただ、季節は真冬である。天気は快晴であるが、外は一面白銀の世界。積雪は深いところでは二〇～四〇㎝はあるものの、道路は除雪と融雪剤撒布で走行可能である。車は中古のフォード・エスコート・ワゴン、排気量一六〇〇cc。米国製小型車であるが、あまり評判は良くない。少々の不具合は近所のペップボーイ（自動車用品販売店）が修理もしてくれる。ただ、この車は直進性が良くない。常にステアリング（日本ではハンドル）を小刻みに左右に操作していないとまっすぐ走らない。ペップボーイのメカニックに相談すると、これはどうもこの車の走行構造設計に根本的な原因があるようで直せないという。走行性能上の問題はあるものの、欠陥車とまでは言えないようである。それでも、これまでは大きな故障もなかったので、走行できないわけではなかった。当時、既に日本車は高性能と故障が少ないことで評判がよく、中古でも米国車より高価であった。しかし、休職での留学のため、給与は一家四人が生活できる最小限の額。経費節約のため、前任者から安く譲り受けた車である。

さて、有料（といっても五ドル程度）高速自動車道九五号線（New Jersey Turnpike）を快調に走り、ヤオハン・ニューヨーク店に到着した。住所はハドソン川に面したニュジャージー・エッジウォーターであるが、対岸がアッパー（北部）マンハッタンなので、知名度の高いニューヨーク店と称して、インパクトの大きな宣伝効果を狙ったのであろう。ヤオハンは日本の食料品や日本製品を本格的に取り扱う日本人経営の大型ショッピングセンターで、当時積極的に海外展開し、急成長していた。米国ではカリフォルニアを拠点としていたが、一年前に東部に進出してきたのである。当時フィラデルフィアやニューヨーク近郊に日本の食品や商品を扱う店舗はなく、韓国人経営の小さな商店で日本食品らしきものを代用していた。したがって、日本食の生活環境は貧弱で、米国東北部在住の日本人にとって、待望のショッピングセンターであった。到着すると、日本語の号外が配布されていた。昭和天皇ご崩御の号外であった。渡米前の報道で、病気のことは知っていたが、米国で昭和の終わりを経験するとは思わなかった。ご冥福を祈るとともに新しい時代の到来を感じた。

ヤオハンでの買い物を済ませると夕方になっていた。道路が凍結しない、日のあるうちに帰りたかったが、すでに日は暮れていた。道路はニューヨーク中心街からの帰りを急ぐ車の移動で交通ラッシュ状態。自宅に着くのは夜の八時すぎになりそうだった。渋滞を抜け、高速九五号線に入った時、既に辺りは真っ暗。道路の凍結はなかったが、周囲は純白の積雪である。当時、米国の高速道路には街灯が殆どない。道路の明かりは走行車のライトだけである。さらに、日本のように高速道路の周囲附近まで町や村の民家が迫っていない。町の中心街を抜けると、次の町までは数十分も高速で走らなければならないし、そこまでは周辺に民家は全く存在しない。また町の近くでも高速を降りて、しばらく走らないと住宅街に辿り着かない。高速道路の周囲は荒野や田畑が広がっているだけで、人家は全くないのである。したがって、夜の高速道路は走行車のライトが道路を照らすだけで、道路周辺は真黒の闇である。遠くを見ても人家の灯りもなく、荒野なのか畑なのかも全く見当がつかない。とにかく日本では想像できないくらい国土が広い。「大自然アメリカ」が実感として感じられるのである。

九五号線を走行することおよそ一時間。それまで順調に走行していたが、何の前触れも無く、エンジンが止まった。突然の出来事に驚いたが、このままの状態で停車すれば、後続車から追突される。それは避けねば一家四人の命が危険に晒される。咄嗟にそう思って、惰性走行の間に、ステアリングを右へ切って車を道路脇へ移動させると、車は自然に停止した。彼はエンジンを再始動させようと何度もイグニッションキーを回した。しかし、イグニッションは作動しているものの、エンジンはうんともすんとも、全く始動の気配はなく、微動だにしない。エンジンの温度計を見てもオーバーヒートではない。始動を何度も繰り返したので、イグニッションの動きが弱くなってきた。これ以上はバッテリーが消滅するので、始動は諦め、ライトも消し、エンジンキーを抜いた。

彼は車に常備してある緊急用の懐中電灯を点灯し、車を降りた。防寒着を身に付けていても外は寒い。ボンネットを上げ、エンジンルーム内を見たがオーバーヒートした様子もなく、ファンベルトも切れていない。原因は解らない。日本ではエンジンが動かない原因は、主に駐車時のライトの消し忘れによるバッテリーの消耗である。したがって、駐車後の再始動でエンジンが動かなければ、別の車からケーブルを連結して充電すれば始動していた。しかし、今度のように走行中にエンジンが突然止まるという事態は素人の想定の域を越えていた。ただならぬ重大な故障であることは想像できた。問題はこの時期、場所、時間の全てが最悪であった。フィラデルフィア・ニューヨーク間、厳冬期の高速道路、夜七時過ぎ、周囲は無人の荒野。白銀の世界。交通量は少ない。時折通り過ぎて行く車はかなりのスピードで走って行く。故障車のライトは総て消えているので、高速道路脇の故障車には誰も気づかない。高速走行中、道路上に人が現れるのは想定外である。暗闇から助けを求めても、気づかれない。例え、気づいても車は急に止まれない。そのまま走り続けるしかない。助けを求めようと、走行車線に近づくのは、下手をすれば、車に跳ねられて命を落としかねない。極めて危険である。

彼は車内に戻って、どうするか途方に暮れた。当時、携帯電話はまだ無い。辺りは人家の灯もなく、真っ暗闇の中、走行車のライトが時折、周囲が白銀の世界であることを写し出す。家族は不安そうであるが、娘二人はまだ幼い。事の重大さは理解していない。エンジンが停止するとライトも消え、ヒーターも止まる。ラジオも聞けない。次第に車内も寒くなってくる。翌日の夜明けまでは、まだ一〇時間もある。夜間の屋外環境に長時間暴露されることまでは想定していなかったので、防寒着は軽装備であった。このままでは、車内で凍え死んでしまいかねない。彼の妻も不安は隠せないが、日頃、車に詳しく、小さなトラブルは自分で修理してくれる夫である。何とかしてくれるだろうと思っている。しかし、彼自身、走行中の突然のエンジン停止は経験がない。そんな車の故障も日本では聞いた事もない。内心、どうしたものかと不安になってきた。車のヒーターも停止したので、暖気も徐々に弱まり、外気の影響で車内も次第に寒さが増してきた。

「日本人一家四人、高速道路上の故障車内で全員凍死か？」こんな新聞記事が彼の頭を駆け巡った。広大な大自然アメリカで家族を養い、守るのは父親である。父親は強くなければ生きて行けない。家族も守れない。彼はアメリカの大自然の中で生きてゆくことの厳しさを身に滲みて感じた。ここは寒さなんか問題ではない。助けを求めて行動するしかない。そこで、辺りを注意深く見回してみた。すると、木々の生い茂る暗闇に微かな灯りのようなものが見える。もしかしたら住宅の灯りかもしれない。彼は「あれが何か確かめて来る」と家族に告げると、意を決して再び外へ出た。道路から外れるとその先は木々が生い茂った森林。膝まで埋まる程の積雪である。道があるわけではない。懐中電灯の明かりを頼りに、暗い雪の中を進むと、その先に確かな灯りが見えた。希望が湧いてきたので、一旦車へ戻り「何とかなりそうだから、もう少し頑張れ」と家族を励まし、再びその灯りを目指して暗闇の森へ入った。

故郷を遠く離れ、海外で果てるわけにはゆかない。必死の思いで雪をかき分け、かき分け、小さな灯りを目指して進んで行くと、一軒の小さな建物が見えた。近づいてドアの窓から中を覗くと、会社の事務所風で、一人の職員風中年男性が机に向かって何か仕事をしていた。これは後で解った事だが、そこは高速道路の管理事務所で、男性は当直職員のようであった。ドアを叩いて中へ入れてもらい、拙い英語で「高速道路でエンジンが突然止まってしまった」と伝えた。「走行方面、車種、乗車人数を教えろ」というので「フィラデルフィア方面、フォード・エスコート・ワゴン、四人」と答えるとその職員は受話器をとってどこかへ電話し始めた。しばらくして電話を切ると「OK、レッカー車が救助に向うから、車へ戻って待ってろ」という。これで助かった。「Thank you very much, thank you!」何度も感謝し、再び森の中へ。急いで車に戻った。

既に車内の温度は外と同じくらいまで冷え込んでいて、家族は寒さで震えていた。

レッカー車が来るまでの時間は長く感じた。時折、猛スピードで横を走り去って行く車のヘッドライトがしばらく車内を薄く照らす。その薄明かりが暗闇と寒さの不安を少し和らげてくれた。どれくらいの時間が過ぎただろうか。ようやく背後から大型のレッカー車が近づいて、前方に駐車した。後部に長広い荷台を持った大型トレーラーのレッカー車である。ロープかワイヤーで連結して牽引するのかと思ったが、そうではなかった。「そのまま乗っていろ」というような言葉を発すると、車をウィンチのような機械に固定し、運転席に戻って何やら操作し始めた。すると一家四人を乗せたまま、車はレッカー車後部の荷台につり上げられるように乗せられ、荷台に固定されたのである。そのまま出発である。

自動車運搬用大型トレーラーはよく見かけるが、その荷台に載せられている車は通常、全て空車である。荷台に積まれた車に一家四人が乗っている光景はあり得ない。誰が見ても、何事か？　とわが目を疑う。その家族の神妙な表情と乗っている理由が解れば、笑うのは失礼である。しかし、内情を知らない他人が見れば、その珍光景は滑稽である。

思わず笑いが込み挙げてもおかしくない。アメリカ・コメディ映画に出てきそうなワンシーンである。こんな光景はこれまで見た事も聞いた事もない。珍重に値する。最近評判のTV番組「ナニコレ珍百景」に投稿すれば、「まだ誰も知らない㊙アメリカ編」として登録決定は間違いない。

助かった安堵感から緊張が解け、普段の冷静さに戻った彼は、荷台の車窓から次々と後方へ過ぎ去って行く夜の雪景色を眺めていると、自分の姿が惨めで情けなくもあり、恥ずかしくなってきた。ただ、この光景が交通量の少ない厳冬期の夜間で、ほとんど人目につかなかったことが不幸中の幸いであった。大型レッカー車はしばらく走った後、高速の出口へ向かった。その料金所に近づくと、料金窓口を少し通り過ぎて停車した。料金は払わないのかと思っていると、運転手が荷台の方へ振り向き、窓越しに彼に向かって何かしゃべった。料金窓口を指差している。どうも高速料金は「お前が払え」と言っているようである。レッカー車の荷台は高い位置にあるので、料金窓口はかなり下になるが、ちょうど真横の位置に停止していた。なるほど、それでここに止めたのかと納得し、運転席の窓を開けた。すると、窓口係員が（ワオッ、そんな所に人が乗っていたのかとでも言わんばかりの）驚いた表情で顔を上げ、料金を受け取った。一般道に入ってしばらくすると、小さな自動車修理工場に着いた。そこで一家ごと車を降ろし、車はそこに預け、家族はタクシーで近くのモーテルに泊まることにした。

モーテル到着は既に夜の一〇時を過ぎていた。楽しい休日は最後に一転、散々な一日となった。一家は疲れ果てていた。夕食を済ませると、すぐに眠りについた。翌朝、タクシーで帰宅した。彼はしばらく休んで、午後、タクシーを呼び、一人で修理工場へ向かった。メカニックの説明では、エンジンの駆動チェーンが切れていたので、かなり大掛かりな修理になるという。この車は中古車の使い回し状態で、二〇〇ドル程度（当時の円換算で四～五万円）で譲ってもらったものである。性能も悪い上に、この大自然、広大な国アメリカで、車の致命的故障は人命を脅かす。*附 もうこりごりであった。こんなポンコツ・アメ車に修理の選択肢は毛頭ない。彼は即答した。〝Throw it away〟「捨ててくれ」

New Jersey Turnpike（95号線）

これで一件落着。幸いにして「日本人家族、全員凍死」にはならずに済んだ。しかし、一つ間違えば、一家全滅の悲劇になっていたかもしれない。車の致命的故障、時期、場所、時間は最悪であったが、ただ一つの幸運「停止位置がたまたま高速道路の管理事務所の近くだったこと」が家族の危機を救った。人生に運・不運はつきものである。予測不可能なことは人の意志では如何ともし難いが、運悪く襲ってきた災難は確たる意志と勇気と行動で振り払うことは可能である。この不運も、何とかせねばと意を決し、雪深い暗闇の森へ、道なき道をかき分け、管理事務所に到達したことで、ハッピーエンドへの道が開けたのである。災い転じて福と成す。災難に立ち向かう意志と勇気と行動に幸運の女神が微笑んだのである。

僅か一日であったが、家族にとっては生涯、記憶に残る最も長い日〝The Longest Day〟となった。この経験を通して「意志と勇気と行動が幸運への道を開く」そして「父親は強く、家族の絆も強固になる」ことを学んだ。彼は畏敬の念を持って、その試練と教訓を与えてくれた大自然アメリカに、今でも感謝している。

〝Thank you for the Great Nature of the USA〟

〔一七七頁＊附〕

同じ時代、カナダへ留学した日本人医師の話。留学先の指導教授から「高速道路上、車の故障で凍死」のニュースは毎年の冬の恒例だから、車は故障しない日本車にしなさいと言われたとのことである。

（「きんむ医」一六九号　二〇一四年三月）

怒れ！　哀しき団塊世代

高齢者の医療費が嵩むのは高齢者のせいですか。団塊の世代が高齢化して医療費が嵩むのは団塊世代のせいですか。

高度成長の日本を支え、太平洋戦争を耐え、生き抜いた親たちの老後を支えてきた団塊世代。その老後は切り捨てよというのですか。若い世代の負担が大きくなるから高齢者の負担を増やせというのは、この問題を世代間抗争にすり替える卑劣な考えでしょう。若い世代もいずれは高齢者になるのです。

そもそもこの問題を厚労省や財務省など官僚と金儲けのことしか考えない財界に任せ

るから、このような醜い事態になるのです。増大する（といっても欧米先進国の中では低いレベルの）医療費をまず削減するとの発想自体が本末転倒の官僚的発想でしかありません。まず削減ありきではなく、これから増大することが避けられない高齢者の医療費（これは高齢者のせいでもなく誰のせいでもないのですから）をどのようにして、世代間の抗争にならないよう、公正に賄うかを考えるべきでしょう。

企業の医療費負担率が下がる一方で国民の医療費負担率は増大し、財界だけが潤っています。医療費削減政策の失敗で医療崩壊を招いた英国が医療費増大政策に転じた結果、英国の医療は好転しつつあります。財界のための「小さな政府」が医療崩壊を招いているのです。限りある国費の分配、「小さな政府」でほんとうに国民は豊かになるのか、「大きな政府」がほんとうに国を亡ぼすのか、デンマークなどの国民負担率七〇％以上でも大学の学費や医療費が無料であれば国民は幸福と感じています。

「小さな政府」を目指す日本より「大きな政府」で日本より高い成長率をあげている国は多数あります。このままでは財界潤って、国滅ぶ。この問題は省庁、財界まかせでは解決できません。志高く良識ある政治が求められています。そしてわれわれ国民も決断すべき重要な時代の転換期であることを認識すべきです。

（「福岡市医報」二〇〇八年五月号）

V　医療への想い

食道空腸自動吻合器（EEA）と零戦

戦国武将，織田信長は、「人間五〇年、下天のうちをくらぶれば、ゆめまぼろしのごとくなり」という小謡を愛唱していたというが、皮肉なことにその五〇歳になる僅か一年前，本能寺の変で人生の幕を閉じた。戦国時代を終わらせるには、信長の様な革命的人物が必要だったのだろう。しかし天下統一への道が開け、その役割も終わりに近くなると、神をも恐れぬ過激な言動をみかねて、天がその人生に幕を下ろしたのかもしれない。ここで信長の話をもちだしたのは、ただ単に、私も来年にはその五〇に手が届くということを言うためだけである。しかし、まだ幕を閉じるわけにはゆかない。今は時代が違う。しかも，私は革命的な人間でもないし、天に唾を吐くこともしていない。まして愛唱している小謡など持たないので、天から募を引かれることはないだろうと安心している。

人生五〇年。振り返ってみると、医学部を卒業し、外科医を志して二五年が経った。人生の丁度半分である。長いようでもあり、また、ゆめ、まぼろしの如くもある。私が外科医になった頃（昭和四九年、一九七四年）、消化器の手術では胃切除術が全盛の時であった。術式としては完成されてはいたが、胃切除後の再建法は今と違って吻合不全の少ないビルロートⅡ法が主流であった。それは当時、まだ中心静脈栄養法がなかったので、吻合不全が致命的合併症だったからである。また自動吻合器もなかったので、胃全摘術における食道空腸吻合は手縫いで行っており、難しい手術であった。したがって、吻合不全もまれではなく、予防対策として、空腸瘻を置くこともあったほどである。したがって、当時、胃全摘術を行えるのは大学では教授か助教授までであった。関連病院でも症例数の多いところで外科部長くらいにまでならないと、「胃全摘術をやれる」とは誇れなかった。そんなわけで、その頃はいつになったらこんな手術ができるだろうかと不安であった。しかし時代の進歩は早かった。しばらく経って、中心静脈栄養法と食道空腸自動吻合器（ＥＥＡ）の出現が胃全摘術を安全なものにした。このＥＥＡはソ連で考案されたが、高価で使いにくい面があった。その後、米国で改良され、使いやすくなった。

ＥＥＡが入ってきた当初、わが国の熟練外科医の間では、若い外科医が安易にこれを使うことには反対の意見が多かった。その理由は、「手縫いの吻合が上手にできないと、ＥＥＡが手に入らない場合は吻合に失敗する」とか、単に「外科医はまず手縫いの吻合が上手になることが先決」とかいうことであった。熟練外科医からみれば、長年かけてやっと積み上げてきた努力が一瞬にして報われなくなるので、反対する気持ちは理解できなくはなかった。しかし、当時、手術に飢えていた若い外科医はこれらの意見に少々不満であった。ＥＥＡは若い外科医が使っても、熟練した外科医と全く同じか、それ以上の結果が得られる点で画期的な器械であった。なのに手縫い吻合が上達するまで、この器械を使うなとは納得いかなかった。ＥＥＡを使えば吻合不全を起こさずにすんだかもしれないのに、手縫い吻合を行ったために、吻合不全が起きたということは、避けるべきである。手縫いでの食道空腸吻合は熟練した外科医にとっても難しい。上手な吻合には、長い修練が必要である。上達するまでに、何例かでも吻合不全を起こせば、いつまで経っても吻合不全は減少しない。これらの問題を一挙に解決すべく登場したのが、ＥＥＡである。せっかく良い器械があるのに、手縫い吻合が上達するまで待たねばならないのは、手術を受ける側にとって不幸である。

幸い、わが教室の先生はいち早くＥＥＡを取り入れると、自ら率先して愛用された。しかも、われわれ若手がそれを使うことに反対されなかった。その結果、いち早く器械吻合に習熟できた。お蔭で、その後、関連病院へ出て、ＥＥＡの普及に一役買ったのではと思っている。しばらくして、ディスポーザブルタイプが開発され、価格も手頃になって、急速に普及した。そして、どの病院でもＥＥＡを簡単に入手できるようになると、器械吻合反対派の理由の一つが自然消滅した。そうなると、あとは熟練外科医の手縫い吻合に対する若手外科医の器械吻合との戦い、という構図となった。戦国時代、長篠の戦いで、鍛え技かれた武田騎馬軍団に対し、足軽で組織された信長の鉄砲隊が勝利したのと同じである。時代の流れには勝てない。器械吻合に軍配があがったのは当然かもしれない。今では食道空腸吻合を手縫いで行うことは殆どなくなった。

こんな経験を通じて、残念でもあり、また疑問に感じたことがある。当時の日本では胃癌が世界で最も多く、胃の手術は欧米より豊富に経験していた。それにもかかわらず、なぜEEAのように便利な器械を考案しなかったのだろうか。器械の構造をみれば、当時の日本の技術水準で開発できないとは考えられない。日本と米国には何か本質的な違いがあったのだろうか。

十数年前に出版され、当時評判になった書籍、柳田邦男著『零戦燃ゆ』を思い出し、読み返した。彼は零戦とグラマンの開発の経緯、製作から個々の戦闘にいたるまでを詳しく描いて、日米の技術開発思想の違いを明らかにしている。零戦は一対一の格闘戦を重視して作られ、空中での戦闘性能は世界一であった。戦争当初は無敵を誇った。しかし、空中戦での攻撃力を重視したため、徹底した軽量化を行わざるを得ず、そのためパイロットや燃料タンクに対する防弾は全く旋されなかった。これに対して、米国は不時着した零戦を捕獲して、その性能や弱点を知り、少し遅れてグラマンＦ６Ｆヘルキャットを登場させた。しかし、その設計思想として零戦の空中戦性能を凌ぐことを目標とはしなかった。飛行機を撃墜するにはパイロットか燃料タンクを狙って銃撃することが航空戦の常識になっていたので、パイロットを守るため、これらに対する防御力を強化した。当然のことながら、機体重量が増加するので、運動性能向上のため高出力エンジン（零戦の二倍）を開発し、搭載した。したがって、零戦より優れていたのは最高速度と強靭な防弾であったが、空中での一対一の格闘戦では依然として零戦より劣っていた。

それで、なぜ零戦に勝ったかというと、一対一では決して零戦と戦闘せず、必ず二機がペアとなって零戦一機と戦うよう訓練された。まず一機が囮となって零戦をひきつけ、ジグザグに飛行（ウィーブ）して逃げる。零戦は後方より追いかけるが、最高速度で劣るのでなかなか追いつけない。パイロットや燃料タンクへ機銃掃射しても強靭な防弾のため墜落しない。そこへ、もう一機のグラマンが零戦の背後から襲いかかり、機銃を浴びせるわけである。防弾装備のない零戦は被弾すると、すぐに火を吹き、パイロットもろとも海へと落下していったのである。この戦法はサッチ少佐が考案したので、サッチ・ウィーブ戦法と呼ばれた。この戦法で零戦の撃墜に失敗しても、決して空中戦を挑むことはせず、その速度を生かして、一目散に逃げるよう徹底的に訓練された。一撃離脱の戦法である。これらの作戦は見事に成功した。しばらくして日本側も、グラマンを追いかけると必ず背後からもう一機が現れることに気付き、得意の急旋回で回避するようにした。しかし、回避できてもグラマンはその速度を生かして、ひたすら逃げてしまうので、一対一の格闘戦に持ちこむことができず、零戦の決め手を封じ込められる結果となった。となると、遂に防御装備の欠如が露呈してしまい、その後、日本側は徐々に劣勢となり、零戦とともに多数の優秀なベテランパイロットを失うことになった。

このことは米国にとって、戦術的な勝利以上に戦略的価値が大きかったとされている。というのも、零戦は確かに素晴らしい戦闘機であったが、これを操縦し、使いこなし、一対一の空中戦を闘える優秀なパイロットを育てあげるには、長期間の訓練を必要としたからである。戦闘機は短期間で大量生産も可能であるが，零戦の優秀なパイロットは短期に育成できなかった。戦争が長びくにつれ、パイロットが不足してくると、訓練期間を短縮した。そのため、未熟なパイロットが多くなり、せっかくの零戦の能力も充分には発揮されなかったという。一方、グラマンは零戦のような格闘戦能力はなかったため、操縦は簡単で、パイロットの訓練は容易であった。したがって、パイロット育成は短期間で済み、大量の新人パイロットを投入することができた。おまけに強固な防弾で守られていたので、パイロットの損失も最小限に抑えることができた。まさに、一石二鳥であった。

このように、戦闘機の設計思想からみても、日米には根本的な違いがあるといえる。米国は高度な技術を開発しても、平均的軍人が容易に操作できるようにそれを製品化した。これに対し、日本は高度な技術をうまく扱えるようにするため、練度の高い名人芸的軍人を養成したのである。零戦は戦術的にはグラマンより優れていたが、これはあくまで名人芸的パイロットがあっての話であった。近代戦は消耗戦といわれる。戦争の長期化に伴い、ベテランパイロットが急速に減少しても、零戦に必要な練度の高いパイロットの補充は困難であった。一方、新人パイロットでも零戦に十分対抗できたグラマンは、パイロットの補充も容易であった。グラマンは戦略的に零戦を凌駕していたといえる。太平洋戦争を分析したある本に「戦略は戦術に優る」、「戦略上の誤りを戦術では補えない」という言葉がある。零戦対グラマンの勝負もまさにその通りの結果となった。米国が人的資源も考慮に入れた技術開発を行ったのに対し、日本はそういう発想が希薄であった。このような戦略的発想の欠如が、日本軍全体にみられ、これが最大の敗因ではないかと指摘されている。

ここで再び、前述のEEAの話に戻る。熟練した外科医の手縫い吻合に対する若手外科医のEEAによる器械吻合は、ベテランパイロットの零戦対新人パイロットのグラマンの闘いと似ている。熟練外科医の名人芸を必要とした難しい吻合を、経験の浅い若手外科医でも簡単に行うことのできるＥＥＡは、まさに戦略的発想の成果といえる。ＥＥＡが米国で改良され、普及したのは当然なのかもしれない。

このように、わが国でＥＥＡが開発されなかったのは、戦略的発想の欠如が原因のようである。とすれば、今でも五十数年前の零戦開発時と全く同じ発想しかなかったことになる。これでは世界に勝てない。来たるべき二一世紀に世界で勝負するには、外科のみならず医学全般において、もう少し戦略的な発想からの技術開発や研究を行う必要があるのではないだろうか。

二五年前を回想しながら、これを書き始めて、ＥＥＡの話で、『零戦燃ゆ』を思い出し、読み直した。零戦の悲痛な最後とＥＥＡの勝利を比べると、なお一層、戦略的発想の重要性を痛感する次第である。

（「第99回日本外科学会総会記念誌」平成一一年三月）

こんな勤務医はいらない

『医師の三人に一人は医師に不向きである』そんなことを言うのは一体誰だ。とお叱りの声が聞こえる。しかし、これは私の発言ではない。数年前どこかの研修会で聞いたか、なにかの医学系雑誌か本で見たか、記憶は定かでない。出典は何かと問われても、証拠はない。したがって真偽の程は保証できかねる。三人に一人はちょっと多すぎだ。いやそれ位はいるかもしれない、とその時、妙に納得できたことを憶えている。誰もが自分だけは違うと思っている。しかし、他の人からみれば、ひょっとして自分も三人の中の一人だ、と思われているかもしれない。反省せねばと自己批判もした。

最近は、患者さんの権利意識も強くなってきた。その上、職責上、苦情処理に接する機会も多くなったせいか、医師に対するクレームが増えていると痛感する。例をあげる。〝外来初診時に、がんと告知されて精神的ショックを受けた。本人の気持ちも考えない医師には診てほしくない〟〝病状が思わしくないので、担当医に病状の説明を求めたが、面倒くさそうな態度で、十分な説明はなかった〟〝患者に接する態度が横柄で、親切心がない、担当医を代えてくれ〟〝自分の息子位の若い医師から友人との会話のような言葉遣いで扱われ、不愉快であった〟などなど、きりがない。このようなクレームを聞く度に、悲しいかな、三人に一人は現実となってゆく。

私の所属する診療科の医師数は一〇名である。三人に一人。三名が医師に不向きということになる。認めたくはないが、時に、そうかもしれないと感じることもある。一つの診療科だけならその責任者の監督で何とかなる。しかし病院全体となると問題である。

当院にはレジデントを含めて医師が約八〇名。三人に一人。だとすれば、医師に不向きな者がなんと二七名にもなってしまう。どうしたらよいのだろう。

最近、恩師の先生がご退官され、ある公立病院の院長になられた。赴任されて、問題のある医師が予想以上に多いのに驚かれ、院長名で、医局に文書通達を掲示された。『こんな勤務医はいらない』。衝撃的なタイトルである。(一) 人間としての基本的なマナーが欠落し、謙虚でない医師、(二) 患者に対して誠実でなく、協調性に欠ける医師、(三) 専門的な知識・技術の不足している医師、向上する意欲のない医師、(四) 経営改善に貢献しない医師。(三)、(四) などは私も耳の痛いところであるが、全く同感である。先生は医師が病院のすべてを決めるとの信念から、まず医師の意識改革に着手され、大きな成果をあげられたと聞く。

米国では医学教育の段階から医師の適性を評価するプログラムが導入されている。知識や技術などの臨床技能評価とは別に、医学部の一年目から患者さんのケアにあたることが義務づけられ、医師としての態度が評価されている。プロとしての標準的な態度が取れない人、不正直な態度や無礼な態度の人は医学部を継続することができない。さらに三~四年目になると病棟チームの一員として働き、他の人と一緒に働くことができるか（協調性）が問われるのである。医師になってからは、各州の審査委員会（委員の半数は一般市民）が三〜五年毎の医師免許の更新の時に審査し、医療訴訟のデータも蓄積されているナショナル・フィジシャンズ・データ・バンク（NPDB）を参考にして、質の悪い医師を排除する仕組みになっている。さらに病院の対応として、専門医資格をもって、きちんと更新していること、NPDBのデータで臨床能力に問題がないこと、前科、アルコール・薬物依存症のないこと、病院の規則に従うことなどを、契約する医師に求めている。米国の病院では、患者を守るために、医師の質を確保することを最も重要視しているのである。

病院の命運は医師の質にかかっている。評判の悪い医師が一部であっても、周囲に及ぼす影響は大きい。良い医師がいても、残念なことに、悪貨が良貨を駆逐するが如く、悪影響は病院全体に波及してしまう。もっと悪い事に、評判が落ちるのは一瞬であるが、一度落ちた評判を回復させるには長い時間と多大の労力を要する。問題はその医師がそのことを自覚しているのか、いないのか、いずれにせよ一向に反省する様子のないことである。最もやっかいなのは、高学歴で臨床能力も高いのに、周囲との協調性に欠けていたり、患者さんとのコミュニケーションが悪く、人間性に問題のある場合である。そのような医師にどう対処すべきであろうか。本人に自覚を促し、改善させるか、辞めてもらうか。いずれも一筋縄ではゆかない。

これからの病院に求められるものとは、病院を守るためではなく、「患者を守るために質の良い医師を確保すること」である。わかりきった結論だが、言うは易く、行うは難し。米国のようなシステムのないわが国では、個々の病院がなんとかして医師の質を高めてゆくか、質の高い医師を確保してゆくしかないのだろうが、具体策となると現実は厳しい。『こんな勤務医はいらない』を実践された恩師に敬意を表しつつも、果たして同じことが自分にできるだろうかと自問自答し、悩める日々を送っている。

（「きんむ医」一二六号　二〇〇三年九月）

研　究　〜がんの領域発生説〜

私の所属する国立病院機構の法律「独立行政法人国立病院機構法」には、「医療の提供」、「医療に関する調査、研究」、「医療に関する技術者の研修」の三つの業務が定められ、その目的は「国民の健康に重大な影響のある疾病に関する医療を行って、公衆衛生の向上及び増進に寄与すること」とされています。公的な性格の医療にあっては、国立病院機構だけでなく公的病院や民間の病院でも、これらの医療に関することは行うべき基本的なものだと思われます。しかし、そうは言っても、第一線の病院では日々の診療に忙殺され、医療の提供と医療者の研修教育まででで手一杯。調査、研究となるとなかなか時間がとれないという状況にあるのが現状と思われます。しかし、それでは個人的にも成長は望めませんし、医療の発展もありません。また研究を大学だけに依存しても内容が偏ってしまうことが危惧されます。したがって、やはり第一線の病院でも常に研究心を忘れず、調査、研究を行い、自らも成長してゆくことで、医療の進歩に寄与することが必要ではないかと思っています。このような観点から、今回の特集のテーマを「研究」としました。

参考例として、私の研究について紹介します。三〇数年程前、私は大学の病理で研究しました。消化管の病理で高名な先生に指導していただきました。テーマについては自分で疑問に感じていたことを、自ら解明して論文にしました。当時、外科教室では早期胃癌の発育形式をSuper型（表層拡大型：粘膜内に広く広がって一部で粘膜下層に浸潤する型）とPen型（深部浸潤型：大きさは小さくて深部へ浸潤する型）とに分類し、Pen型でもPen A型と分類されるものの予後が良くないことを発表し、海外でも注目されていました。話はそれますが、私がドイツの学会で発表した時、当時はまだ古典的なスライド発表でしたが、発表後Ｐｅｎ Ａ型のスライドだけが抜き取られていて、戻ってきませんでした。それほど注目されていました。

話を戻します。私が感じた疑問は、なぜこのように発育形式が異なっているのだろうかということでした。組織型が異なれば発育形式が異なることは想定できますが、同じ組織型、特に低分化腺癌でもＳｕｐｅｒ型とＰｅｎ Ｂ型があるのはどうしてかということが疑問でした。解明方法はわからないまま、とにかくがんの広がりを面積で計算し（当時は不整形な面積を測定できる器械はありませんでしたので、独自の方法で計算しました）、面積比でＳｕｐｅｒ型とＰｅｎ Ｂ型を客観的に表示することにしました。そのデータをまとめてゆく時、あることに気付きました。病理学では同一症例で時間的経過を見ることはできませんが、粘膜内癌より粘膜下層浸潤癌の方が少なくとも時間的に経過しているはずであり、同一の症例でなくても同一の組織型の症例で多数の症例を検討することによって時間的経過を想定できるのではないかと考えました。そこで、低分化腺癌について、粘膜内癌の粘膜内の広がりとそれより時間的に経過していると思われる粘膜下層癌の粘膜内の広がりを多数例で比較しましたところ、粘膜内癌の粘膜の広がりと粘膜下層癌の粘膜内の広がりには全く差がないことが解りました。これを時間的に逆戻りして考えますと、ではがんが発生した時のがんの広さはどうであろうかという疑問です。これは推論でしかありませんが、がんが一個の細胞から発生すると仮定すれば、Ｓｕｐｅｒ型は粘膜にがんが一個発生して、粘膜面に水平方向に一気に広がって、粘膜下層へ浸潤してからは水平方向へは広がらないということになります。一方Ｐｅｎ Ｂ型は粘膜面に水平方向へは広がらず小さいうちから深部へ浸潤してゆくということになります。同一の組織型で全く異なる生物学的態度をとることは考えにくいことです。そうであれば、がんは発生の時点である程度の領域（面積）で発生し、水平方向へ広がるというより深部の方（粘膜下層）へ浸潤してゆくものであって、Ｓｕｐｅｒ型はがんの発生の時点で広い範囲で発生し、Ｐｅｎ型は狭い範囲で発生しているに過ぎないのではないかと考える方が妥当ではないかと思ったわけです。すなわち癌の領域発生（field carcinogenesis）説、あるいは多中心発生説です。この説についてはすでにStout（一九四二年）、長与健夫（一九五九年）、Willis（一九六〇年）、太田邦夫（一九六四年）、安井昭（一九七三年）が同様の指摘をしていましたが、新しい切り口でデータとして示したのは私が初めてではないかと今でも自負しています。残念ながらあまり注目はされませんでした。

このように私の研究は臨床的に役に立つわけではなく、単なる自己満足でしかありませんでしたが、何事にも常に疑問を持って探求すれば、新しい発見があって喜びもひとしおですし、臨床にも貢献できると信じています。若い医師にも疑問を持つこと、研究心を忘れないことの大切さを教えています。「S状結腸はどうしてS字状になっているのか？」「食道癌切除後の再建で吻合不全がおこるのは技術的な要因だけか？」「高齢者の胃潰瘍は胃上部の前壁か後壁に多いのはなぜか？」など。

本稿のように疑問を解明できたことなど、研究の喜びを伝える内容でも構いませんので、どうぞ宜しく玉稿を賜ります様お願い申し上げます。

（「きんむ医」特集を組むに当たって　一五三号　二〇一〇年六月）

初めての災害医療支援活動

三月一一日の東日本大震災・巨大津波の甚大な犠牲者の皆様に哀悼の意を表しますとともに被災者の皆様に心からお見舞い申し上げます。一日も早い復旧・復興を願っています。

今回の未曾有の大震災に際しては、わが国立病院機構も全国レベルで医療支援活動を行いました。ご存知のように、大災害ではＤＭＡＴ（Disaster Medical Assistance Team）災害医療支援チームが直ちに活動を開始します。わが国立病院機構の九州ブロックでは九州医療センター、熊本医療センター、長崎医療センターのＤＭＡＴ（ディーマット）が素早く活動を開始していました。しかし、今回は、犠牲者の約九〇％が巨大津波に飲み込まれたことによるため、生存者での外傷は少なく、あっても軽度外傷とのことでした。したがって、ＤＭＡＴの活躍の場はほとんどなかったようで、その後はむしろ何十万人もの被災者への医療支援活動が必要であろうと予想されました。

国立病院機構九州ブロック理事の先生は山形県天童市に拠点（旅館）を確保し、そこから宮城県南部の災害地域（亘理郡、山元町）へ支援活動を行う準備を進め、三月一七日に九州ブロック二八施設の院長へ医療支援チーム派遣を要請しました。チームの構成は医師二名、看護師二名、事務一名を一チームとするとのこと。しかし、前述の医療センター三施設以外では、ＤＭＡＴのような災害医療支援チームを持っていませんので、各自の施設で特別にチームを編成しなければなりません。といっても災害専門ではなく通常の医療チームしか編成できませんが、当院でも直ぐに職員に知らせて、志願者を募りました。はたして志願する者がいるだろうかと心配でした。志願者がいなければ、私が行くつもりでしたが、職責上ここ数年、医療の第一線現場からは遠ざかっていた

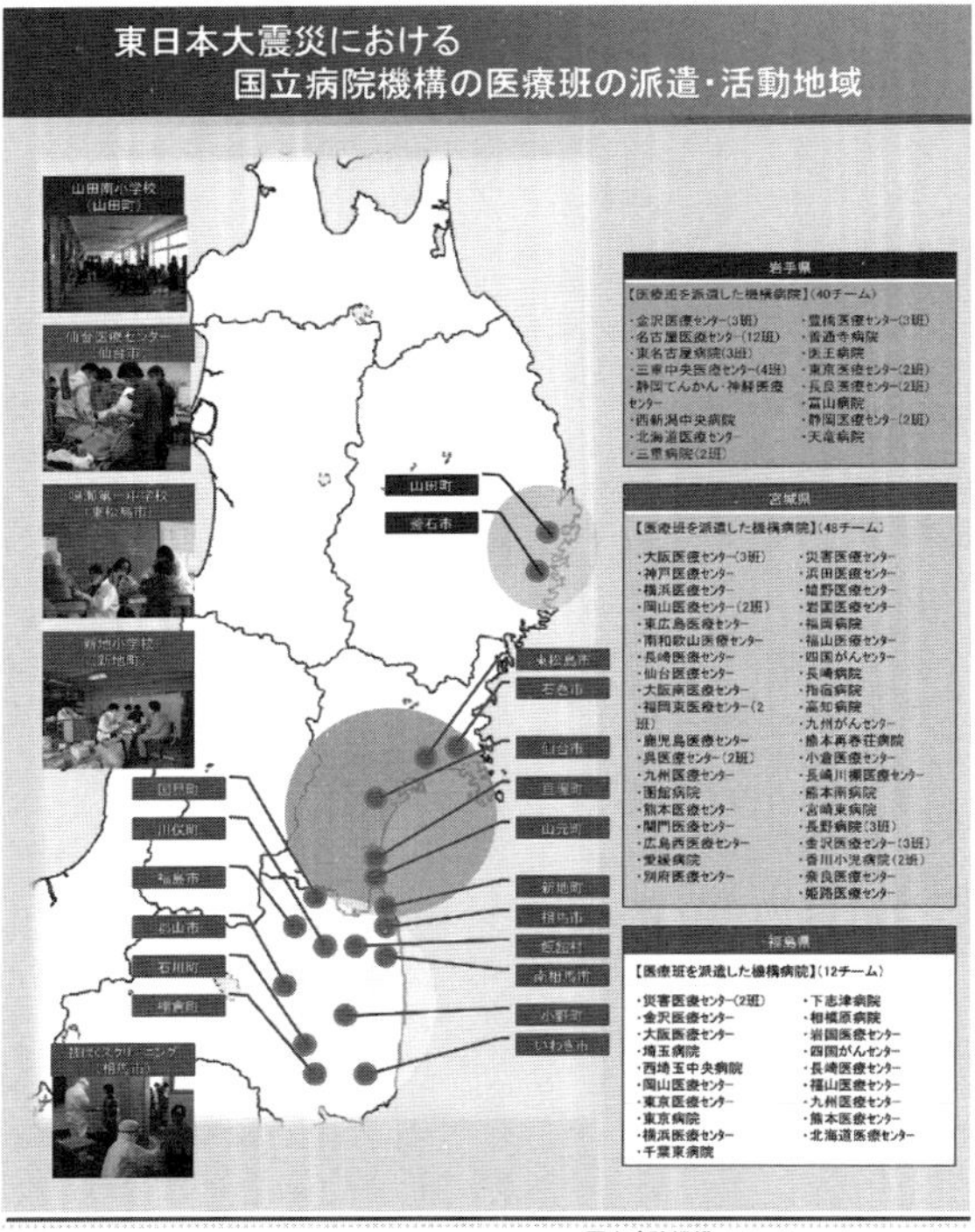

国立病院機構　http://www.hosp.go.jp

ので、役に立たないかもしれない、かえって足手まといになるのではとの懸念もありました。しかし、嬉しいことに、直ぐにそれは打ち消されました。何と多くの医師、看護師が志願してきたのです。医療人としての意識の高さにあらためて感激。その日の内に派遣する旨の返事をしましたところ、先陣を切って九州がんセンターチームが派遣されることになりました。

ただ、当院は専門病院ですので、災害医療支援活動は全くの未経験。設立三九年以来初めてのことなので、何から始めたらよいかわかりませんでしたが、とにかくまずは足の確保。ということで山形空港行の切符の手配。必要な医療物資の準備を開始。ところが全国から医療支援チームが現地に殺到して、混乱しているとのことで、機構本部（東京）から派遣ストップの指示が出たため、航空券の予約はキャンセル。物資の準備も中止。数日後、再開の指示が出て、各施設の日程調整の結果、当院チームは四月一九日〜二四日の派遣となりました。

四月に入ると、福島第一原発事故の方が深刻な事態になってきて、派遣先の宮城県亘理郡山元町は福島県に近く、原発から約五〇㎞に位置していたため、放射線警戒区域の拡大が懸念されました。幸い、警戒区域は半径二〇㎞圏から拡大せず、予定どおりの派遣を開始。当初の拠点であった山形県天童市の旅館から現地までは車（レンタカーを確

被災地

駅

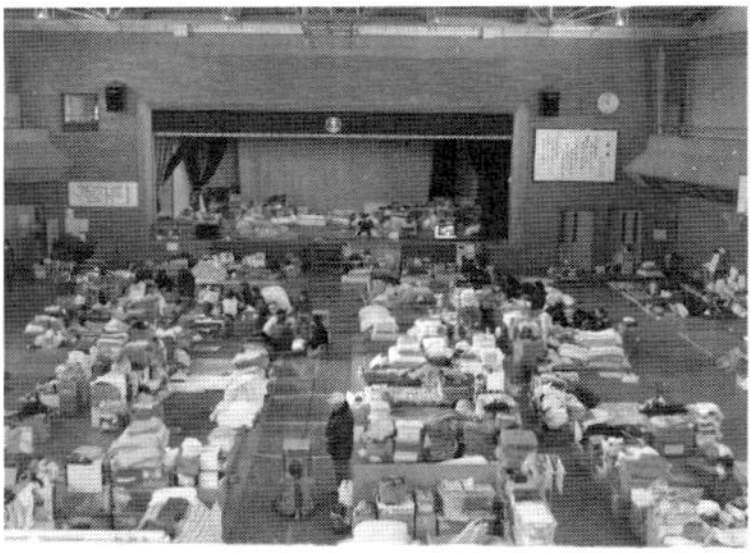
体育館

保)で蔵王などの山越えの道路で往復しなければなりませんでした。往復六時間を要し、チームは早朝六時に出発。戻って来たのは夜九時過ぎ一〇時ごろとのことでしたが、四月中旬ごろには復旧が進み、拠点が宮城県内に移ったこと、医療支援の需要も減少してきたことから、わがチームの移動は随分楽になったようでした。それでも宿泊施設はガレキ撤去など他の支援活動者も同居していてごった返しており、トイレは共用。旧い民宿のような部屋に雑魚寝だったとのことでした。診療内容は風邪、不眠、褥創（床ずれ）などの対応のようでした。五月九日で国立病院機構の医療支援活動は終了しましたが、一〇六病院一、一八三名が活動に従事しました。

診療

九州がんセンターのチーム活動については、別稿で報告していますので、詳細は譲ります。活動を終えて、帰還報告式を行った時、印象に残ったことがあります。チームリーダーの副院長（阪神淡路大震災の時に、福岡市民病院外科勤務だったことから災害医療チームの活動経験があり、今回、率先して志願してきた一人）の報告。『それまでTVや新聞の写真でみたとおりの悲惨な状態なんだけど、実際に現地に立つと、全く言葉がでなかった—ただ無言で立っているだけ』。実感のこもった言葉だけに、余計に悲惨さが伝わってきました。もう一言『印象に残ったのはちょうど活動中にディズニーのキャラクターが来て、ミッキーやミニーマウスたちの慰問に明るく楽しそうにはしゃいでいる子供たちを見ていると、なぜか涙がでてきました』。子供たちの元気な姿を見て、わが国の将来は大丈夫だ、きっと立ち直れるとの思いが湧いてきたのでしょう。

ミニー

犠牲者の悲惨な話をメディアの報道で見聞きする度に、何とも言いようのない無常観に襲われます。支援活動も一段落した五月下旬、宮城県の知人の医師から大変哀しい出来事を耳にしました。ある病院では職員の犠牲者が一名出たそうで、それは看護師とのこと。病院は高台にあったので、津波の被害からは免れたが、その看護師はたまたま勤務外の休日で自宅にいたところ、地震直後何か手伝うことはないかということで、急遽病院へ駆けつけてきてく

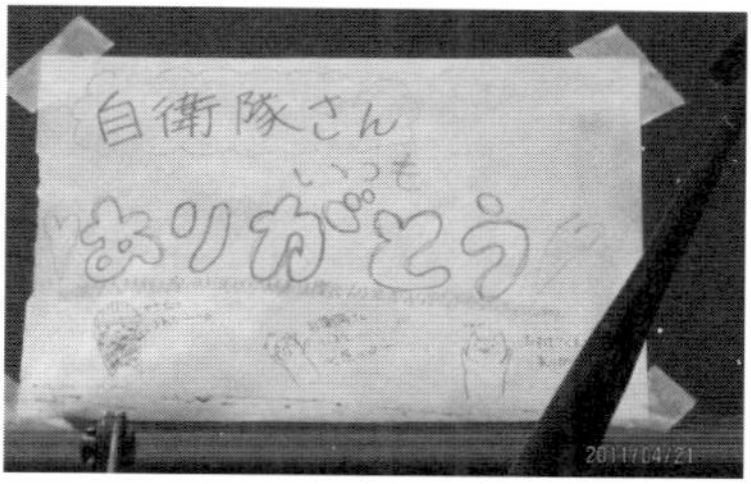

れたそうです。上司の看護師長は、その看護師が勤務外休日で、しかも妊娠中であることを考慮して、自宅に帰したところ、巨大津波が襲って来て、小さな命も一緒にその看護師を奪っていったとのことでした。恐らく上司の看護師長は、帰さなければよかったと涙し、後悔と自責の念に駆られ、心に深く傷を負っているのではないでしょうか。でも、こんな巨大津波の襲来は想定外。誰にも責任はないのです。自然は時として残酷・非情です。知人の医師には返す言葉もなく、何と表現したらよいのか、哀しくも、遣り場のない気持ちになってしまいました。

最後は、ほっとする話題。わがチームは被災地の悲惨な状況や医療支援活動現場など、数多くの写真を撮ってきていましたが、その中で印象に残る一枚の写真を紹介します。自衛隊のトラックのフロントに貼ってあった感謝のことば。

「自衛隊さん　いつも　♡ありがとう♡」その下に左から、

「やさちくて　うれちー♡」

「自衛隊さん　いると　心強いっスー～」

「たすけてくれて　ありがとー」

政府要人に〝暴力装置〟と罵られ、憲法違反と批判されようと、自らの役割を自覚し、地道に黙々と災害救援活動に従事する自衛隊の皆さんの姿に自然と感謝の気持ちが湧いてきたのでしょう。被災者の皆さんの真心がこもった心温まる一枚です。


（「きんむ医」一五八号　二〇一一年九月）

一五八号のテーマは「大震災と災害医療」。平成二三年三月一一日（金）午後二時四六分。世界を揺るがす巨大地震・津波。その時、私は会議中で、会議が終わった午後四時ごろ、東北地方で大変大きな地震があったらしい、今、ＴＶで盛んに報道しているとのこと。部屋へ戻ってＴＶスイッチを入れると、津波が平野に流れ込んでいとも簡単に家屋や車が押し流されている様子が空からの映像で流されていました。

空からの映像は家屋や車が小さいので、恐ろしさは今ひとつ伝わってきませんでした。その後、現場からの地上映像をみて、その恐ろしさは尋常ではないことが実感されました。これは大変な事態だと国民すべてが感じたに違いありません。ＴＶ局は一斉に地震関連一色となり、連日被害状況が刻々と報道されましたが、被害の大きさがこれまでにない歴史的規模となるにつれ、多くの国民が何らかの支援をしたい、あるいはしなければと感じたのではないでしょうか。

本号のご寄稿は二三編。災害支援活動の経時的変化の様子が解るように、ほぼ活動期日の順番で並べました。九大のＤＭＡＴは携帯電話で要請を受け直ちに活動を開始されています。その他の施設でも訓練されたＤＭＡＴを持っている施設は、その日の内に、そして日本医師会ＪＭＡＴもその後すぐに活動を開始。そんな中、赤十字病院は職員の皆さんがご施設の使命をよく自覚されており、ＴＶ報道で知ると同時に自発的に準備に取りかかっておられ、さすがだと感心しました。全国規模の医療施設や医療関係団体（赤十字病院、国立病院機構、済生会病院、国家公務員共済組合連合会、日本医師会、日本看護協会など）は組織的な活動で支援していますが、その一方で、福岡市からの要請による福島原発事故による放射線測定のための活動、そしてボランティアとしての個人的活動など、さまざまなルートを通じて活動され、貴重な経験談を語っていただきました。

犠牲者の方々の痛ましくも悲しい出来事、被災者の方々のひた向きで懸命な姿に直に接した皆さん方が、強く心を打たれたことがよくわかります。この経験はきっと皆さん方の今後の人生の幅を大きく広げることになるでしょう。

また、私も含めて実際に活動されなかった方々からもご意見を披露していただき、大変興味深く読ませていただきました。私が紹介した宮城県の知人医師からの話は、犠牲者の方の悲劇的な状況に、返す言葉もありませんでしたが、一方ではその上司の方の心の痛手を思うと、職を辞していないだろうかと今でも気がかりです。被災地の医療関係者にも心のケアが必要だと感じた次第です（「初めての災害医療支援活動」に、その内容を掲載しています）。

今回の編集当番の先生には大変時機を得た良いテーマを考えて頂いたと感謝しております。また、巻頭言をいただきました先生には、大震災に対する災害医療の基本的な姿勢・考え方について有意義で貴重なご意見を賜りまして、誠にありがとうございました。

今回のような大地震・津波は平安前期、西暦八六九年貞観の大地震・津波が最も古い記録として、当時の公式史書「日本三大実録」に記載されています。時の清和天皇は詔書を発せられ、伊勢神宮に告文を奉り、国家の安寧を祈願しておられます。翌年、若き菅原道真が受けた高等文官試験に「地震を論ぜよ」との問題が出された程、気にかけておられたと言われています。この時代は「天地動乱」の時代といわれ、五年前に富士山が大噴火。二年前に阿蘇山も噴火。三年前には応天門の変という政変で藤原氏の政権独占（摂関政治）が始まっています。

昨年の政権交代、世界金融の破綻、今回の巨大地震・津波、原発事故、政治の混乱など、私たちは今、貞観地震の時のように、時代の大きな歴史的変動期の中にあります。政治家よしっかりせよとのご寄稿も頂きました。貞観地震が起こった平安時代は、貴族政権の時代ですが、貴族社会の内部紛争を武力で解決するようになると、武家勢力（平氏と源氏）が台頭し、武家政権誕生（鎌倉幕府）をもって終焉しました。この歴史を顧みますと、今の時代、あり得ないと一笑に付されるかもしれませんが、歴史は繰り返すとの言葉もあります。何が起こるかわからない想定外の不安定な時代。万が一でも、政治の混乱を武力で解決するような事態にだけはならないことを願っています。

最後に、再度、未曾有の東日本大震災・巨大津波・原発事故による甚大なる犠牲者・被災者の皆様には心からお見舞い申し上げますとともに、一日も早い復旧・復興を願っています。

がんばろう日本！

（「きんむ医」一五八号　編集後記　二〇一一年九月）

かつては粗悪品の代名詞であったメイドインジャパン。しかし、米英を震撼させた零戦や戦艦大和を造った実績を考えれば、その後のトヨタ、ホンダ、ソニー、パナソニック、ニコン、キヤノンなどの高級ブランドへの隆盛は当然だといえます。今やメイドインジャパンは世界の憧れの的です。

医療界に目を転じても、ビタミンや黄熱病、最近ではｉＰＳ細胞など、世界に誇る発見や研究があります。また、内視鏡や顕微鏡などの精密機器分野でも日本はトップランナーです。これも真摯で我慢強く、探究心旺盛で手先の器用な職人気質溢れる日本人だからこそなし得たものといえます。

最近では日本人の良くない面が目立ちます。しかし、一方で、先の東日本大震災では、家族を亡くした被災者が耐え忍びながらも、お互いを助け合い、全国から大勢の人々が無償で復旧活動に積極的に参加している姿に世界中が感動し、多大の支援が寄せられました。まだまだ日本人もすてたものではない。日本はきっと立ち直れると国民みんなが自信と誇りを取り戻すことにもなりました。

今、世界は膨張し過ぎた金融市場経済の強欲を制御できず、国家の財政運営は困難を極め、世界経済は行き詰まっています。わが国の政治・官僚体制にも閉塞感が蔓延しています。江戸末期、黒船来襲が転機となって、明治維新へと変革したように、わが国は何らかの外圧と内圧によって、変貌を遂げてきました。政治、経済、教育、医療、社会保障など社会全体のシステムが機能不全に陥った現状は江戸末期に似ているとも言われています。大きく改革せざるを得ない事態は迫っています。そのきっかけは福島原発事故で事態が深刻化した原発問題かもしれません。

歴史上、わが国の先人達は大きな国難を幾度も乗り越えてきました。現在に生きるわれわれも必ずこの難局を打開、克服し、未来に繋げてゆく責務があります。

（「きんむ医」一六二一号　編集後記　二〇一一年九月）

食品、栄養素と発がんリスク

健康グッズやダイエット商品の中には思わぬ落とし穴が潜んでいます。最近、中国やタイから輸入した痩せるサプリメントで死亡者がでたとの報道がありましたが、その商品には甲状腺ホルモン剤やわが国では使用禁止の薬剤（覚せい剤様薬物）が含まれていました。私も過去に次のような症例を経験しました。手術不能の進行胃がんの患者が突然、高カリウム血症（ある値を超えると心停止の危険性が高まる）になりました。驚いて、食事以外で何か摂取していないか尋ねたところ、家族の薦めで免疫力を高めると称する市販のサプリメントを服用していました。成分表を見たところ、中国産キノコが原料で、カプセルには高濃度のカリウムが含まれていました。直ちに服用を止めてもらった途端、血中カリウム値が正常化しました。そこでサプリメントと中国産原料について調べてみると、微量ながらカドミウム（新潟で発生した公害病イタイイタイ病の原因物質）などの危険な重金属も含まれており、このようなサプリメントが市中に出回っていることに驚きました。

WHOの一機関であるIARC（国際がん研究機関）は、食品、栄養素、肥満、運動などの発がん性・がん予防可能性を、科学的根拠を基に次の四段階に分類・評価しました。「確実」「ほぼ確実:可能性大」「可能性あり」「証拠不十分」。国立がん研究センターがん予防・検診研究センターもこの方法に準じて評価を行っています。それによりますと、これまで、メディアの報道などで、様々な食品や栄養素が発がんリスクを低下させると、もてはやされましたが、その中で発がんリスクの低下が「確実」あるいは「ほぼ確実」と評価されたものはまだ一つもありません。*附 ただ、カルシウムと魚由来の不飽和脂肪酸（大腸がん）およびイソフラボン（乳がん、前立腺がん）が発がん抑制の「可能性あり」と評価されているだけです。その他の食物繊維、ビタミンD、葉酸、各種ビタミン、カロテノイドなどは証拠不十分とされています。

また、食品関連で発がんリスクを高めるのは、食塩（胃がん）、熱い飲食物（食道がん）、飲酒（肝がん、大腸がん、食道がん）が「ほぼ確実」と評価され、ハム、ソーセージなどの保存肉（大腸がん）や米などの穀類（胃がん）が「可能性あり」とされています。とくに飲酒で顔が赤くなる人は要注意です。顔が赤くなるのはアルコールの分解産物であるアセトアルデヒドによるものです。したがって、これを分解処理するアセトアルデヒド脱水素酵素活性が低下している人が飲酒で顔が赤くなるわけですが、日本人の約四〇％がこのアセトアルデヒド脱水素酵素活性が生まれつき低いのです。問題はこのアセトアルデヒドが発がん物質だということです。飲酒で顔が赤くなる人は飲酒量に比例して食道がんリスクが高まることが久里浜アルコール症センターの研究によって明らかになりました。中川恵一氏（東大准教授）執筆の毎日新聞連載コラム〃Ｄｒ・中川のがんの時代を暮らす〃日本人向けの予防策（平成二五年一月二八日）でも、日本人は西洋人に比べて飲酒による発がんリスクが高いと注意喚起されています。

一方、食品関連で発がんリスクを低下させるものは、野菜や果物（食道がん）が「ほぼ確実」、野菜（胃がん）、果物（肺がん、胃がん）、大豆（乳がん、前立腺がん）、魚（子宮頸がん）が「可能性あり」と評価されています。また、緑茶は女性で胃がんのリスクを下げる「可能性あり」、コーヒーは肝がんのリスクを「ほぼ確実」に下げ、大腸がんのリスクも下げる「可能性あり」と評価されています。

サプリメントの発がんリスク低下については、確実な証拠がなく、前述のがん予防・検診研究センターの評価結果にも、いわゆるサプリメント摂取についての研究は含まれていません。また、津金昌一郎氏（国立がん研究センターがん予防・検診研究センター研究部長）の著書でもサプリメントは「もろ刃の剣」として次のように紹介されています。βカロテンの抗酸化作用は試験管内実験結果から、がんの予防効果が期待されていました。そこで、がんリスクの高い人を対象としたＲＣＴが中国や欧米で行われました。

しかし、中国では胃がんの発生が二一％低下したものの、欧米では逆に肺がんの発生率と死亡率が高くなる結果となりました。その理由として、中国ではβカロテンの血中濃度が低かったのに対し、欧米ではその血中濃度が元来高かったからではないかと考えられています。

「もろ刃の剣」、「二律背反」適切な言葉がみつかりませんが、同じようなことが薬剤にもあります。高用量のアスピリンやＮＳＡＩＤの長期常用者では大腸癌リスクが低下することが欧米の複数のコホート研究で報告され、一時期ホットな話題になりました。そこで、前癌病変である大腸腺腫の人を対象として、消化管出血など副作用の少ないＣＯＸ－２選択的阻害剤（ＮＳＡＩＤ）とプラセボ投与のＲＣＴが行われました。その結果、確かにＣＯＸ－２投与群で大腸腺腫の再発や進行が抑えられた反面、逆に重度の心疾患リスクが上がってしまい、米保健社会福祉省は「平均的なリスクの人に、大腸癌予防のために、アスピリンやその他のＮＳＡＩＤを用いるべきでない」との勧告を出しました。ある疾患には良い効用を示すが、別の疾患には悪い作用をもたらすという表と裏の両面があることの実例です。薬剤のみならず、食品やサプリメントにも同様のことがあると思って間違いないでしょう。

インターネットの普及、メディアの報道など、現在では様々な情報が容易に入手できるようになりました。がんのみならず、肥満や老化、認知症予防など健康食品やサプリメントについても膨大な情報が溢れています。しかし、その中には怪しい情報も含まれています。効用が大きいもの程その裏には逆の悪い面が必ず潜んでいることを十分に認識しておくことが重要です。

不確実な甘い情報に誘惑され、悲惨な結果を招くことのないよう、正確な情報に基づいたバランスのよい、無理のない食生活で、豊かな人生を楽しみたいものです。

〔二二二頁＊附〕

発がんのリスクを下げる因子として、運動（結腸がん、乳がん）、野菜・果物（口腔、食道、胃、大腸のがん）が「確実」「ほぼ確実」とされています。（二〇一四年　国立がん研究センターホームページより引用）

〔参考文献〕

・「科学的根拠に基づく発がん性・がん予防効果の評価とがん予防ガイドライン提言に関する研究」（国立がん研究センター　がん予防・検診研究センター予防研究部研究班、同ホームページ）

・「なぜ、がんになるのか？　その予防法教えます」津金昌一郎著（西村書店、二〇一〇年）

（「きんむ医」一六四号　二〇一三年三月）

今回のテーマは「サプリメント・健康食品」です。今や、テレビ、新聞で健康に関する番組や記事を目にしない日はありません。TVコマーシャルでも脂肪を燃やす飲料やスリムになる運動器具など、様々な健康グッズ情報が溢れています。日本一億二五〇〇万人総健康オタクと化しています。しかし、過剰な情報の中で確かなものを見抜くのは容易ではありません。中国やタイの痩せるサプリメントの中には甲状腺ホルモン剤や、わが国では使用が禁止されている薬剤（覚せい剤様薬物）が含まれているものがあり、死亡例も報道されています。また、糖尿病の漢方薬で死亡した例も紹介されています。私の経験でも、免疫を高めると称するサプリメント（原料は中国産キノコ）が原因で進行胃がんの患者が高カリウム血症を来し、危うく一命を取り留めたこともありま

した。

がんのリスク因子については、ビタミン、イソフラボンなど様々な栄養素が発がんリスクを低下させるとＴＶ番組などで、もてはやされました。しかし、その中で発がんリスクの低下が「確実」あるいは「ほぼ確実」と科学的に証明されたものは、まだ一つもありません。*附 薬剤は勿論のこと、様々な健康食品やサプリメントにも良い効用の裏には必ず悪い面が潜んでいることを国民にはよく知ってもらいたいものです。

一口に健康食品といっても、多種多様な商品が氾濫しており、ご寄稿頂いた数名の方々がそれらの区別をわかり易く解説されています。特定保健用食品（通称特保：トクホ）、栄養機能食品やＪＨＦＡマーク付きのものが安全のようです。雑誌「臨床と研究」（平成一八年八月号）でも某先生が特保のマークが付いていれば、安心できると述べておられます。ただ、安全だからそれでよいのかという意見もあります。その先生は、一般市民が特保に頼ると、医師を受診しないので、脂質異常症などの生活習慣病やその合併疾患の管理ができず、却って危ないと警鐘を鳴らされています。

表紙の写真は特集担当の先生ご自身の撮影によるものです。撮影の期日や状況を知ることで、写真は映像以上に感動的になります。ちょうど二年前、三月一一日は歴史的な東日本大震災でした。その震災後、石巻へのＪＭＡＴ災害救援派遣の際、伊丹から仙台空港へ向かう空から、北アルプス、黒四ダム湖（写真左下）の素晴らしい絶景を撮影されたとのことです。未曾有の巨大地震・津波が大勢の命、住居そして生活を奪い、東日本を破壊しました。そのあまりの惨状に心が痛み、自ら志願して救援に向かった多くの人々に思いを馳せますと、「国破れて、山河あり」先生もきっとこの思いで撮影されたのでしょう。険しいながらも、泰然自若。変わることのない北アルプスの荘厳な大自然を見ていると、救援に向う先生の撮影時の気持ちが伝わってきます。記憶に残る一枚です。

〔二三九頁＊附〕

運動（結腸、乳腺のがん）および野菜・果物（口腔、食道、胃、大腸のがん）はがんのリスクを下げる因子として「確実」または「ほぼ確実」と評価されました（二〇一四年）。

（「きんむ医」一六四号　編集後記　二〇一三年三月）

混合診療拡大を憂う

規制改革会議の第二次答申を受け、平成二六年六月二四日、政府は混合診療拡大を閣議決定した。患者からの要望がその理由と説明していたが、国会参議院厚生労働委員会質疑で、具体的にどこの患者からか、との質問に内閣府規制改革推進室長は患者団体からの要望はなかったと答えている。それもそのはず。難病など多くの患者団体からは反対意見ばかり。賛成意見は一つも出ていない。高度先進医療や未承認医療を推進する医療者の一部が、患者の負担が軽減されるとの理由で混合診療拡大を主張している。その意見を患者からの要望と歪曲したとしか考えられない。この意見は一見正しいように思われるが、混合診療を拡大しても患者の負担軽減は保険診療部分なので僅かである。逆に根本的解決を先送りにするので、長期的視野でみれば国民皆保険制度崩壊という最悪の結果を招くだけである。

そもそも、なぜ混合診療が行われるようになったのか。それは新薬や新しい治療を認可する薬事行政の遅れ（ドラッグ・ラグ）を取り繕うためである。海外で正しい医療として認可された薬剤や治療は早く国内で許可して保険診療にすれば済むことである。このドラッグ・ラグ問題も現在は殆ど解消している。また、高度先進医療や未承認医療は国の資金援助で臨床試験（治験）を実施し、有効性が証明されれば保険診療にすべきである。混合診療拡大は新しい薬剤や高度先進医療を保険診療（国民皆保険）で行うことをますます遅らせる。経済的に裕福な国民はその恩恵を受けられるが、一般的国民は有効な新しい治療を受けることが困難となる。医療格差が生じ、世界が絶賛した「国民皆保険」制度の崩壊が始まる。

一方、今後の医療費増加対策として混合診療に賛同する意見もある。しかし、この対策は一時しのぎであって、根本的対策にはならない。逆に医療費増加に伴って混合診療も拡大し続け、国民皆保険制度は崩壊する。医療費の増加は高齢化と医療の進歩によるものである。医療の進歩は全国民に還元される。高齢化も誰も避けることはできない、国民全体の問題である。したがって、医療費増加については、国民に十分説明し、理解を得て、国民全体で負担することが根本的な対策である。

今回、高額な新規抗がん剤が混合診療の対象となった。検査費用や入院費用が保険診療になるので、患者負担はその分軽くなる。しかし、画像検査は数ヶ月毎であり、入院も数日、あるいは外来で行うことの方が多いため、それらの費用が保険診療になっても、患者負担軽減額はそれほど高額にはならない。むしろ全額自己負担となる新規抗がん剤の方が超高額なため、月額一〇〇万円以上となることもある。さらに治療は六ヶ月から一二ヶ月継続することになるため、かなり裕福な人しか混合診療による新規抗がん剤治療を受けられなくなる。新規抗がん剤は高額だからこそ、早く保険診療（国民皆保険）にしなければ、国民は公平、公正な医療を受けられないのである。

保険とは誰にでも起こりうるリスクに対し、個人では到底支払えないから、多くの人々に薄く負担してもらおうという互助の精神に基づく制度である。したがって高額だからこそ国民全員で負担して、困った時にお互いに助け合うようにしなければ、国民皆保険の意味がない。

混合診療拡大は国民皆保険制度を崩壊させ、喜ぶのはアメリカの民間保険会社である。その民間保険も裕福な人しか利用価値はないであろう。規制改革会議委員をはじめ一部の富裕層にとっては、たとえ国民皆保険が崩壊しても医療を受けられると思っているかもしれない。しかし、大多数の国民が被害者になると判った時、政権や医療提供体制が現状のままかどうか、そして富裕層だけが良質な医療を受けられるかどうか、全く保証はない。「覆水盆に返らず」と後悔する事態にだけはならないよう切に願うばかりである。

（同窓会誌「学士鍋」二〇一一年九月）

表紙の画像は毎回特集担当理事の先生に依頼しています。本号も印象に残る写真です。上の写真は赤間神宮（下関市）で、ここには壇ノ浦の戦いに敗れ、祖母の二位の尼（平清盛の妻時子）と共に入水し、幼くして亡くなった安徳天皇が祀られているそうです。下の写真はその戦いの場面。左が八艘《はっそう》飛《と》びの源義経、右が錨潜《いかりかづき》の平知盛とのことです。撮影は下関で歯科を開業されている先生で、先生の御兄様です。彼はご自身の地元、下関が平家滅亡（旧い時代の終焉）や明治維新（新しい時代の始まり）など、社会が大きく変革する時に深く関わりのある土地柄ということで、本号表紙の写真を選んだそうです。この時代は公家社会（平安時代）から武家政権（鎌倉幕府）へと政治の主役が交代しました。もし、第二次安倍政権誕生によって社会が動けば、ま

たしても下関は時代の変動に関係の深い土地柄ということになります。

さて、今回のテーマは「保健医療行政」。馴染みは薄いでしょうが、大変重要です。わが国の医療制度は世界一です。そのことは世界的に権威ある学術医学雑誌 THE LANCET が日本特集号（二〇一一年九月）で詳しく紹介しています。日本語版もありますので、ご一読をお薦めします。

その表紙には次のような問いが投げ掛けられています。「日本はどのようにして長寿社会を実現したのか？　日本国民は健康（長寿）を維持できるだろうか？」

著者たちは、①国民皆保険と診療報酬支払制度で医療費を抑制することに成功している、②医療の質はプロセス評価では不十分だが、アウトカム（結果）は良好である（最高の長寿社会を実現）、③これは個々の医師の高い職業倫理によるもの、④しかし一般市民の高まる期待と自らの生活向上を願う医師たちの高まる希望を満たすには職業倫理に頼るだけでは不十分である、と答えています。

そして今後はもっと多くの資源を保健医療に割り当てる必要があること、そのためには、①医療の質を評価し、競争を高める組織的仕組みによって、医師は説明責任遂行力を高めること、②医療専門家と国はそのアウトカムデータを収集し、その結果を広めて国民の支持を得る責務があると述べています。

最後に、「未来への政策提言」として、①「人間の安全保障」という価値観に基づく国民皆保険制度の基本構造の堅持、②政府と地方自治体の役割の再検討、③保健医療サービスの質の向上、④グローバルヘルスへの積極的参加の四つの政策が挙げられています。

日本は医療費抑制と医療の質向上というトレードオフ（二律背反）を成功させた世界で唯一の国です。しかし、国民が求める医療の質の向上には医療費の増加は不可避です。このままでは早晩このトレードオフは挫折するでしょう。これを回避するにはTHE LANCETの提言のように、国民皆保険制度を堅持しつつ、医療の質を高めるための医療費増加に順応するしか方法はありません。引き返すことのできない薔薇《いばら》の一本道です。国、行政機関、医療現場が一丸となって前述の「未来への政策提言」を実行し、医療の質向上には医療費の増加が不可避であることを国民に説得して、国民の理解と支持を得なければ明るい未来へ辿り着くことは困難です。

（「きんむ医」一六五号　編集後記　二〇一三年六月）

がん医療の分岐点

平成一八年六月一六日「がん対策基本法」が成立しました。この法律は、がん死亡率の急上昇で国民の三人に一人が癌で死亡する現在、がん医療の諸問題が表面化し、国民の関心が一気に盛り上がったことを受けて、議員立法で成立しました。昭和五八年から国のがん研究補助金で開始された「対がん一〇カ年総合戦略」では研究が主体でしたが、平成一六年からの「第三次対がん一〇カ年総合戦略」では、「がん罹患率と死亡率の激減」を目標に、がん研究の推進、がんの予防とがん医療を支える社会環境の整備を行うとされています。「がん対策基本法」の成立は、この戦略目標が努力目標ではなく、実現すべき目標になった（義務化された）ことを意味しますので、二〇〇七年はがん医療が大きく変わる分岐点になると考えられます。

「がん対策基本法」では国、都道府県、医療保険者、医師、国民の責務が定められています。国はがん対策推進協議会の意見を聴いて「がん対策推進基本計画」を策定しなければなりません。がん対策推進協議会の委員には、がん患者・家族・遺族の代表者も任命されるので、患者・家族の意見がかなり反映されると考えられます。また都道府県にも大きな責務が課せられ、がん診療連携拠点病院機能強化事業実施要綱（平成一八年九月七日厚労省）に基づいて、二次医療圏に一つある地域がん診療連携拠点病院の見直し、その中核となる都道府県がん診療連携拠点病院の選定、がん医療従事者研修事業、がん診療連携拠点病院ネットワーク事業、院内がん登録促進、がん相談支援事業、普及啓発・情報提供事業などを行うとともに、都道府県がん対策推進計画を策定しなければなりません。一方、実行部隊であるがん診療連携拠点病院は、標準様式による院内がん登録の実施、がん相談支援・情報センターの設置、がん化学療法専門の医師、看護師、薬剤師の配備、放射線治療専門医師および専門技師、緩和ケアチームの配置、がんに関する公開講座などの啓発事業など、がん医療全般に対して質の向上が求められます。平成一八年一〇月一日国立がんセンターに発足したがん対策情報センターは、全国のがん登録情報を集中管理し、がん医療情報の中心的役割を担うことになります。その諮問機関として設置された運営評議会の委員の中には、患者代表者が二名いますので、ここでも患者・家族の意見が反映されることになります。

がん医療は変わろうとしていますが、目標実現のためには大きな課題があります。それは、施設と人的資源への投資、つまり予算的な措置がなければ、国民の望むがん医療にはならないということです。国のがん対策予算は平成一七年度二八二億円、平成一八年度三二〇億円（国民一人当たり二五〇円）と少しずつ増加していますが、米国のがん対策予算（年間約六、〇〇〇億円：国民一人当たり二、〇〇〇円）と比べると寂しい限りです。日本と米国のGDP比（五〇〇：一、三〇〇）で換算しても年間九七〇億円（国民一人当たり七六〇円）が必要になります。

「がん対策基本法」では、患者・家族の意見が反映される仕組みになっているため、より質の高いがん医療の提供を実行部隊の病院へ要求されることは明らかです。しかし、現在の医療費抑制政策と貧しいがん対策予算のままで、質の高いがん医療を提供せよというのは、ビジネスホテルの料金で高級ホテルの環境とサービスを提供せよというように等しく、がん医療の経営は成り立ちません。

最近話題の書「医療崩壊」は、医療費抑制と安全への高度の要求（二律背反）が医療崩壊を招くと指摘しています。同感です。貧しいがん対策予算と質の高いがん医療への要求が「がん医療崩壊」を招くことのない様、そして二〇〇七年が国民の望む良い方向への「がん医療の分岐点」となる様、国の適切な施策を切望して止みません。

（「福岡県医報」二〇〇七年一月号）

がん医療の均てん化

最近、がん医療の均てん化という語句がよく使われる。何となくは解るが、日常用語ではないので、明快な説明は意外と難しい。均てん化とは具体的にどんなことなのだろうか。

二〇〇一年、海外で使われているのに日本では未承認薬で使用できない抗癌剤（ドラッグラグ）について、患者の会が声をあげた。二〇〇三年、人気ＴＶ報道番組サンデープロジェクトでこの問題が議論され、反響が全国に波及した。二〇〇四年、厚労省に「抗がん剤併用療法に関する検討会」が発足。その頃、地方では適切な抗癌剤治療が受けられないこと（地域間格差）も大問題となった。これを受け、厚労省は「がん医療水準均てん化の推進に関する検討会」を発足。その後、国民的運動となり、二〇〇六年六月「がん対策基本法」が制定された。この基本法の理念に「がん患者がその居住する地域にかかわらず等しく科学的知見に基づく適切ながん医療を受けることができるようにすること」、基本的施策として「がん医療の均てん化の促進」が謳われたのである。

同じような言葉に標準化がある。標準化とは、ある定められた目標レベルに統一することである。目標が一〇〇点満点の六〇点ならば標準化の達成はそれほど困難ではない。一方、均てん化は目標レベルが科学的知見に基づく適切ながん医療、つまり質の高いがん医療、目標レベルの高い標準化（標準化の一極型）である。したがって、理想は一〇〇点満点の一〇〇点が目標だが、現実的には八〇点位だろう。目標の難易度にもよるが、質の高いがん医療は難易度の高い目標なので、均てん化達成は容易ではないだろう。それは学校生徒のテスト成績に置き換えると解る。地域間格差がないとは、生徒間の成績格差がないこと、つまり難問題のテストで生徒全員が八〇点以上をとらねばならないことになるからだ。

均てん化の現状評価にも課題がある。現在、全国三八八のがん診療連携拠点病院の指定要件は、がん患者数、専門の医療従事者や医療機器の充足具合などの施設基準である。平均点六〇点くらいの標準化は達成されているだろうが、均てん化かどうかは不明だ。均てん化の評価には、がん診療の質を評価する指標（Quality Indicator：QI）が必要で、このQIには、五年生存率などの治療成績があるが、これは五年も前の診療内容の評価である。そこで、現在の診療の質（過程）を評価するQIが開発され、今後はこのような指標を用いて均てん化を評価すべきであるが、これには多大な人的資源と経費が必要である。

地域間格差はがんだけではない。医療崩壊、医師不足、医師の偏在、そして医療全体が窮地に追い込まれようとしている現状では、がん医療の均てん化は難問山積、前途多難である。

（「福岡市医報」二〇一一年一一月）

本号の特集テーマは「医療連携と院内チーム医療」。

医療政策は国の思惑通りには進んでいません。診療報酬改定のたびに、その付けは現場に押しつけられています。それでも地道に取り組んでおられる巻頭言の先生の姿勢には敬意を表します。地域医療を支えている医療施設の経営が苦しくなれば、医療の質は低下し、その影響は患者さんに及びます。先生には地域医療を支えるための院内チーム医療と医療施設間の医療連携の重要性を訴えていただきました。

医療は一人では何もできません。多職種、他職種の医療者がそれぞれの役割に応じて患者さんにかかわっていますが、職種を越えて、お互いの連携を良くすることが医療の質を高めるのです。米国テキサス大学のMDアンダーソンがんセンターは、常にトップのがん病院との評価を得ています。その最大の理由は、すでに七〇年も前から、multidisciplinary team、すなわち多職種・他職種によるチーム医療を実践しているからだと言われています。

一方、近年、単独の施設だけで医療を完結することも困難となっています。院外の医療施設との連携を密にして、患者さんを地域全体で支えなければなりません。医療連携も広い意味での、いわば「地域チーム医療」であり、地域全体の医療の質向上を目指すことが大切です。

（「きんむ医」一七二号　二〇一五年三月）

〔附〕季刊誌「きんむ医」最初の編集後記

三月のある日、勤務医会・会長から電話がかかってきました。『これまで三年間、「きんむ医」の編集を担当してきたけど、先生にはよく投稿してもらってるし、文章も名文で面白いので、来年度から「きんむ医」の編集担当になってもらえんでしょうか』。会長職はご多忙のようですし、名文と誉められて、無下に断るわけにもゆきません。戦国時代、「誉め上手」「口説き上手」といわれた武将が脳裏をかすめ、思わず「はい、わかりました」と快く返答。ということで、四月から本季刊誌「きんむ医」の編集を担当することになりました。どうぞ宜しくお願い致します。

しかし、このようになりました状況、といいますか言い訳をしておきたいと思います。まず、ここ毎回の投稿は、迂闊にも昨年六月号で当院の執筆者を使い果たしてしまい、

その責任をとって、そうせざるを得なかったわけで、止むを得ない事情があってのことなのです。あれから一年が過ぎ、今回やっとその呪縛から解き放たれました。また、文章については、幼少時から国語の作文が大の苦手で、いつも平均点以下の成績でした。この短い編集後記を書くのでさえ大変苦労しています。したがいまして、原稿を書くのが得意だとか、名文だからという評価についてはご辞退させて頂きたいと思っています。ただ、読書はどちらかというと好きなほうで、ある時期、とくに歴史ものを読みふけっていましたので、本の編集作業については、今のところあまり負担は感じておりません。初めての経験ですが、人生、年は幾つになっても、何事も経験が大切と思っていますので、喜んでお引き受けしております。

さて、本号のテーマ「忘れられないこの一例」。臨床に携わる者なら誰でも記憶に残

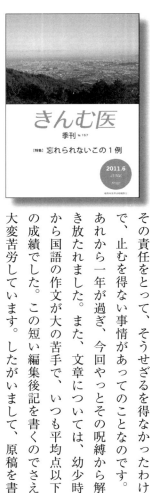

る患者さんを経験しています。多くの人の連携で奇跡的に救命できたこと。うまくゆかなかった症例。こうしておけばもっとよい結果になったかもしれないとの思い。治療中止を決断したご家族の苦悩。人生最期のお顔が忘れられない患者さん。お顔を思い出すたびに今でも涙が滲むことなど、われわれ医療者は患者さん一人ひとりの人生、生き方にいかに大きく関わっているかを痛感。また逆に珍しい症例の経験など、患者さんからその後の私たちの人生がいかに大きく影響を受けているかも、あらためて痛感した次第です。

稀な例はめったに経験しません。例外なんだから、あまり知らなくても。と軽く考えがちですが、私の病理での研究生活時代、ある先輩がひと言。「極めて稀な症例にこそ、ものごと（疾病）の本質が潜んでいるものだ」。まさに含蓄ある言葉でした。「稀な症例」を経験された方々はまさにそのことを実証、体現されているのではないでしょうか。

時代の歴史的転換期の中、折しも今月号の原稿募集期間中に未曾有の東日本大震災・

巨大津波・原発事故が起こり、執筆中の皆さん方も筆を走らせながら心配されていたことでしょう。日赤の先生の震災経験、ご苦労談は大変心を打たれる内容です。

本号を読まれて、ご自分も忘れられない経験を是非投稿したいと思われる方も多数おられると思いますので、このテーマはいつかもう一度設けてはどうかと思っています。

最後に、勤務医会を代表し、未曾有の東日本大震災・巨大津波・原発事故による甚大なる犠牲者・被災者の皆様には心からお見舞い申し上げますとともに、一日も早い復興を願っています。

（「きんむ医」一六七号　編集後記　二〇一一年六月）

2部

著者撮影／「久住山頂から阿蘇山を望む」

Ⅰ　日本の歌

ロータリーソング誕生秘話

小学校唱歌「故郷：ふるさと」、曲のルーツは賛美歌である。それは、唱歌の作曲に日本人クリスチャン音楽家達が深くかかわっていたからだが、明治人は立派だった。近代化を押し進めてゆく時代、キリスト教のミッションによる教育権がアジア太平洋諸国の独立を密かに脅かす中、当然音楽も西欧化の波に晒された。しかし、曲（旋律）は賛美歌を手本にしたものの、歌詞は日本古来の和歌の流れを尊重し、伝統を守って、日本独自の唱歌に仕上げた。唱歌は日本の独立国家の証である。本編『コーヒーを淹れる午後のひととき 1部』の「日本の歌」でここまで紹介。最後に、ここで話は終わらない。と意味深長なコメントで終わっていた。今回はその続編である。本題に入る前に、まずロータリークラブについて少し説明しておきたい。このクラブは職業を通じて社会奉仕する会員制クラブで、毎週開催の例会では、会の冒頭、全員起立して歌を唱う。歌は小学校唱歌など懐かしい歌やロータリー独自に創作したロータリーソングなどである。ただ、毎月の一週目だけは「君が代」を先に唱う。

唱歌誕生の資料を読み漁っていると、ある事実に遭遇した。ロータリーソング「我らの生業《なりわい》」の作詞・作曲が、なんと、唱歌「ふるさと」の名コンビ、作詞：高野辰之、作曲：岡野貞一だったのである。この展開には言葉を失った。瀧廉太郎に始まって、唱歌へ繋がり、まさかロータリーソングへ展開するとは予想すらしなかった。更なる探求心に火がついた。

この歌が誕生する経緯《いきさつ》は、昭和五（一九三〇）年に遡る。戦前、東洋（マニラや上海）のロータリークラブ（ＲＣ）は会員の大部分が欧米人であった。そこに日本人だけのＲＣとして、昭和二（一九二七）年八月、朝鮮半島に京城（現ソウル）ＲＣが誕生。

以後、満洲では南満洲鉄道理事の松岡洋右（のちの立憲政友会衆議院議員、第二次近衛内閣の外務大臣）が中心となって昭和三（一九二八）年大連ＲＣが誕生。この大連ＲＣの世話で昭和四（一九二九）年、奉天ＲＣ（現瀋陽）が設立された。それまでのロータリーソングは西欧の歌（歌詞も英語）だったので、翌年の昭和五（一九三〇）年、神戸の地区大会で、奉天ＲＣが日本語のロータリーソングを創ることを提案。採択された。この大会に出席していた国際ロータリークラブ連合会会長のFrank L.Mulholland氏は「ロータリーは世界のロータリーであって、アメリカのロータリーではないと思う。今、英語でロータリーソングを唱われたが、何故日本語の歌を唱わないのか、と聞いたところ、日本語の歌では権威がないということであったが、そのようなことでは困る。私は、各国におけるロータリークラブが、それぞれその国の風俗習慣によって行われることを希望する」と説き、日本語のロータリーソング創作を応援・支持した。「ロータリー日本化」の始まりである。

募集で集まった中で、新作四曲が選ばれ、昭和一〇（一九三五）年、京都の地区大会で発表された。一位は「旅は道づれ」だったが、著作権問題で失格となり、二位の「奉仕の理想」が繰り上げ一位となった。三位「平和を世に植え」、四位が「我らの生業」である。ただ、順位について、あるクラブ週報には、これら四つは大会で発表された順番であって、順位ではないとの記述もある。大会議事録にも順位の記述はなく、これらの歌は甲乙つけ難いとある。「奉仕の理想」と「我らの生業」は今もよく唱われ続けている。「我らの生業」以外の曲は、ロータリアン（ロータリー会員の呼称）の作詞・作曲によるもの。したがって、誕生の経緯は理解できるが、高野辰之と岡野貞一は両氏ともロータリアンではない。また、明治時代から現在に至るまで「ふるさと」や「春の小川」、「おぼろ月夜」など小学校唱歌は盛んに唱われてよく知られていた。しかし、作詞・作曲者は公表されていない。高野、岡野の両氏が一般に知られるようになったのは、昭和四七年、高野氏の養女高野弘子さんの申し出で、音楽著作権協会が作詞者高野氏の著作権を認めてからのことである。ただし、認められたのは「ふるさと」「春が来た」「春の小川」「おぼろ月夜」「もみじ」の五曲だけ。また、作曲者については唱歌編纂委員会の複数の委員の合議で決められたこともあり、岡野氏に特定するのは困難との意見もある。

このように調べてみると、「我らの生業」が創られた昭和九〜一〇年頃、高野辰之、岡野貞一の世間一般での知名度は低いと考えられる。では、どのような経緯で、高野・岡野のコンビで「我らの生業」が誕生したのだろうか。新たな疑問が湧いた。だが、ここからの調査は容易ではなかった。インターネットでいろいろ語句を組み合わせて検索しても、ロータリーと両氏との関連性はヒットしない。調べを進めていると、情報の中に「ロータリー文庫」がしばしば登場する。そこにはロータリーの歴史資料が保管されているとのこと。場所は東京の芝公園ビル三階。何か資料があるかもしれない。

六月二二日（金）軽井沢での学会の帰りに同文庫に立ち寄った。ロータリーソングの資料を探してもらい、コピーを持ち帰ってきた。しかし、高野氏と岡野氏の経歴などについては記載されていたが、どのような経緯で「我らの生業」が誕生したのかは明らかにはならなかった。別の日、再度、資料を探してもらったところ、ソング誕生の鍵を握る人物は当時大阪RC会員で国際RC第七〇区ガバナー（ロータリーは地域毎に区分けされ、地区のリーダーをガバナーと呼ぶ。現在は一年毎に交代）の村田省蔵氏（昭和八〜一〇年）であることが判った。村田氏は大阪商船社長、昭和一五〜一六年の第二・三次近衛内閣では逓信兼鉄道大臣を務めた人物である。彼についてもう少し調べてみることにした。大臣も務めているから、伝記のような書物があるかも知れない。アマゾンで検索してみたところ、「村田省蔵追想録」という本が大阪商船から出版されていた。五三一ページに及ぶ大作で、彼自身の自叙伝も含まれていたので期待が膨らんだ。しかし、そこには中国での事業や戦時中のフィリピン大使赴任中のことが詳細に述べられていただけで、ロータリーに関する記述は星野行則氏（大阪RC創立者の一人）が自身のガバナー就任について村田氏に相談した時の星野氏の追想録しかなく、しかも僅か二ページであった。ただ、村田氏の自叙伝のページにある事実を見つけた。

村田氏は明治一一年、東京、渋谷の生まれ。東京府立第一中学（現在の日比谷高校）に進学。しかし父親の事業の失敗で困窮し、学費滞納で中途退学。それでも昼は上野の図書館で猛勉強し、夜は国民英語学校で英語を学び、高等商業学校（現在の一橋大

昭和9〜15年頃の村田省蔵氏。大阪商船社長時代（「村田省蔵追想録」より引用）

学）へ入学。喜んだのも束の間、その後、またも不幸が襲う。自宅の火災で一家離散状態となり、ほどなく父親が死亡。学費は奨学金とアルバイト（美以美教会の夜学校の英語教師）で凌いだ。この高等商業時代、ある出来事があった。それは夜学校アルバイトの帰り道でのこと。外国の老婦人が暗い夜道で野良犬に吠えられていたのでこれを助け、住居が近所ということで、家まで送って行った。その婦人は聖公会に関係のある英国人だったので、これが縁で聖公会の元田作之進牧師の知遇を受け、そのキリスト教会に出入りするようになった。この記述を読んで驚いた。この元田牧師とは、何とあの瀧廉太郎が洗礼を受けた牧師で、瀧は当時この教会でオルガン奏者を務めていた。年齢を比べ

てみると、村田氏は瀧の一歳年上である。瀧が東京音楽学校に通いながら教会でオルガンを弾いていた時期と村田氏が元田牧師の知遇を受けた時期がぴったりと重なる。となると、村田氏は瀧廉太郎とは聖公会で知り合った可能性が浮かんでくる。一方、岡野貞一も瀧の一年先輩なので、村田氏とは同年齢である。その頃、岡野氏も東京音楽学校に通いながら、本郷中央教会でオルガン奏者を務めている。

ここで三人の関係を整理してみよう。村田氏は瀧廉太郎の一歳年上で、元田牧師を通じて教会で知り合っていたかもしれない。一方、岡野貞一も瀧廉太郎の一年先輩で東京音楽学校ではお互いを知っていたに違いない。村田氏と岡野氏は同年齢で、両者の共通の知人が瀧廉太郎ということになる。しかし、瀧は東京音楽学校を一九歳で卒業して三年後、欧州（独ライプツィヒ音楽院）へ留学した。しかも、すぐに結核を患って帰国し、郷里の大分で静養するも、二三歳で亡くなっている。一方、村田氏は二二歳で高等商業学校を卒業し、大阪商船へ入社。大阪へ赴いている。したがって、村田氏と岡野氏が瀧を通じて知人となる可能性は小さいのではないかと思われる。また、そのような事実も確認できなかった。それでは教会関連はどうかというと、村田氏が出入りしていた聖公会は麹町（文京区）、岡野氏がオルガン奏者を務めていた本郷中央教会は本郷三丁目（千代田区）。両者の距離は約五㎞とそれほど離れてはいないが、この時期に村田氏と岡野氏との繋がりを示すような事実は見いだせなかった。手がかりを掴んだかに見えたが、ここで村田氏と岡野氏との接点探索の糸口はぷっつりと途切れてしまった。余談だが、村田氏がアルバイトで教師をしていた夜学校はキリスト教の学校で大部分の教師がキリスト教の入信者だったが、彼は思うところあって最後まで洗礼を受けていない。

さて、振り出しに戻ってしまった。青春時代の村田氏と岡野氏の繋がりを示す事実は確認できなかった。そこで、再度ロータリーソング創作時代に戻って、資料をチェックしてみた。村田氏は最初にロータリーの日本化を提唱した人物である。その当時の会議（昭和九年八月高野山区協議会）資料の中に、次のような発言記録がある。

議長（村田省蔵君）「大阪では或人が作りました歌詞を北原白秋に見て貰い、譜を山田耕筰に作って貰いました。何れも一流ですから……」とあるので、当時北原白秋や山田耕筰はよく知られていたようである。したがって、高野辰之や岡野貞一は音楽関係の人々の間では名は通っていたのかもしれない。しかし、会議では誰に頼むかの結論には至らず、東京、京都、大阪の三クラブ会長に歌創作委員をお願いすることになっている（委員長は東京、当時鹿島精一会長・鹿島建設社長）。ちょうどその頃（昭和九年七月）、のちに「奉仕の理想」を作曲した萩原英一氏（東京音楽学校教授）が東京クラブに入会した。村田氏は「会員は素人ばかりだから」と心配し、音楽家にもロータリーソング創作を依頼しようと考えていたようで、萩原氏が入会したことを知って、彼に期待していることが記録に残っている。

萩原英一氏（大正9年33歳）。お茶の水女子大学の音楽の先生時代（Ochanomizu University Libraryより引用）

しかし、高野・岡野両氏とロータリーとの接点の事実は発見できない。そこで、歌創作委員長の東京ＲＣ会長、鹿島精一氏の自伝や回想録があれば、そこに何か手がかりがあるかもしれないと思い、鹿島氏の生涯を描いた「面影」や「鹿島精一追懐録」を見つけて、調べてみたが、手がかりは得られない。さらに高野辰之についても「定本　高野辰之　その生涯と全業績集」を調べたが、ここにも手がかりはなかった。これ以上は、どうしてもロータリーと高野・岡野氏との接点は見いだせなかった。万策尽きた。あとは推測するしかない。当時、高野辰之は東京音楽学校の教授で、文部省からの要請で校歌の作詞を続けていた。また、岡野貞一も昭和七年の停年退官後も嘱託として同校に通っていた。つまり、三人は同じ時期に東京音楽学校に通っていたのである。このことから、萩原氏が高野氏か岡野氏、あるいは両氏に接触し、「我らの生業」が誕生したのではないかとするのが最も可能性があるのではないだろうか。

一方、もう一つ例会でよく唱われている「奉仕の理想」について紹介する。作曲は前述のように東京RC会員の萩原英一氏。彼は東京音楽学校教授でピアニストだった。萩原氏がクリスチャンかどうかはわからなかったが、彼が師事した幸田延（幸田露伴の妹でピアニスト、ヴァイオリニスト、東京音楽学校教授）はクリスチャンだった。また、親交の深かった一年先輩の山田耕筰もクリスチャンである。山田耕筰の自伝には、ドイツ留学中のこととして次のような記述がある。「その年の三月、多久寅《おおの》と萩原英一が日本からやってきた。多は文部省から、萩原は私費で。まる一年全く一人きりで勉強していた私にとって、二人の来伯ほど嬉しいものはなかった。殊に我々の間柄は、単に上野の同窓というだけではなく、多《おおの》クアルテットを中心に、最も親しく勉強し合った仲だけに特に嬉しかった」とある。この記述からも、萩原氏がクリスチャンとの親交が深かったことが伺える。このような彼の周囲の環境を考えると、「奉仕の理想」の曲想が唱歌、賛美歌調であることも頷けるのではないだろうか。

この「奉仕の理想」には、哀しい秘話がある。作詞は京都RC会員の前田和一郎氏（都製薬所社長）。応募した歌詞は一カ所、語句の変更を余儀なくされた。初めて日本語のロータリーソングを作成することになった昭和一〇（一九三五）年、わが国は国際連盟を脱退（昭和八年）後、二・二六事件（昭和一一年）、支那事変（昭和一二年）へと次第に戦時色が濃くなってゆく時であった。原歌詞は「奉仕の理想に集いし友よ世界に捧げん我らの生業～」である。しかし、当時のガバナー（村田省蔵氏）から「世界に捧げん」を「御国《みくに》に捧げん」に変更するよう要請があり（半ば強制との記述もある）、国際派の前田氏は涙をのんで承諾。その後、戦時中は全国のRCが解散を余儀なくされ、名称を変えて存続した。京都RCも昭和一五年解散し、国際派と国粋派に分かれ、名称は水曜会などへ変更して存続したが、前田氏は解散時に脱会している。戦後、京都RCは一つにまとまって復活したが、前田氏は友人の誘いを断り、ロータリーには参加しなかった。亡くなる前、親しい友人に「何時の日か『世界に捧げん』に戻してもらうと有り難い」と遺言を残されたという。

一部のクラブでは前田氏の意思を尊重して、「世界に捧げん……」と変更しているようである。ただ、歌詞の内容はともかくとして、音韻的には「せかい」より「みくに」の方が言葉の響きが柔らかい。また「世界に捧げん……」とすると、それに続く歌詞に「望むは世界の久遠の平和……」と世界が二度も出てきて、やや煩わしい。他に音韻的に響きの良い言葉があれば別だが、いろいろな意味からも、また多くの日本人が国に命を捧げた戦争という過去を忘れないためにも、「御国《みくに》」の語句はそのままにしておいてもよいのではないかと思う。

このようにロータリーソングも唱歌同様、曲のルーツは賛美歌といえる。しかし歌詞は日本古来の伝統的和歌の流れを踏襲しつつも、戦争という時代に翻弄されたロータリアンの苦しみと哀しみを背負っている。命を捧げた多くの人々へ哀悼の意を込め、日本と世界の末永い平和を願い、これらの歌がいつまでも唱い継がれてゆくことを願っている。

〔参考文献〕

・「ロータリーソング関連ファイル」ロータリー文庫（東京都港区芝公園）

・「自伝　若き日の狂詩曲」山田耕筰著（中央文庫）
・「村田省蔵追想録」大阪商船株式会社編集兼発行（凸版印刷株式会社）
（「福岡南ロータリークラブ」二〇一二年一二月号）

みかんの花咲く丘

新年度になり、四月一日のロータリー例会は休会。八日は出席できませんでしたので、四月一五日は二週間振りの例会でした。いつものように早めに会場に着きましたが、SAA会員（例会の受付の世話や司会などを行う）はSさんとWさんだけでした。開始間近になれば何人かが来るだろうと思っていましたが、暫く待っても、当日司会予定のGさん、SAA委員長のAさん、ほかの誰も現れません。そろそろ体操開始の時間になって、ホテルの職員が司会は誰かと焦っていました。偶々、受付のところには私だけ。困っていたホテル職員が近づいてきました。体操開始の案内だけでもして下さいとのこと。仕方なく、とりあえず体操開始のアナウンスをしました。そのうちGさんかA委員長が来るだろうと思っていましたが、Gさんは仕事の都合がつかずどうしても出席できないので、SAA委員長のAさんに司会をお願いしてくれとの連絡が事務局にあったとのこと。しかし、A委員長も一向に現れません。Wさんは前回に司会をしています。行き掛り上、私が司会を務めることになりました。

今月のうたは「みかんの花咲く丘」。ソングリーダー（会場の正面で歌を指揮する会員）は勿論Kさんでした。三拍子とのことでしたが、翌週の例会で八分の六拍子と訂正。ニコニコ献金への懺悔がありました。Kさんはこの歌について、終戦直後に作られた童謡であることなど説明されました。私も終戦直後の生まれなので、この歌は幼少時によく聴いたり、唱ったりした記憶があります。（八分の六拍子との区別はよくわかりませんが）一番と三番を唱いますとのKさんの指揮で、会員一同三拍子？で唱いました。唱いながら少し不思議に思いました。一番と（二番もそうですが）三番との曲想が何か違うなと感じたのです。もう一度ここに歌詞を紹介します。

一、みかんの花が咲いている
思い出の道　丘の道
はるかに見える　青い海
お船がとおく　霞んでる

二、黒い煙を　はきながら
お船はどこへ　行くのでしょう
波に揺られて　島のかげ
汽笛がぼうと　鳴りました

三、何時か来た丘　母さんと
一緒に眺めた　あの島よ
今日もひとりで　見ていると

やさしい母さん　思われる

作詞：加藤省吾　作曲：海沼　實

一番と二番はみかんの花咲く丘に立って、海をみている情景でほのかな雰囲気の詩ですが、三番では母さんとの思い出を詩っています。何かもの寂しい感じの詩です。かつて母さんと一緒に来た丘にひとりでやって来て、やさしい母さんを思い出して懐かしんでいる情景です。ということは、母さんはすでに他界しているのではないかと思いました。そこで歌い終わった後で、「この母さんは亡くなっているのでしょうかね……」とKさんに尋ねてみましたところ、ご存知ないとのことでした。勝手に母さんを他界させては不謹慎。謝りました。ただ、何となく気になりました。作詞家の思いと違っていたら申し訳ない。ロータリアンとしてのテスト「真実かどうか」。作詞家の思いを調べてみました。すると、終戦直後ならではのドラマがありました。

この歌は終戦翌年、昭和二一年八月二五日の夜七時一五分からのＪＯＡＫ（東京放送局／現在のＮＨＫ）の特別ラジオ番組『空の劇場』で、東京のスタジオと静岡県伊東市の西国民学校の講堂を結ぶ初の二元放送で、当時の人気童謡少女歌手、川田正子の新曲として唄われました。正子は当時小学六年生でした。

作詞・作曲は、放送前日の昭和二一年八月二四日の僅か一日たらずで仕上げたとされています。作曲家の海沼實は児童合唱団〈音羽ゆりかご会〉の創設者で、正子の歌唱指導をしていました。川田家の二階に住んでいて、そこが音羽ゆりかご会の練習場でした。八月二四日の午前、加藤省吾（月刊音楽雑誌『ミュージックライフ』編集長で作詞家としても知られていました）が人気歌手川田正子の取材のため川田宅を訪ねていました。取材を終えた後、二階に住んでいた海沼（加藤とはかねてからの知人）から、まあちゃん（川田正子）が翌日放送する二元放送で唱うので、海に因んだ詩を作ってほしいと依頼されました。海沼は「詩の内容は、丘の上に立って、海を見て、その海に島を浮かべ、船を出して黒い煙を吐かせて欲しい」と依頼しています。加藤は伊東といえばみかんということでみかんを題材に考えたのですが、当時並木路子のヒット曲「りんごの唄」(作詞サトウ・ハチロー)がリンゴの実を題材にしていたので、みかんの実では二番煎じになってしまう。したがって、八月にしては時期はずれになるが、ひっそりと咲く白い可憐な『みかんの花』を題材にしたとのことです。一番と二番は海沼からの題材でしたが、三番は加藤自身の主観で作詞したと回顧録で述べています。当時は戦争の犠牲になって、母親を亡くした子供がたくさんいたので、三番は戦争のさなかに亡くなってしまい、その母親を想う子供の愛の詩にしたとのことです。やはり『みかんの花咲く丘』の〝母さん〟は戦災で亡くなっていたのです。

海沼は加藤の詩を携えて、伊東に向かう列車の中で作曲し、宿泊先の旅館にはピアノがなかったので、正子と風呂に入り体を洗いながら、ワンフレーズずつ海沼が唱って教え込んだとのことです。翌日八月二五日(日)の午後七時一五分からの特別ラジオ番組で川田正子が唱ったところ、八分の六拍子の曲調は新鮮で、正子の明るくさわやかな歌声は、敗戦で着るもの、食べるものもなく、どうしたらよいか苦悩していた国民の心を癒しました。一回だけの特別放送のはずでしたが、放送後に大反響を呼び、童謡は空前のヒット曲となりました。

　ただ、哀しいことに、この時の三番の歌詞は、〝母さん〟ではなく〝姉さん〟として唄われています。それはＧＨＱ管轄下のＣＩＥとＣＣＤの検閲のせいではないかと言われています。昭和二〇年九月、東京放送局ＪＯＡＫはＣＩＥ米民間情報局とＣＣＤ米民間検閲部に接収され、すべてここを通さないと放送できませんでした。音楽放送であっても歌詞を伴うものはＣＩＥラジオ課とＣＣＤの検閲を受けなければ放送できませんでした。海沼はできあがった加藤の詩を持ってＣＩＥとＣＣＤで検閲を受け、使用許可を得ていますが、この時〝母さん〟が〝姉さん〟に変えられたのかもしれません。戦災で母親を失った子供たちが、この歌でお母さんを思い出すとかわいそうだという配慮とされていますが、戦災孤児が社会問題になっていた時期でもあり、ＧＨＱの意向に添ったのではないかと、ずっと後になって川田正子が語っています。昭和二三年一月にコロムビアレコードから吹き込んだ時は原作に戻して〝母さん〟と唱っています。

　童謡・唱歌に詳しい池田小百合氏は『みかんの花咲く丘はのどかな風景を唱っただけ

でなく、〝母〟への思いが感じられる三番があるから素晴らしいのです。やさしい母さんだからこそ歌全体をほのぼのとした優しさが包むのです』と三番の〝母さん〟を強調、称賛しています。全く同感です。レコーディング当時の川田正子の歌を聴いてみました。一番、二番そして三番になると、いつか母親と一緒にきていたみかんの花咲く丘にひとり佇み、海に浮かぶ島を眺めながら、戦災で亡くなったやさしい母さんを思う孤児の情景が目に浮かびます。明るくさわやかなメロディーがかえって余計に哀愁を誘います。思わず瞼にうるるっと……。

急遽、司会にならなければ、このようなことを思うこともなく、また調べることもなく、単なる一例会の一日で終わったことでしょう。

怪我の功名？　災い転じて福？　……　得難い経験となりました。

今後、この歌を唱う時は、亡くなった〝やさしい母さん〟のことを懐かしむ戦災孤児の気持ちを偲んで唱いたいと思います。

〔参考文献〕

・「なっとく童謡・唱歌」池田小百合著

（「福岡南ロータリークラブ」二〇一〇年五月号）

II　歴史を探る

運命の一日

明治三八（一九〇五）年五月二五日。日本海海戦が始まる二日前、「運命の一日」である。鎮海湾（韓国南部の釜山西方）に待機中の日本海軍連合艦隊では、参謀たちの意見が二つに分かれていた。ロジェストウェンスキー提督率いるロシアバルチック艦隊は、五月一四日フランス領安南（ベトナム中部）ヴァン・フォン湾を出航し、ウラジオストックを目指して東シナ海を北上中であった。しかし、その後の情報が全くないまま、五月二四日になっても行方が知れなかった。

バルチック艦隊が対馬海峡を通るか太平洋へ回って津軽海峡（宗谷海峡説は気象条件

等から早期に否定）へ向かうかは日露戦争の勝敗を左右する重大な局面であった。それは、同艦隊がウラジオストックへ逃げ込むと、撃滅が困難になること、連合艦隊を二手に分けると勝ち目がないこと、同艦隊が津軽海峡へ向かった場合、五月二五日中には移動しないと距離的に間に合わないことなど、このまま待機かそれとも移動か、ぎりぎりの決断を迫られていたからである。

連合艦隊司令長官・東郷平八郎の作戦参謀・秋山真之は八分どおり対馬海峡と思っていたが、それに全てを賭けてよいかどうか迷っていた。それは、バルチック艦隊の速力が一〇ノットとの報告から計算すると、対馬海峡を通るなら、もう日本近海に現れてもよいはずであるが、今もって姿を見せないのは、既に太平洋へ回っているものと考えられたからである。「太平洋迂回説」を主張する艦長や参謀たちの根拠もまさにこの点にあった。秋山が北海方面移動を考えるようになったのは、バルチック艦隊が対馬、津軽どちらに現れても、ウラジオストックへ逃げ込む前に決戦を挑むことができるからである。しかし、この場合、秋山の作戦は生かせず、バルチック艦隊のかなりの戦力が温存されるというリスクも覚悟しておかねばならなかった。

五月二四日は対馬海峡へ来ると仮定した場合の最終期限であったが、バルチック艦隊の情報が全く入らないため、「太平洋迂回説」が大勢となった。そこで、旗艦三笠の司令部幕僚は北海方面移動の方針をほぼ固め、海軍軍令部（東京）幕僚へ「相当の時期まで敵艦を見ない時、艦隊は随時に移動する」という意味の電報を送った。それを聞きつけた第二艦隊参謀長・藤井較一大佐は三笠へ向かった。途中で、同第二艦隊第二戦隊司令官・島村速雄に遭遇した。両者とも「鎮海湾待機」を東郷に具申するためである。

ここまでは、小説『坂の上の雲』の要約である。五月二五日のところは原文をそのまま次に引用する。

東郷は長官室にいた。島村と藤井が入った。席をあたえられたため藤井はすわろうとしたが、島村は起立したまま、口をひらいた。かれはあらゆるいきさつよりもかんじんの結論だけをきこうとした。

「長官は、バルチック艦隊がどの海峡を通って来るとお思いですか」ということであった。

小柄な東郷はすわったまま島村の顔をふしぎそうにみている。質問の背景を考えていたのかもしれず、それともこのとびきり寡黙な軍人は、打てばひびくような応答というものを個人的習慣としてもっていなかったせいであるかもしれない。やがて口をひらき、

「それは対馬海峡よ」

と、言いきった。東郷が世界の戦史に不動の位置を占めるにいたるのはこの一言によってであるかもしれない。

東郷のその一言をきくなり、島村速雄は一礼した。

かれも多くを言わなかった。東郷の応答に対してかれが言ったのは、

「そういうお考えならば、なにも申し上げることはありません」

という言葉だけで、藤井をうながして長官室を出、三笠から去ってしまったのである。

（中略）

さらに、東郷が、

「敵がここを」

と、海図の上の対馬海峡を示し、

「通るというから通るさ」

といったことも、当時東郷に近い士官たちのあいだで評判になった。真之たち幕僚が東郷の前で甲論乙駁していた席で、たれかが東郷の意見を問うた時に言った言葉である。

右のようないきさつのすえ、連合艦隊はなおも鎮海湾に待ちつづけることになった。

ただ、東郷もこの待機方針を固定化せず、

「このつぎの情報がくるまで待とう」

という意見を、加藤参謀長や秋山真之らに示した。以上のことは五月二五日までの経緯である。


（小説『坂の上の雲』より引用）

翌五月二六日未明、軍令部から、「バルチック艦隊の運搬船六隻が昨夜、上海に入港」との電報が入った。足の遅い運搬船をここで切り離したということは、バルチック艦隊はまだ東シナ海にあって、決戦を準備した、つまり彼らは対馬海峡へ来るということであった。その予測どおり、五月二七日午前五時四五分哨戒艦信濃丸が敵艦を発見。連合艦隊は「敵艦隊見ゆとの警報に接し、連合艦隊は直ちに出動、これを撃滅せんとす。本日天気晴朗なれども波高し」を打電し、鎮海湾を発進した。同日午後一時五五分、対馬沖でバルチック艦隊を捉え、日本海海戦の火蓋が切られたのである。五月二五日に北海方面へ移動していたら、バルチック艦隊を殲滅できなかったかもしれない。五月二五日はまさに「運命の一日」だったのである。

さて、前述のように小説「坂の上の雲」では、東郷の「それは対馬海峡よ」の一言で鎮海湾待機となっている。しかし、彼がなぜそのような決断に至ったのかについては触れられていない。司馬遼太郎は資料を徹底的に収集して、読みあさり、史実に忠実に描いたと語っている。確かに、「坂の上の雲」は小説というより、歴史書といってもよいほど資料に忠実である。ただ、他の諸資料によると、東郷は「冷静沈着。重要事項で、たとえ急を要する場合であっても、直ぐには可否を決せず、種々の方面から十分検討し、一旦決断したら初志を貫く」と評価されている。しかし、司馬氏の五月二五日の場面では、東郷は何の根拠もなく「対馬海峡よ」と断言。直感で決断する人物に描かれており、前述の東郷の評価とは別人格のようである。それは、司馬氏が参考にした公的史書、海軍軍令部編纂「明治三十七八年海戦史」には五月二五日の記録がなく、小笠原長生の著書「撃滅：日本海海戦秘史」や「東郷元帥詳伝」でも、その日の記述はごく簡単だからであろう。小笠原氏は当時軍令部参謀（海戦には参加していない）で、後日、東郷や島村らから直接話を聞いてまとめているが、軍事機密に関することなので、彼らは小笠原氏にはあまり語らなかったと思われる。五月二五日の情報もなく、その後の勝利があまりにも完璧だったことで、東郷が神格化*（二八九頁の図1）されることになったのかもしれない。したがって、司馬氏は小笠原氏の評価をそのまま容認し、神のようなあるいは直感の鋭い人物として描いたのであろう。
小説『坂の上の雲』刊行の一〇年後、貴重な軍事機密文書の存在が明らかとなった。

図1　日本海海戦紀念碑（津屋崎町渡、大峰山頂上の東郷公園）

＊日本海海戦紀念碑と東郷神社
昭和9年、日本海海戦紀念碑が福岡県津屋崎町渡の大峰山頂上、東郷公園に建立。当時、ここから日本海海戦の様子が見られたという。紀念碑は旗艦三笠を模している（図1）。

山腹には東郷神社がある。東郷神社は東京渋谷区や埼玉飯能市秩父御嶽神社内にも建立されている。

「極秘明治三十七八年海戦史」(以下「極秘海戦史」と略す)である。一五〇巻の超大作で、三組だけ作成され、そのうち二組(軍令部と海軍大学校)は太平洋戦争終戦時に焼却処分された。しかし、一組は明治天皇に奉呈され、宮中に保存されていたので、処分から免れたのである。太平洋戦争終結後三〇年経って、宮内庁から防衛庁に移管された。そこには作戦の鍵を握る「密封命令書」の詳しい内容と五月二五日に軍議を招集したことが記録されていた。「密封命令書」とは指定された期日時刻に開封し、命令書の記載通りに行動することが求められるもので、各艦隊司令官に事前に配布される命令書である。司馬氏は密封命令の存在は知っていたが、詳しい内容までは解らず、簡単な記載になっている。また、五月二五日の軍議についても開かれなかったとしている。しかし、それは、司馬氏が参考にした公的史書「明治三十七八年海戦史」が「極秘海戦史」から軍事機密部分を省いて作成されたこと、さらに小笠原の著書にも機密に関する部分は記載がないことから、無理からぬことである。

防衛大学・野村實教授はこの密封命令に関する論文を一九八二(昭和五七)年に発表

し、その後何度か研究発表した成果をまとめて平成一一年七月「日本海海戦の真実」（講談社現代新書）を発刊した。また、半藤一利氏は雑誌「プレジデント」一九八四（昭和五九）年五月号に「日本海海戦を決めた参謀長の信念」の題で、第二艦隊参謀長・藤井較一大佐の功績を紹介し、彼を高く評価している。これらの資料を基に、五月一四日バルチック艦隊のヴァン・フォン湾出航から二五日までの、司馬氏が知り得なかった、重要な出来事を次に解説する。

五月一八日、連合艦隊司令部に情報が入った。バルチック艦隊が五月一四日にヴァン・フォン湾を出航したとの知らせである。そこで、翌五月一九日、七三隻の哨戒部隊が対馬沖に警戒網を張った。バルチック艦隊は、その速度（一〇ノットと報告されていた）と対馬海峡までの距離から、五月二二日、遅くとも二四日には現れるはずであった。しかし、その後の行方は杳《よう》として知れなかった。

五月二三日、ノルウェー船（三井物産の傭船）が口之津（長崎県島原半島）に入港し

『五月一九日午前五時三〇分頃、フィリピン島バタン海峡でバルチック艦隊の洋上臨検を受け、船長の証言として、ロシアの士官が「対馬海峡に向う」と言った』との情報が軍令部から送られてきた。この情報をめぐり、連合艦隊司令部では大激論が巻き起こった。「ロシア士官が重要情報を漏らすわけがない。対馬海峡と偽って津軽海峡へ向かっているのではないか」「いや、その逆の裏返しで、やはり対馬海峡へ来るつもりだ」という具合である。

しかし、対馬海峡へ現れる予定の最終期限、五月二四日になっても哨戒部隊からの情報はなかった。そこで同日、連合艦隊司令部は各戦隊司令部に「密封命令書(五月二五日午後三時開封指示)」を交付した。その内容は一〇項目から成るもので、要するに「北海方面へ移動を開始する、開封の日付をもって発令とし、出発時刻は信号命令する」との命令書である。そして、同日午後二時一五分、軍令部へ打電した。「敵は北海に迂回したるものと推断す。当隊は一二ノット以上の速力にて北海道渡島に向かって移動せんとす」すなわち、東郷は秋山作戦参謀、加藤参謀長の判断を了解の上、北海方面への移動準備を命令・指示していたということである。

第二艦隊参謀長・藤井較一大佐は司令部が北海方面移動を決意したとの知らせを聞き、上官の上村第二艦隊司令長官の許可を得て、五月二四日夕刻、旗艦三笠へ乗り込んだ。彼は対馬海峡説を強硬に主張し、連合艦隊司令部幕僚と激しい口論となった。そこで、東郷は第二艦隊司令長官、参謀長、各司令官および連合艦隊司令部幕僚を招集し、翌五月二五日午前、緊急軍議を開いた。

連合艦隊・加藤参謀長は一人ひとりの意見を聞いた。意見は完全に津軽海峡説に傾いていた。藤井は「バルチック艦隊は艦底にカキなどがついて船足は鈍っている。その速度は八ノットあるいはそれ以下と計算するのが正しい。したがって、五月二七日前後に対馬海峡に現れる」と主張した。これに対し「戦いは数字どおりにはいかん。この間に津軽海峡に出現したらどうするのだ」と反論され、これには抗弁できなかったが、津軽海峡説の根拠はすべて不十分であることを説いた。しかし、藤井の意見は全員に反発され、頼みの上村長官でさえ津軽海峡説に傾きはじめていた。藤井の後日談話がこの様子

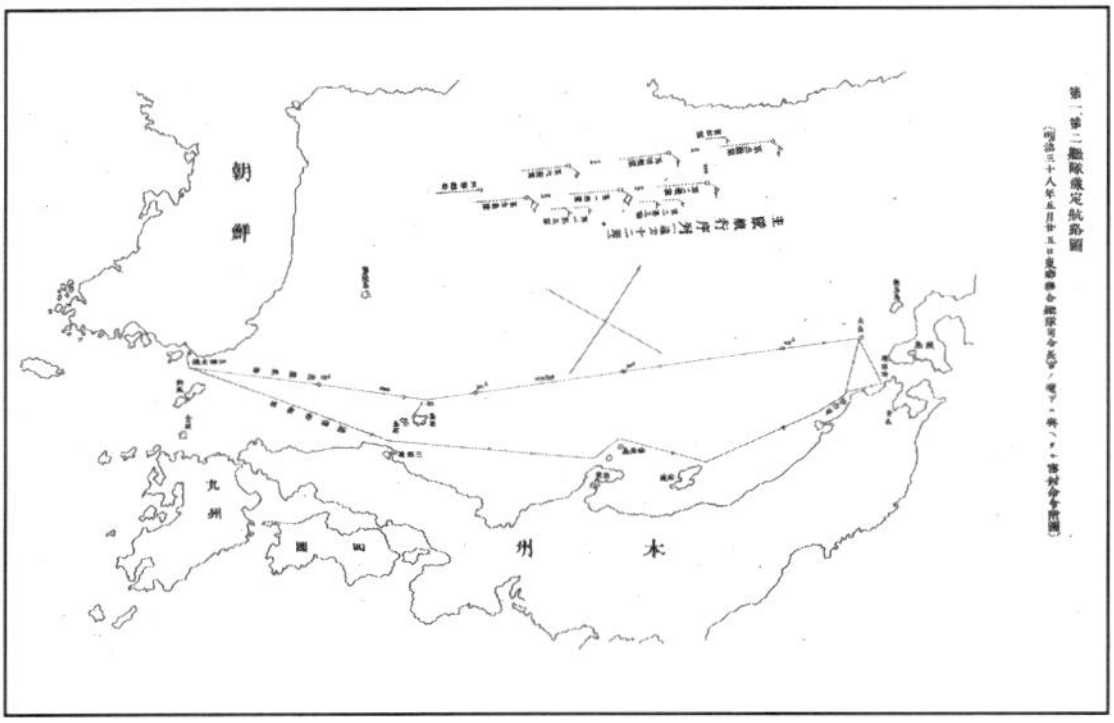

図2　第一、第二艦隊予定航路図（5月25日密封命令附図）
北海方面（津軽海峡）への航路が指示されている

をよく物語っている。「何分只一人のみ主張するのみにて、他は全部転位説であり、殊にすこぶる激昂のものもあり、如何に縷々説述するも、ほとんど耳を藉すものなき光景にて、あわや転位説に一決せられんとする有様なり」それでも彼は「少なくとも、本日（五月二五日）午後三時開封、つまり発令だけはとりやめ、なお二、三日この場所において自重し、その後に決せられて然るべきなのである」となおも食い下がった。

東郷は諸官の意見を黙って聞いていた。意見が出尽くしたころ、自室に戻った。会議は頓挫し、沈黙の時が長く流れた。その時、第二艦隊第二戦隊司令官・島村速雄が遅れて到着した。島村は東郷の信頼も厚く、加藤参謀長とは同期であった。加藤は「本日午後三時をもって津軽海峡に転位する予定だが、どう思うか」と島村に問うた。島村は「いささか時期尚早と思う。せめて二七日午後まで待つことが、万全である」と答えた。前連合艦隊参謀長で名望高い提督の一言には万鈞の重みがあった。転位一辺倒だった会議の雰囲気が一変した。島村は参謀長たちと討議した後、藤井を伴って東郷の部屋をノックした。長官室へ入った島村は、確かな情報が入るまで、暫くここに留まるよう具申し、東郷の見解を訊ねた。東郷は「敵は当海峡を通ると思う。加藤に言ってあるから、心配せんでよい」と答えた。島村はこれを聞いて安心し、藤井は一言もいわず、両者は退室した。東郷は加藤に「動く時はこれ（密封命令書）でよいが、動く時は次の情報を待ってからにせよ」と指示していた。つまり、「密封命令書」五月二五日午後三時の開封は一～二日延長が決まったのである。

（五月一四～二五日の重要な出来事：完）

このように、「極秘海戦史」の発見・公開と野村氏や半藤氏らの調査・解説によって、五月二五日の重要な出来事が明らかとなった。「密封命令書」が五月二四日に発令されたということは、東郷は対馬海峡を通るとは思いつつも、秋山参謀達の主張する「万が一の対策」（北海方面移動）も了承・命令していたのである（図2）。しかし、五月二五日の緊急軍議の後、島村と藤井の意見を考慮し、確実な情報が得られるまで、「密封命令書」の同日午後三時開封予定を一両日遅らせることを決断した。この成果はすぐにあらわれた。翌五月二六日の午前零時すぎ、「バルチック艦隊の運搬船六隻が、昨夜（五月二五日）上海入港」との電報が入った。これはバルチック艦隊がまだ東シナ海にいること、さらに同艦隊が決戦を決意したこと、すなわち対馬海峡を通るという確実な情報であった。これで北海方面移動説は消滅し、満を持して対馬海峡で完璧に迎え撃つ態勢がとれたのである。

山本海軍大臣は「運のいい男だから」とのことで東郷を連合艦隊司令長官に抜擢し

た。事実その通りになったのだが、「運がいい」からにはそれなりの理由があるはずである。五月二五日の軍議での対立意見は、両者共に仮説・推論であって、確実な情報に基づいているわけではない。したがって、どちらが妥当かの判断は下し難い。確実な情報・根拠もなく対立したままで、北海方面移動を決行すれば、連合艦隊の結束は乱れ、バルチック艦隊を殲滅することは出来なかったに違いない。勝つためにはどうすべきか。艦隊の司令官、参謀たちの意見が一つに纏まり、一致団結しなければならない。そのためには、対馬か津軽かの確かな情報を得ることが最も重要である。「密封命令書」開封の一両日延期の決断は、バルチック艦隊がどちらを通るかの確実な情報を掴むためだったのである。ひいては連合艦隊の意志統一と一致団結のためでもあった。

東郷は「必ず対馬海峡を通るから、ここで待つ」と決断したのではない。様々な意見をよく聴いて、熟慮し、「密封命令書」の開封を一～二日遅らせ、「次の情報まで、ここで待つ」と決断したのである。それは艦隊の意志を統一し、結束を固めるための選択でもあり、司令長官として冷静沈着で、あくまで「次の確実な情報を待って動く」という合理的なものである。したがって、翌日未明のバルチック艦隊運搬船の上海入港との情報も、決して運がよかったわけではない。「次の情報を待って動く」という東郷の決断の当然・必然の結果である。彼の決断は従来言われているような神懸かり的第六感によるものではなかったのである。彼の凄さは、まさに勝つための日々の鍛錬、あらゆる情報に耳を傾けて検討、熟慮し、的確な合理的判断をするところにある。結果として組織の意志統一、団結力強化に繋がり、勝利が導かれたのであろう。

なお、東郷が五月二五日の緊急軍議に参加していたかどうかについては、「極秘海戦史」には記載がない。ただ、「極秘海戦史」には東郷が〝第二艦隊司令長官以下各司令官を招集して軍議を行った〟と明記してあること、小笠原氏の「東郷元帥詳伝」、藤井の談話記、「嶋田繁太郎備忘録」、「史談会記録」などの諸資料を調査した野村氏や半藤氏の見解から、東郷は軍議には参加し、黙って諸官の意見を聴き、出尽くしたところで自室へ戻り、島村、藤井の訪室後、数十分間熟慮の上、決断したとするのが事実ではないかと思われる。また、藤井はのちに東郷の島村に対する信頼が自分に対するものよりはるかに大きかったと回想している。現場経験を重視する東郷にとって、島村の意見が最も重要だったようである。

歴史上、いかに優れていたとしても、東郷は実在の人物である。したがって、「神懸かり的第六感」「運がいい」など抽象的評価に対しては、なぜそうなのか、現実の具体像はどうなのか、疑問が湧く。そんな人物の実像を知りたいとの欲求に駆られる。彼は、急ぎの案件であっても即決することはせず、周りの意見を真摯によく聴き、しかし多数意見に惑わされることもなく、熟慮し、客観的で確実な情報を重視して、冷静で的確・合理的な判断をする人物である。「運命の一日：五月二五日」も「対馬海峡に必ず来るから、ここで待つ」との決断ではなく「次の情報まで、ここで待つ」すなわち「次の確実な情報を待って動く」と決断したのである。東郷の凄さ、運がいいと言われる理由が少しは理解できたように思う。

〔参考文献〕

・「坂の上の雲」司馬遼太郎著（文春文庫）
・「撃滅：日本海海戦秘史」小笠原長生編纂（實業之日本社、昭和五年）
・「明治三十七八年海戦史」海軍軍令部編纂（春陽堂、明治四三年六月）
・「東郷元帥詳伝」小笠原長生編纂（春陽堂、大正一〇年八月）
・「日本海海戦を決めた参謀長の信念」半藤一利
「プレジデント」一九八四（昭和五九）年五月号
・「藤井大将を偲ぶ」没後六〇周年記念誌　藤井孝興（非売品）昭和六一年一一月
・「日本海海戦の真実」野村　實著（講談社現代新書、平成一一年七月）
・「極秘明治三十七八年海戦史」全一五〇巻　海軍軍令部
明治三八年一二月〜同四四年　国立公文書館アジア歴史資料センター

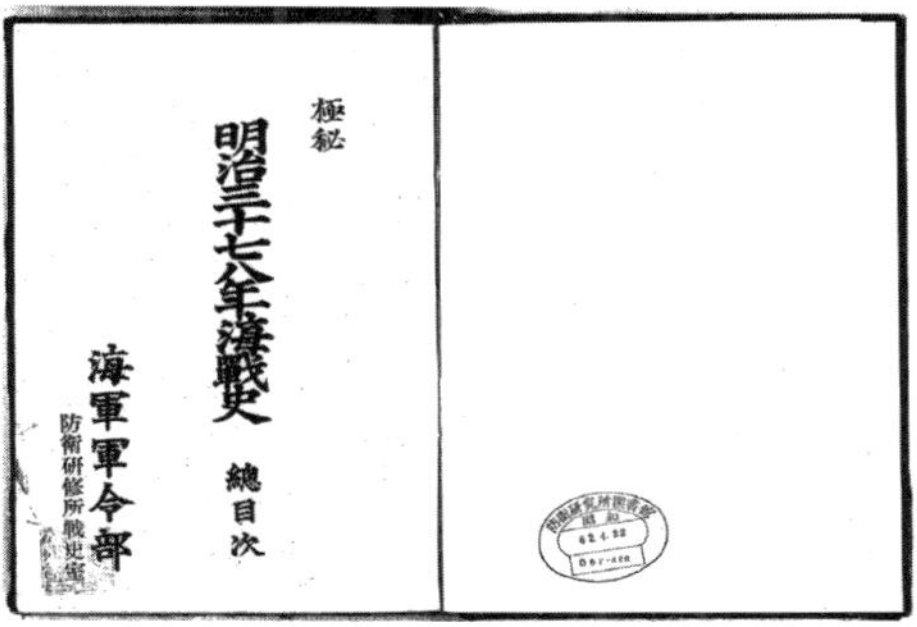
極秘
明治三十七八年海戦史　総目次
海軍軍令部
防衛研修所戦史室

極秘海戦史
（引用：国立公文書館アジア歴史資料センターより）

（「きんむ医」一七一号　二〇一四年一二月）

III 趣味

誇り高き勤務医

季刊誌「きんむ医」六月特集の影響で当院の執筆者の在庫が枯渇してしまった。それは、特集原稿に一定数を確保するため、各病院から数名の人に投稿してもらっているが、同じ人物に何度も依頼しづらいため、執筆者がいなくなったという事情による。それがまだ尾を引いている。また私が投稿せざるを得ない。しかし、今回のテーマ「勤務医を意識したとき」について、何を書いたらよいか一向に筆が進まない。そこで、まず「勤務医」の定義は何なのだと思い、広辞苑を開いてみた。しかし、載っていない。広辞苑が古いのか。いや、二〇〇八年一月発行の第六版。最新版だ。一方、国語辞典を見ると採用されている。「勤務医」は病院や診療所に被雇用者として勤務している医師とある。確かにそうだ。対義語は、「開業医」。「個人で医院、病院を経営し、診療している医師」とある。そこで、広辞苑に戻って「開業医」を探した。あれっ！　掲載されているではないか。では、なぜ広辞苑に「勤務医」がないのか。広辞苑編集者は一体どんな方針で編纂しているのだろうか。

広辞苑について調べた。一九三五年、新村 出（明治九年山口県生まれの言語学・国語学者。東京帝大卒。後に京都帝大教授）が国語辞典「辞苑」を博文館から出版した。この出発点となる素案は、民族・民俗学や考古学の名著を多数手がけた岡書院の店主、岡 茂雄が旧知の新村 出に依頼したのが始まりという。岡 茂雄は自社では手に余ると判断し、大手出版の岩波茂雄に依頼するも断られ、博文館からの出版となった。刊行されるやベストセラーとなっている。その後、改訂版の編集作業中、第二次世界大戦となり、戦後改訂版刊行を博文館に依頼するも断られた。そのため岩波書店が引き継いで、一九五五年五月、書名を「広辞苑」と変更し、初版刊行となっている。このあたりの出版界の経緯についてはいろいろと紆余曲折があったようだ。

広辞苑は約一〇年毎に改訂されており、今のところ二〇〇八年一月発行の第六版が最新版で約二四万項目が収録されている。初版から第六版の二〇〇九年六月までに一、一七七万部を発行し、中型国語辞典の売り上げ一位を誇る国内最大の国民的辞書だ。編集方針は国語辞典と百科事典を一冊にまとめることとされている。新しい言葉の採用については、まだ一般的でなくても編集部や専門家が今後定着するであろうと判断されたら採用することもあるとのようだが、通常は社会への定着度合いから判断されるとのこと。つまり広辞苑では「勤務医」はまだ社会に定着していない、また今後も定着するとは判断されなかった言葉ということだ。世間に認知されていない、言わば私生児的な言葉ということなのだ。

そんな言葉で私ども勤務医が括られているのか、と思うと、惨めというか情けないというか、心寂しくなる。しかし、考えてみれば、「先生は勤務医ですか?」と聞かれて、「はい、勤務医です」と答える時、誇らしげな気持ちで返答しているだろうか。

いや、何故か、何となく鬱屈した気分になるのは私だけではないと思う。

それは「勤務医」という言葉が、きつい、汚い、給料が安いなど3Kをイメージさせるからなのであろう。しかし、私たちは、3Kの職場であろうとも、逃げる事なく、誇りを持って「勤務医」として働いているのだ。

クリントン大統領時代、米国は医療制度改革を叫び、わが国の医療保険制度を調査した。しかし、日本の医療制度が医師の〝僧職に値するほどの献身的な働き〟（皮肉・嘲弄かもしれないが賛辞と思いたい）で成り立っていることを知って、米国にそれを導入するのは困難だと断念している。僧職に値するほどの献身的な医師が勤務医だけを指しているわけではないが、勤務医が3Kではなく、〝献身的〟という良いイメージで広辞苑に採用されることを願いながら、誇りをもって「勤務医」を続けてゆこうと思っている。


（「きんむ医」一五五号　二〇一〇年一二月）

言葉は時代とともに

またお前か。執筆者の在庫枯渇は口実で、実は投稿オタクか。との声が聞こえそうだ。そういうご指摘を否定できない一面はあるかもしれない。しかし、今回は、話題のネタがあったからだ。

最近、言葉の由来・語源を考えることが多くなった。勤務医会理事会で、「目から鱗」の言葉を耳にした。意味はわかるが、一体由来はどこからだろうということになった。中国の故事か？　などの意見もあったが、どなたもご存知ない。もちろん私も知らない。後日、調べてみると、キリストの奇跡として「盲目の男性の目から鱗が落ち、目が見えるようになった」という新約聖書が由来であった。意外である。またつい最近、気象予報で使われる「冬将軍」はどうして将軍というのかとのＴＶ番組を見た。由来はフランスのナポレオン時代。ナポレオン率いる大軍がロシア遠征で極寒の冬に阻まれ、大敗北を喫したことを英国の新聞が「General Frost：冬将軍」との言葉で報じたことに由来しているとのこと。語源はわが国や中国の故事からだけでなく全世界から入っているのだと感心した次第だ。

さて、言葉の語源はこれくらいにして、今回のテーマは「時代とともに変化する常識・非常識」である。常識とは何か。「普通、一般人が持っている知識、理解、判断、思慮分別」とのこと。したがって、もし言葉の解釈が時代とともに変化し、それが世代間で異なったりすれば、認識にずれが生じ、自ずと常識と非常識にも影響するであろう。そこで、ご依頼の趣旨とは若干逸れるかもしれないが、時代とともに変化し、世代間で解釈が逆転してしまった言葉について、確かな情報に私見を交えながら考察してみる。

ご存知の方もおられるかもしれない。一年程前（平成二二年）、ＮＨＫテレビの朝のニュース、おはようにっぽんでの報道。国(文化庁)が毎年行っている国語調査の結果、「議論で計画が煮詰まる」の「煮詰まる」の意味が四〇歳代を境に逆転しているというのだ。「議論で計画が煮詰まる」とは「議論も出尽くして、そろそろ結論が出そうになってきた」という意味と思っていた。しかし四〇歳代以下の若い世代では、「議論が行き詰まってしまって、結論は出ない」という全く逆の意味だというのだ。そんなバカな。それはごく一部の若者のことだと思うが、そうだろうか。確かめねばならない。帰宅後、夕食を摂りながらまず家内に聞いてみた。「〝議論が煮詰まる〟ってどういう意味?」。家内「そろそろ結論が出そうになってきた、ということやないの」。やっぱり、そうやね。納得。因みに家内は五〇歳代。暫くして大学生の娘(二〇歳代)が帰宅。早速尋ねてみた。「〝議論が煮詰まる〟ってどういう意味?」。「議論が行き詰まって結論が出ないってことやろ」。娘は、何でそんなこと聞くと、そんなの当然やろ、と言わんばかりの態度である。「エーッ! そんなバカな。それは全く逆の意味たい」といっても納得しない。国語調査は真実だったのだ。愕然。若い人に「議論も煮詰まってきたそうやけん、明日までには結論を出しとっちゃらんね」のような指示は要注意。「議論が行き詰まっとーとに、結論出るわけないやん、全くわかっとらん非常識な上司やねー」と誤解されかねない。

下のグラフはその国語調査の結果である。四〇歳代を境に解釈が逆転している。驚きだ。このままだと二〇~三〇年後には交差ポイントが六〇歳を越えてしまい、全ての世代で「議論が煮詰まる」は「行き詰まって結論が出ない」という意味になってしまいそうだ。

このように世代間で言葉の解釈が逆転すると、常識・非常識の認識が食い違い、世代間の軋轢が生まれることになる。問題である。

例文）7日間に及ぶ議論で、計画が煮詰まった。

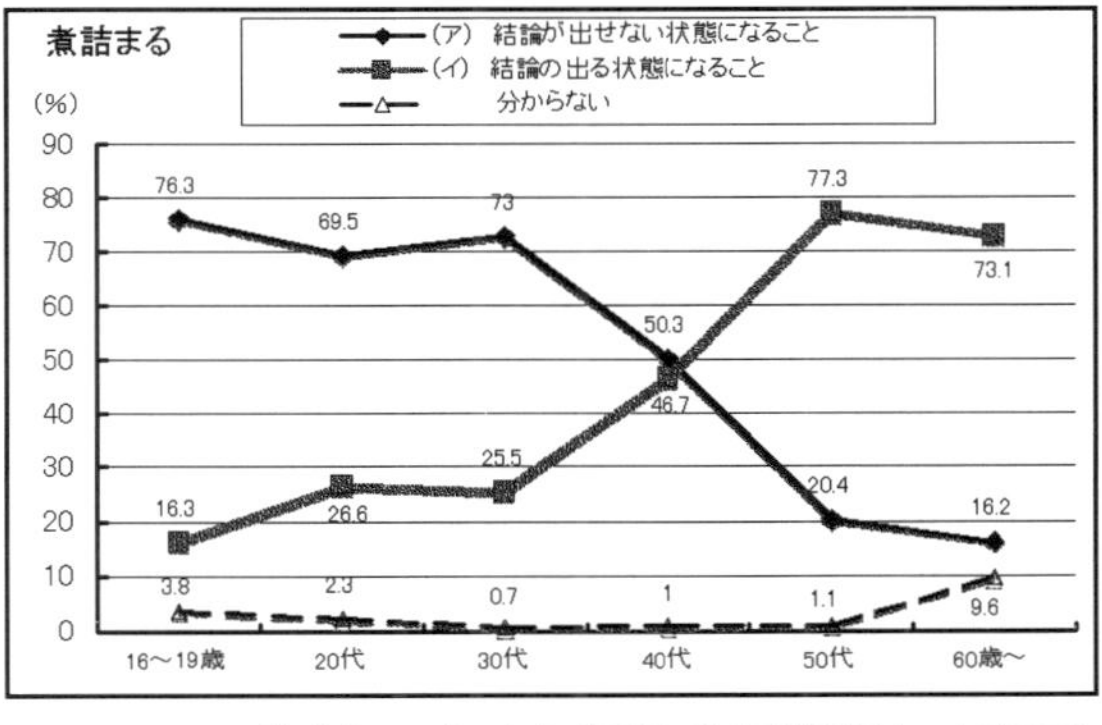

（文化庁　平成19年度「国語に関する世論調査」より引用）

解決策は国語教育の強化であろうか。長期的課題だ。

一方、下のグラフのようにすべての世代で逆の意味に解釈されている言葉もある。「流れに棹《さお》さす」という言葉だ。本来の意味は「傾向に乗って、勢いを増す行為をすること」だが、すべての年代で半数以上の人が「傾向に逆らって、勢いを失わせる行為をすること」と逆の意味に捉えている。正解率は一七～二〇％程度だ。

こうなるとさすがに広辞苑もそのことを無視できず、「棹さす」は「棹を水底につきさして、舟を進める。転じて、時流に乗る。また、

例文）その発言は流れに棹さすものだ。

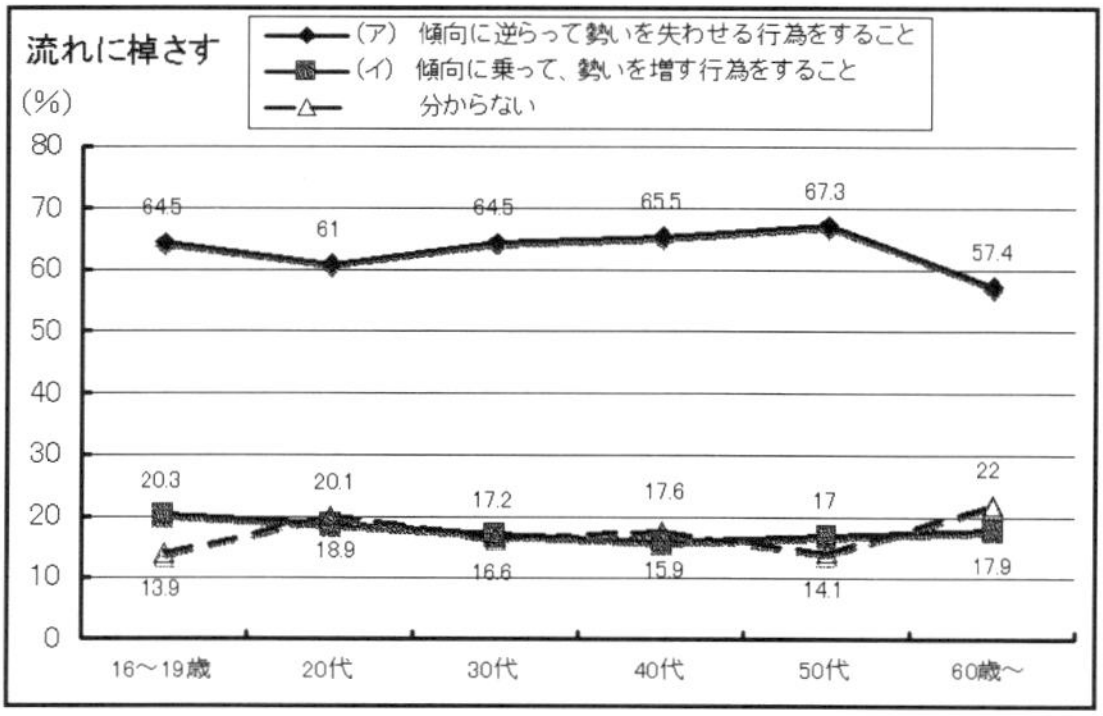

（文化庁　平成18年度「国語に関する世論調査」より引用）

時流に逆らう意に誤用することがある」と、誤用について明記している。しかし、誤用が一般化してしまうと、夏目漱石の小説、草枕の冒頭「智に働けば角が立つ＝理屈ばかりでは事が荒立つ」ってことは解るが、「情に棹させば流される＝情に逆らえば、流される？」って「どげんこと？　意味不明！」。

語源が古くなると、その時代の世相を表現することばの意味は当然わからなくなる。「流れに棹さす」は船頭が棹を水底につきさして流れに乗ってゆくところから由来したのである。したがって、江戸末期〜明治の漱石の時代ならその意味で通用したのだろう。しかし、現代では、「流れに棹さす」で舟を操る意味は思い浮かばない。当然のごとく文字通り「流れに逆らう」という解釈になってしまうのだろう。

では、「煮詰まる」はどうか。このことばが生まれた時期は不明だが、私が思うには、昭和の戦後、まだ一般家庭が電化されていなかった時代。食事といえば母親がコンロや七輪で時間をかけてゴトゴトと食材を煮詰めて、やっと料理が食卓に上って食事にありつけたものだ。その経験から、「煮詰まる」とは「やっと料理が出来上がってきた」という意味を実感として感ずるのである。したがって、「議論が煮詰まる」とは、当然「そろそろ結論が出そうだ」という意味に違和感はない。

しかし、現在の食生活は冷蔵庫と電子レンジがあれば、いとも簡単に料理ができてしまい、「料理が煮詰まる」という経験がないのであろう。だから、「煮詰まる」を実感として感じることがないのではないか。したがって、「議論が煮詰まる」は文字通りに解釈されて「議論が行き詰まる」すなわち「結論が出ない」ということになったのではないかと考えられる。四〇歳代は昭和三三年から四二年までの生まれである。この時期は、冷蔵庫などの電化製品が急速に普及した時期と重なる。このような時代背景を考えると、私の推論もあながち間違いではないと思う。

「流れに棹さす」も明治から大正~昭和初期ごろには、この「煮詰まる」と同様、世代間で解釈が逆転していた時期もあったのではないか。そう考えると、「煮詰まる」も「流れに棹さす」と同様、いずれいつかは全ての世代で逆の意味に解釈される時代がきて、広辞苑に「〝議論が煮詰まる〟はそろそろ結論が出るという意味。また、逆に結論が出ない意味に誤用されることがある」と掲載されるかもしれない。ただ、その頃は、多分二〇年以上も先の話だ。私は八〇歳を越えている。「煮詰まる」の誤用の記載が広辞苑に掲載されることを是非確かめたいものだが、そのためには私の命運が尽きないこと、そして頭脳が別世界へさまよっていないことが条件だ。

健康で長生きする目標が一つ生まれた。特集担当の先生のお蔭と、感謝申し上げる。

最後に本稿のテーマに戻って、考えた。「議論が煮詰まる」は若い世代では「結論が出ない」ことが常識だろうが、中高年者では非常識である。一方、「流れに棹さす」を「流れに逆らう」と解するのは、誤用であっても、全ての世代で常識となるのだろうか。言葉は時代とともに常に変化する。それに影響されるように常識・非常識も時代とともに変化する。

誤った認識が常識となる時代もあるだろう。少し論理が飛躍するが、「常識・非常識とは時代に翻弄され、社会に軋轢を生む、不確実で危うい独善的なもの」との思いに達した。しかし、この思いも独善的で非常識なのかもしれない。果たして、特集担当の先生の真意に辿り着けたであろうか。

（「きんむ医」一五六号　二〇一一年三月）

Ⅳ　人生の道標

諸君！ 夢と希望を抱け

前回の特集の影響で、当センターでは執筆者の在庫が枯渇してしまった。今回はその責をとって、私が投稿することにした。

テーマは「真夏の夜の夢」。〝夢〟で思い浮かぶのは、サミュエル・ウルマンの詩『青春』である。この詩については、過去の本誌一三三号に「若さの意味」―こころに残る詩―と題して投稿したところ、福岡市医報の「ネットワークふくおか」欄にも取り上げられた。とくに歳を重ねた者にとっては、勇気付けられる感銘深い詩なので、しつこいようだが再度ここに、長いのでその一部を紹介する。

若さとは人生のある時期のことではなく、心のあり方のことだ。

若くあるためには、強い意志力と優れた構想力と、激しい情熱が必要であり、小心さを圧倒する勇気と、易きにつこうとする心を叱咤する冒険への希求がなければならない。


人は歳月を重ねたから老いるのではない。

理想を失う時に老いるのである。

歳月は皮膚に皺を刻むが、情熱の消滅は魂に皺を刻む。

心配、疑い、自己不信、恐れ、絶望――これらのものこそ、成長しようとする精神の息の根を止めてしまう元凶である。


（中略）

大地や人間や神から、美しさ、喜び、勇気、崇高さ、力などを感じとることができるかぎり、その人は若いのだ。
すべての夢を失い、心の芯が悲観という雪、皮肉という氷に覆われるとき、その人は真に老いるのだ。

サミュエル・ウルマンはユダヤ系ドイツ人で、一八四〇年（わが国では江戸時代末期）生まれ。迫害を避けて一一歳の時、両親と共に米国に渡り、教育者、実業家として成功をおさめ、八四歳（一九二四年：大正一三年）で亡くなった。この詩は彼が七〇歳代の時の作品で、八〇歳の誕生日の記念として、一九二二年に自費出版した『八〇歳の歳月の高見にて』に収められたものである。この詩が有名になったのは太平洋戦争終戦後の一九四五年、アメリカの雑誌、リーダーズ・ダイジェスト一二月号に掲載されてからである。GHQのダグラス・マッカーサー元帥が座右の銘としていたことでも知られており、一九四五年九月二七日、昭和天皇がマッカーサー元帥を訪問した時、部屋の壁に掛けられていたという。

わが国では一九五八年、森平三郎氏（当時米沢工業専門学校校長、後に山形大学学長）が群馬県の東毛毎夕新聞に、親友である岡田義夫氏が和訳した「青春」を紹介して知られるようになり、一九八二年宇野収氏（東洋紡社長）が日経新聞に紹介して、経済界を中心に評判となった。松下幸之助（松下電器創業者）や盛田昭夫（ソニー創業者）も座右の銘としていたとのことである。その後、米国アラバマ州のウルマンの家が処分されそうになった時、日本の経済産業界が中心となって家を買い取り、ウルマン記念館（一九九四年完成）を建設している。サミュエル・ウルマン賞も設けられ、日米親善に貢献した人に贈られている。第一回の受賞者は盛田昭夫氏である。

この詩は中高年にとっては大変勇気付けられるが、ウルマンが詩っているように、夢も希望もなければ、年齢は若くても青春とはいえない。したがって、現代の若者にも是非読んでもらいたい詩である。

当初、本稿のタイトルは「壮年諸君！　夢と希望を抱け」あるいは「団塊世代よ！……」「中高年諸君！……」など、いろいろ悩んだが、年齢を想定するとみじめになるだけである。「青春とは暦の年齢ではない」とウルマンは詩っているのであるから、あえて年齢は想定せず、「諸君！　夢と希望を抱け」とした。

私の夢、希望はいろいろある。まだまだ尽きない。ただ、本稿でそれを表明し、実現しなかったらどうなるだろう。

某首相が「最低でも県外」と表明して実現せず、失脚してしまったことが脳裏をよぎる。夢を失うかもしれない。そうなれば、真に老いてしまうだろう。だから、密かに心に留め、ウルマンの精神を胸に刻んで、「夢」と「希望」のあるかぎり、わが青春は終わりを知らないと信じてゆくのみである。

それは「真夏の一夜の夢」かもしれないが……。


（「きんむ医」一五四号　二〇一〇年九月）

忘却の彼方

「高年　忘れ易く　記憶　戻り難し」歳を経る毎に記憶が怪しくなる。しかし、もの忘れを脳科学的にみると、歳をとっても記憶力は衰えないらしい。ただ、記憶された情報を引き出す能力が衰えるからだという。そう慰められても、年を重ねると忘れる現実は総ての人に、平等に、そして確実に訪れる。早いか遅いかの違いである。個人差があるだけで、いつかは自分にもやってくると思っていた。

ロータリーソング誕生秘話を調べていた時のことである。ロータリークラブは職業を通じて社会奉仕する会員制クラブ。毎週開催の定例会では、会の冒頭に必ず全員で歌を唱う。その歌は小学校唱歌など懐かしい歌や日本独自に創作したロータリーソングだ（毎月一週目だけは「君が代」を先に唱う）。ロータリーソングには「ふるさと」や「春が来た」、「春の小川」などでお馴染みの高野辰之・岡野貞一コンビ創作の歌「我らの生業《なりわい》」がある。両氏はなぜロータリーソングを作ったのだろうか。その疑問を解くべく、誕生のいきさつを調べていたが、両氏とロータリーとの関係性については、よくわからず、調査は暗礁に乗り上げていた。調べを進める段階で、ロータリー文庫というのがあることを知った。ロータリーに関する資料を保管しているという。ちょうどそんな折、軽井沢での学会参加のため、ロータリー例会は欠席の予定にしていた。そこで学会翌日の帰路、ロータリー文庫に近い、東京赤坂ロータリークラブ（ＲＣ）でメークアップし（ロータリークラブは例会出席が最優先の義務。所属クラブを欠席の場合、他クラブへ出席すれば所属クラブの出席となる）、午後その文庫を訪ねてみることにした。

学会の用件を済ませ、長野新幹線で軽井沢から約一時間、東京駅に着いた。ＪＲで新橋へ。そこから地下鉄銀座線へ乗り継いで溜池山王駅で下車。東京赤坂ＲＣの例会会場ＡＮＡインターコンチネンタルホテルへ入った。外国人の姿が目立つ。格調高い国際高級ホテルだ。近くに国会議事堂、首相官邸、衆議院議員会館があるので、国会議員がよく会合に利用するらしい。ちょうどその頃（平成二四年六月）は民主党の小沢一郎が離党するの、しないのと政界が騒々しい時期だった。誰か政治家の会合があるのだろうか。玄関には多数の報道陣がものものしく陣取っていた。

東京赤坂ＲＣは会員数三〇数名の小さなクラブ。隣席の方もメークアップに来られていたので、名刺を交わした。東京南ＲＣの羽佐間道夫氏とある。どこかで見覚えのある名前だ。事務所が株式会社ムーブマンとなっているので、どんな会社か尋ねたところＴＶとかの映像関係の会社という。後で調べたら、声優界の大御所で、数々の外国有名俳優（シルベスタ・スタローンやディーン・マーチン、ポール・ニューマン）の吹き替えや、ＴＶ、映画のナレーションをしている著名人である。そういえば通りのよいバリトンの美声だった。

ロータリー文庫　閲覧コーナー

ロータリー文庫　書庫

その日はクラブ協議会ということで、メークアップも終わり、一三時過ぎにホテルを退出。地下鉄南北線に乗り、麻布十番で大江戸線へ。赤羽橋で下車し、芝公園を通って黒龍芝公園ビルへ到着した。ビルは株式会社黒龍堂（化粧品やホテル、貸しビル業）本社のある一〇階建てのビル。その三階に、国際ロータリー第二七五〇地区の事務所とその隣にロータリー文庫がある。ドアを開けると、左手が受付。文庫はあまり広くはない。一一〇㎡の広さに二人の女性職員とその事務用スペースがあり、閲覧用の机が二つに書庫という配置だ。早速、ロータリーソング誕生関連の資料を探してもらった。懇切丁寧に対応して頂いた。高野・岡野両氏の経歴などについての記載はあったが、ロータリーとの関連を証明する資料はなかった。むしろ「奉仕の理想」誕生の資料が多かった。とりあえずロータリーソングに関連した資料をコピーして帰路についた。

福岡行きの夕方の便に搭乗して席に着き、資料を詳しく読もうと前方座席後部のバインダーにコピーを入れた。だが、疲れもあったためか、すぐ寝入ってしまった。気がつくと既に着陸態勢。人は眠ることで忘れてしまう。それはストレス解消には良いことだが、忘れ物をするという欠点にもなる。歳を重ねると、それが顕著になるのか、コピーのことはすっかり忘却の彼方だ。気付いたのは、飛行機から降りて、空港を後にした車の中だった。「あっ！　忘れた」。すでに外は暗い。空港に引き返す元気も湧かない。コピー資料なら誰も盗んだりしないだろう。電話で問い合わせれば忘れ物として見つかるにちがいない。そう思って帰宅後、福岡空港の紛失物問い合わせへ電話した。今のところ、そのような落とし物は挙ってきていないという。その便はすでに東京へ引き返して空の上なので、羽田空港にも連絡しておくとのこと。見つかったら連絡してもらうよう手続きしたが、その後は梨の礫。結局、連絡はなかった。

折角、東京まで出向いて得た資料だ。私にとっては貴重品だが、通常の人から見れば何の変哲もないただの紙切れ。飛行機の清掃者が捨てたか、コピーは貴重品とは見なされず紛失物にならないのか。「思い出すのが遅い」と自分を責めたが、忘れたことを思い出さなかったら、これは病気だ。情けないが、忘れたことに気付いただけでも救いだと自ら慰めた。コピー資料はロータリー文庫に依頼して郵送して頂いた。

それから一ヶ月後のこと。出張で東京へ飛んだ。福岡・羽田便でまた紛失した。今度は忘れた訳ではない。羽田へ到着し、頭上の収納棚からバッグを取り出す際、何かが落ちて肩に当たった。座席に携帯電話充電用の接続コードが落ちていた。バッグのファスナーも開いたままだったので、てっきりそれがバッグから落ちて当たったと思った。もう少し重いもののような感覚があったので、再度座席の周りを見回したが、何も見当たらない。福岡・羽田便は満席のことが多く、着陸後の機内は混雑し、慌ただしい。後ろから押されるように降りた。その後、羽田で昼食を済ませ、その支払いになって、小銭入れ（小銭といっても数千円は入っていた）を探すも、見つからない。福岡空港の搭乗前検査でバッグの中に入れたままだったので、どこかにあるだろうと思い、財布はズボンのポケットに入れていたので、とりあえず支払いを済ませた。

　会議も終わって渋谷のホテルに入り、ゆっくりしたところで、バッグを徹底的に探した。しかし見当たらない。前回のコピーの忘れ物のことが頭をよぎる。自信を失っていた。そうか、そもそも家から持ってくるのを忘れたかもしれない。そう思って探してもらおうと自宅へメールしたが、すぐに返信は来ない。仕方ない。福岡へ帰ってから自分で確かめるしかないか。

　そんなことを考えていたら、ハッとひらめいた。羽田に着いて、頭上の収納棚からバッグを降ろす時、何かが肩に当たったが、やや重たい物のようであったのが、気になっていた。あの時当たったのは携帯用の接続コードじゃなかったかもしれない。ひょっとしたらあの時かも。そう思って羽田空港の紛失物問い合わせに電話してみた。福岡・羽田の便名、座席番号を告げて、小銭入れがその辺りに落ちていなかったか尋ねた。航空便名や座席番号を確実に言えるのは、われわれは出張の時、搭乗の証明として

（空出張不正対策）、必ず搭乗券を持ち帰って提出しなければならないからである。こんな時は重宝する。

「少々お待ち下さいませ」紛失係の女性の声。しばらくして「黒い小型の正方形の小銭入れでしょうか？　紛失物として挙ってきております。三千円ほど入っています」すかさず「はい、それです」と喜んで答えた。すると「岡村健さまですか？」と突然名前を呼ばれ、一瞬固まった。えっ！　名前は言わなかったのにどうして判ったのか。小銭入れには、小銭しか入れてない。「はっ　はい。そうですが、どうして名前が判ったんですか？」　答えは簡単。「小銭入れに名前が貼ってあります」　あっ、そういうこと。名前を貼っていたことを、すっかり忘れていた。そういえば、この小銭入れは随分前に、娘達から父の日の贈り物としてもらった記念の品だ。なくすといけないからと、テプラで名前を貼っていたのだ。紛失物の個人特定は慎重に行われる。通常は紛失物の具体的な特徴を詳しく説明しなければならない。今回はそんな説明も不要。至極簡単だった。このことがあってから、財布にも電話番号入りの名前を貼った。カードも入っているので、個人は特定できるが、落とし物を拾った人が善人と期待して、連絡できるようにとの願いである。

ちなみに、名前を貼っておくのは意外と効果がある。以前、高級傘を続けて二回も失った。盗まれたか間違われたかは今もって判らない。雨の日、何かの宴会で店の玄関先の傘立てに入れておいた傘が、帰る時にはなくなっていた。その後、しばらく経った雨の日、別の店でのこと。新しく買った傘が店を出る時にまたなくなっていた。二回も続くと対策を考えなければならない。なくしてもよいように、透明なビニール製の安い傘を買うか通常の傘か迷った。安い傘は誰もが持っているので、区別がつかない。間違われ易いだろうし、自分も間違うかもしれない。それもいやなので、やっぱり通常の傘にすることにした。柄が木製で一見高級風だが、そこそこの価格の傘を購入した。ただ、また盗られるのもしゃくにさわるので、名前を貼ってみたら、どうだろうと思いついた。間違われないだろうし、盗ってゆくにしても、名前が目に入ると躊躇するだろうとの目論みだ。木製の柄の彎曲部のトップにテプラで「岡村　健」と名前を貼った。そこは傘立てから取る時に目立つ箇所だ。効果覿面。それから何年も経ち、傘にも一部裂け目ができるほど使い込んでいるが、いまだに現役で活躍している。

話がそれた。ここまでの内容は忘れ物、紛失物のことで、いわゆる「もの忘れ」のことではないが、その後、情けない出来事があった。ロータリークラブでは定例会の他に会員の懇親の場としてテーブル会（例会では丸テーブルに六〜八名の席が配置されており、各テーブルに責任者としてテーブルマスターが決められている）というのを定期的に開催している。会の内容はテーブルマスターがまとめて週報に投稿するのだが、年末に開催された合同テーブル会では、当時、Cテーブルマスターの私が週報に報告を書くことになった。翌日、仕事の合間に書き始めた。ところが、乾杯のご発声を最長老のM先生にとお願いしたが、ご辞退されたので、対面座席のKさんにとお願いしたところまでは記憶が残っていた。しかし、その後最終的にどなたになったかがさっぱり思い出せない。これはヤバい。しかし、どう頭を捻っても、記憶は帰ってこない。仕方ない。とりあえずKさんとしておき、後でどなたかに確認することにして、筆を進めた。その日、記憶は戻らなかったが、翌日の夕方、ロータリー関連の理事会があるので、テーブル会で一緒だったSさんに確認することにした。翌日いつものように同理事会に出席。Sさんの横に席を取り、「乾杯の音頭。確か、Kさんでしたよね」と早速尋ねたが、頭を傾け「ん〜……?」Sさんも誰だったかよく憶えていないという。それならば直接ご本人に尋ねてみるしかない。翌日、KさんにFAX（至急）で尋ねた。直ぐに返信が届いた。ご自身ではなく、「M先生だと思う」とのご回答である。ええ！　M先生でないことだけは確実に憶えていたので、これには困惑した。ロータリー会員は高齢者が多い。皆さん憶えておられない。私だけではないとの安堵と「では一体誰だったのか」との疑問の挟間で衰えつつある我が脳は混乱した。少し冷静になって考え、それならIテーブルマスターのT先生なら憶えておられるに違いない。そう思ってFAXで尋ねた。これも直ぐにご返事が届いたが、そこには想定外のお答えが。「私がやりました」「むむー　そうだったかな〜！　ん〜！　そういえばT先生が合同テーブル会になった理由とその張

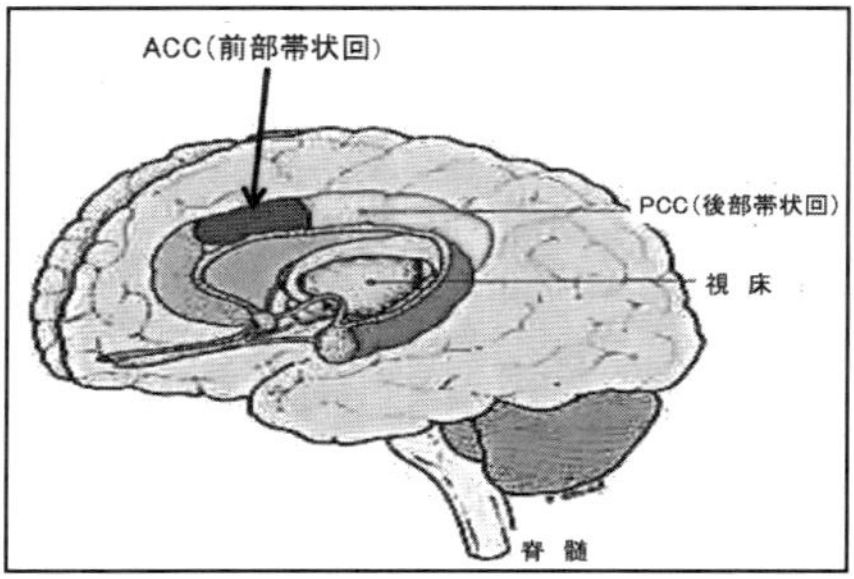

脳の断面図（左側が前面）太矢印がACC（前部帯状回）

本人が風邪で欠席したとの話をされていたな～」その記憶が徐々に蘇ってきた。と同時にT先生には大変失礼なお尋ねをしてしまったと深く反省した。

さて、脳の劣化防止対策はあるのだろうか。もの忘れは脳に記憶した情報を引き出す能力が年齢と共に低下するからで、その働きは大脳のＡＣＣ（前部帯状回）の部分が関係しているという。つまり、様々な情報を記憶する時、ＡＣＣが大事な情報を選択し、思い出しやすいように保存しておくらしい。そこで、ＡＣＣを鍛えれば、物忘れを防ぐことができるという。その鍛錬方法は、忘れてはならないことをイメージしておくことだそうだ。しかも映像でイメージすることが大切とのこと。例えば、飛行機でコピー資料を忘れないためには、それを出して前方座席後部のバインダーに入れる時に、降りる時のイメージ、つまりそのコピーをバッグに戻す自分の動作を映像でイメージすることだそうだ。この方法がもの忘れ防止に効果があると脳科学の専門誌に報告されているという。また、最近ではワーキングメモリ

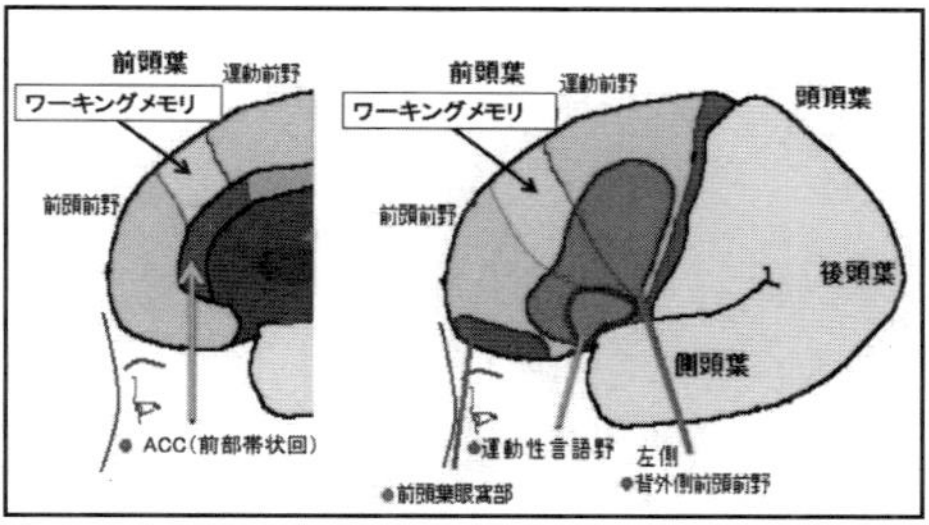

前頭葉のワーキングメモリ：図左のACCの上部に位置する部分

（作業記憶）という分野が前頭葉にあって、ここが新しい記憶に関係しており、スロージョギングをするとこの部分が拡大。メモリの容量が増加して、もの忘れ防止に効果があるとも言われている。さらに、軽い運動をしながら引き算をしてゆく（例：一一〇から三または七を引いてゆきゼロに最も近い数値を回答する）と効果が増すとされている。

　しかし、映像イメージ作戦は、もの忘れはいつ忘れるのかが自覚できないわけだから、いつイメージすればよいのか、そのタイミングが問題だ。また、忘れぬようイメージすること自体を忘れてしまうこともあろう。スロージョギングにしても、続けることが大切だが、言うは易く、行う

は難しだ。もっと簡単で易しい方法はないのだろうか。いや、人生は甘くない。努力と忍耐なしに何事も成就しない。しかし、それがストレスになると逆効果にもなろう。では、どうする。無駄な抵抗？　脳トレを頑張るか。それともこのまま、自然の成り行きに身を委ね、ケ・セラ・セラといくか。

いずれにしても、早晩行き着くところは同じだろうが、仮に記憶の蘇りが可能であれば、「忘却の彼方」の向こうには一体どんな世界があるのか見てみたいものだ。現実的には不可能とも考えられるが、近年、人工知脳（ＡＩ）は予想以上に進歩している。将来、ＡＩが仮想現実としてその世界を具現化する日が来るかもしれない。その日を期待して、可能なかぎり脳と身体の健康寿命を延ばしたいものである。そうなれば、医療費の節約にもなるだろうから。

（「福岡南ロータリークラブ」二〇一三年一月号）
（「きんむ医」一七九号　二〇一六年十二月）

一七一号の特集テーマは「ストレス解消法　～趣味など～」。巻頭言は大学外科准教授の先生です。気が短いのにどうして魚釣りが好きなのかとの疑問ですが、以前、ある人から「気の短い人ほど魚釣りが上手だ」と聞きました。それはなぜかといいますと、短気の人はじっとしておられないので、釣棹をよく動かすそうです。それにつれて餌も動くので、それを生きた餌と勘違いして魚がよく食いつくとのことです。一方、気の長い人は、じっとしたまま動かないので餌と気付かれず、魚は食いつかないそうです。本当かどうか疑わしいのですが、私の知っている釣り好きの人は短気な方が多いように思います。

〝特集を組むに当たって〟の中で、Hobbyは創造的かつある程度の技術や知識を必要とする非職業的活動のこと、Pastimeは気晴らしとして行う行動であるとの解説があり、あるTV番組で、自分がストレス解消と思って行っていることが実は逆にストレスになっていると指摘されていました。HobbyとPastimeのバランスが大切なのかもしれません。「過ぎたるは、なお及ばざるが如し」ということでしょうか。何事も節度が大切ですね。

定期開催の勤務医会学術講演会、今年度二回目は大学准教授の先生に「女性医師のキャリア継続～現状と問題点～」と題してご講演頂きました。わが国は欧米先進国に比べて、まだまだ女性の社会進出が遅れています。その現状と問題点について、わかり易く解説して頂きました。講演後の懇親会で先生ご自身のことを伺いますと、医師業務だけでも大変なのに、母親、主婦として多忙を極め、四時間足らずの睡眠とのことで、感服すると共に、「母は強し」を実感しました。今や女性医師の活躍なくして、医療は維持できません。女性医師が働き易い環境をいかに整備するかが問われています。質問者も多く、関心の高さを実感したご講演でした。先生には、心から感謝申し上げます。ご健康にはくれぐれもお気を付けください。

表紙の写真はＪＲ博多シティ広場のクリスマスイルミネーションです。綺麗な中にも寒々とした空気が伝わってきます。一二月号にふさわしい写真です。

（「きんむ医」一七一号　編集後記　二〇一四年一二月）

団塊世代はつらいよ　～二〇二五年の問題児～

超高齢化社会が始まる。ここ数年、団塊世代にシルバー手帳、介護保険被保険者証が届いている。今後、高齢者は急増するので、その結果、医療費も増大することは間違いない。一方、医療の進歩によっても医療費は増える。かつて、がん細胞だけを標的とする抗がん剤は夢の薬であったが、分子標的薬の出現でその夢は現実のものとなった。分子標的薬は抗がん剤の歴史を変えた画期的な薬剤である。しかし、その費用は高額で、夢の代価は高くついた。世界に冠たる国民皆保険制度がなければ、一般市民は高額医療を受けられない。今、国（財政側）は膨大な財政赤字を盾に、医療費を抑制しようと躍起になっている。しかし、そもそも高齢化も医療の進歩も、時の流れの結果である。それらがデフレ経済や国の財政赤字をもたらしたわけでもない。それなのに、医療費の増加がそれらの原因のように扱われるのは、筋が通らない。納得もゆかない。

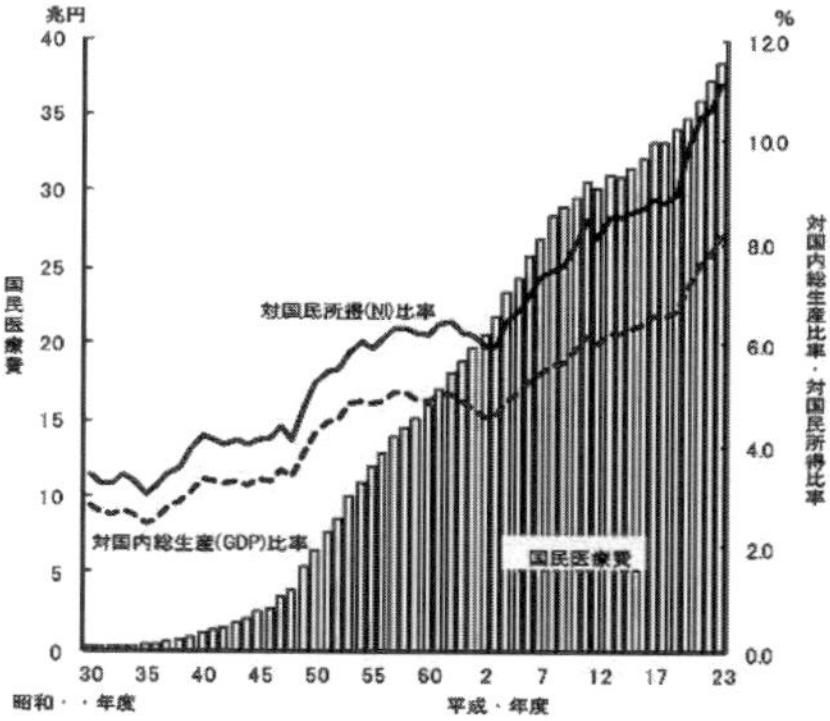

図1　国民医療費の年次推移

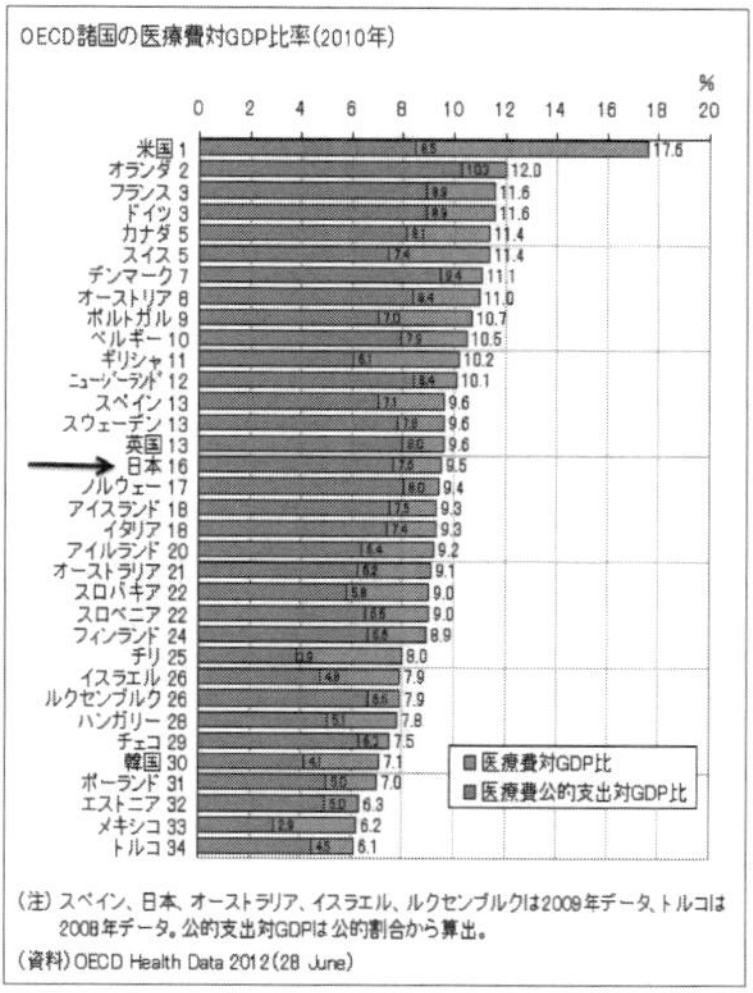

図2　OECD諸国の医療費対GDP比率

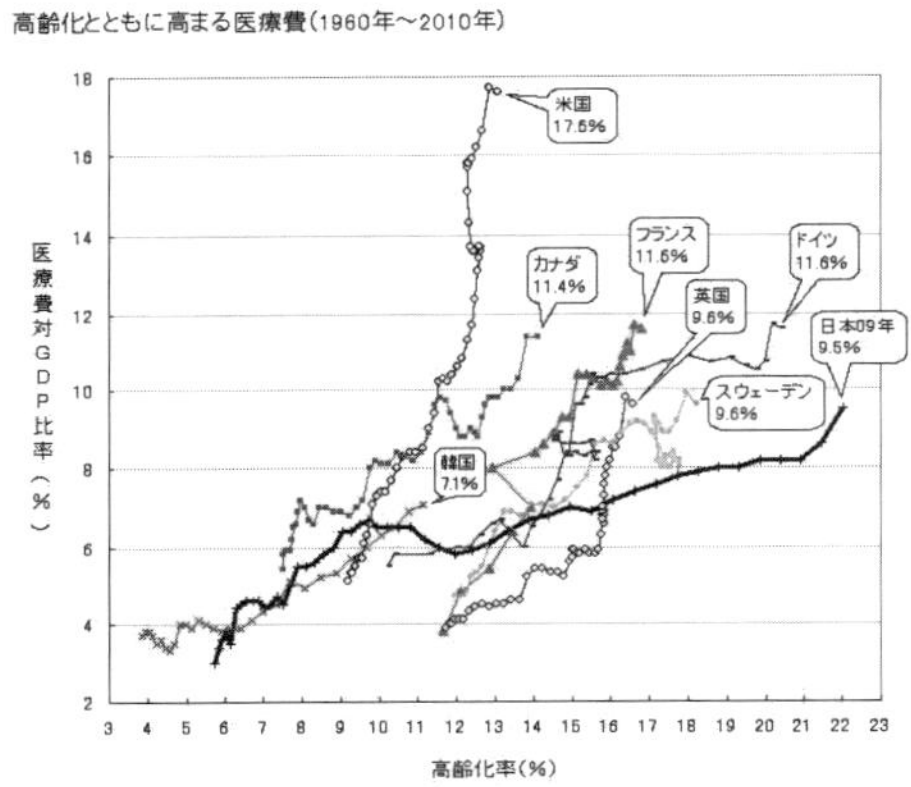

図3　高齢化率と医療費対GDP比率

確かに医療費は年々増加している（図１）。しかし、医療費の対ＧＤＰ比はＯＥＣＤ諸国の中では、まだ中位程度である（図２）。しかも、失礼ながら、あの財政破綻寸前のギリシャやスペインよりも低いのである。

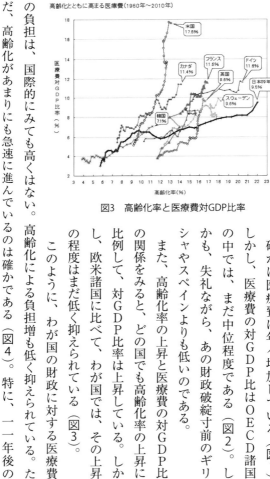

また、高齢化率の上昇と医療費の対ＧＤＰ比の関係をみると、どの国でも高齢化率の上昇に比例して、対ＧＤＰ比率は上昇している。しかし、欧米諸国に比べて、わが国では、その上昇の程度はまだ低く抑えられている（図3）。

このように、わが国の財政に対する医療費の負担は、国際的にみても高くはない。高齢化による負担増も低く抑えられている。ただ、高齢化があまりにも急速に進んでいるのは確かである（図４）。特に、一一年後の二〇二五（平成三七）年には団塊世代が七五歳以上となり、高齢化率が三〇％を越える。

昨年（平成二五年）一二月六日、平成二六年度の診療報酬改定の基本方針が発表された。その中に五つの「基本認識」が示されている。その一つに、二〇二五（平成三七）年の団塊世代の高齢化問題がある。そこには医療機関の機能分化・強化と連携の推進、機能に応じた病床の役割の明確化、急性期以降の病床、主治医機能、在宅医療等の充実が叫ばれている。さらに、「改定の視点」の項では、がん医療や認知症対策などの充実とその評価が重要と述べられている。このような「基本認識」や「改定の視点」の背景には、団塊の世代が高齢になると、がんや認知症に罹り、医

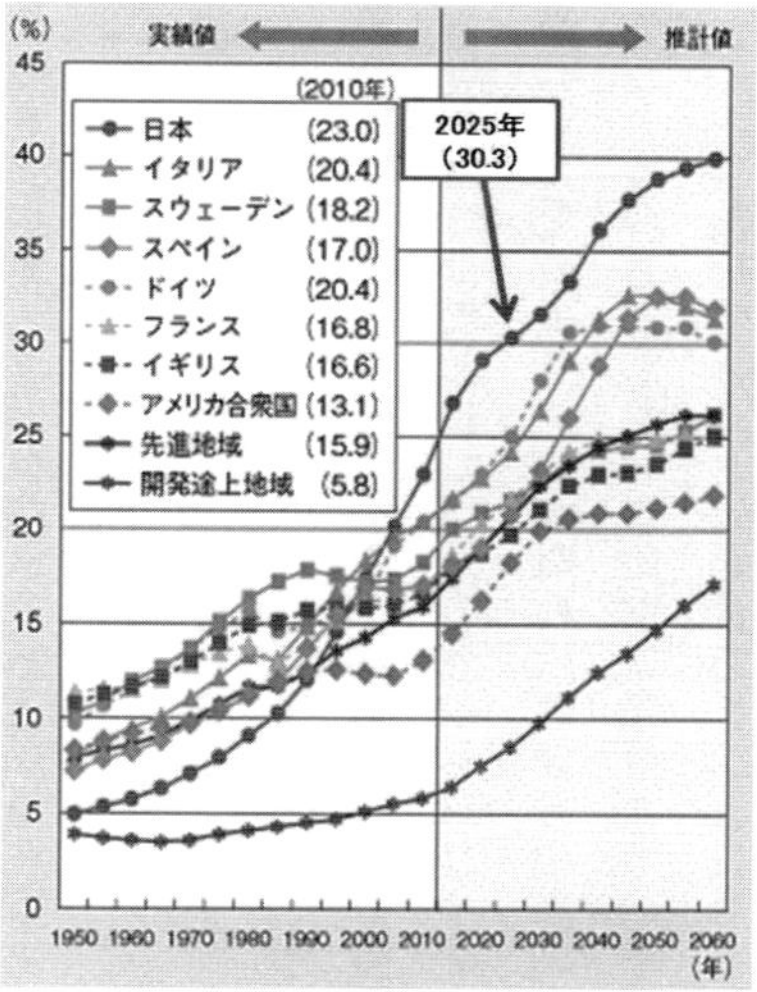

図4　高齢者人口比率の年次推移

療費を食い荒らすお荷物になるとの予測があるからであろう。団塊世代は二〇二五年の問題児というわけである。

私もその一人であるが、善かれ悪しかれ、団塊の世代は時代の流れを作ってきた。幼少期は戦後復興期の貧しい時代を生き、高校・大学時代では受験地獄をくぐり抜け、大学紛争を経験し、社会に出れば高度成長を担う働き手となり、また大量消費時代の動向の鍵を握る世代として、もてはやされた。電化製品、自家用車、住宅など、全て団塊の世代の年齢経過を考慮すれば、およそ消費の動向が予測できた。現に、ほぼそのとおりになっている。われわれは常に自分たちの世代に負わされた宿題を何とか片付け、しぶとく生き抜いてきた。これからのことについても、われわれの高齢者時代がこれまでのような医療費負担で済むとは思えない。そこで、今後を予測し、どうすればよいかの覚悟と対策を考えてみる。

良いお手本がある。長野県の平均寿命は全国でトップクラス。高齢者の有業率が高く、医療費は低い（図5）。高齢になっても元気で働くことが長寿の秘訣で、その結果として医療費の節約にもなるのである。

本年（平成二六年）一月一九日夜、認知症の最新情報、ＮＨＫ ＴＶスペシャル「アルツハイマー病を食い止めろ」が放映された。アルツハイマー病は認知症の七割を占める。近年、増加の一途を辿っており、今後、団塊世代が発症年齢に達する時代に突入する。そのため対策が急務とのこと。原因はアミロイドαの脳内蓄積と脳神経細胞を破壊するタウの蓄積であるが、それは発症の二〇年以上前から起こっているという。したがって、発症前からこれらの物質の蓄積を抑制し、脳神経細胞の破壊を止めようとのいくつかの試みが紹介されていた。また、軽度認知症の早期発見方法や進行を抑制する方法なども紹介された。

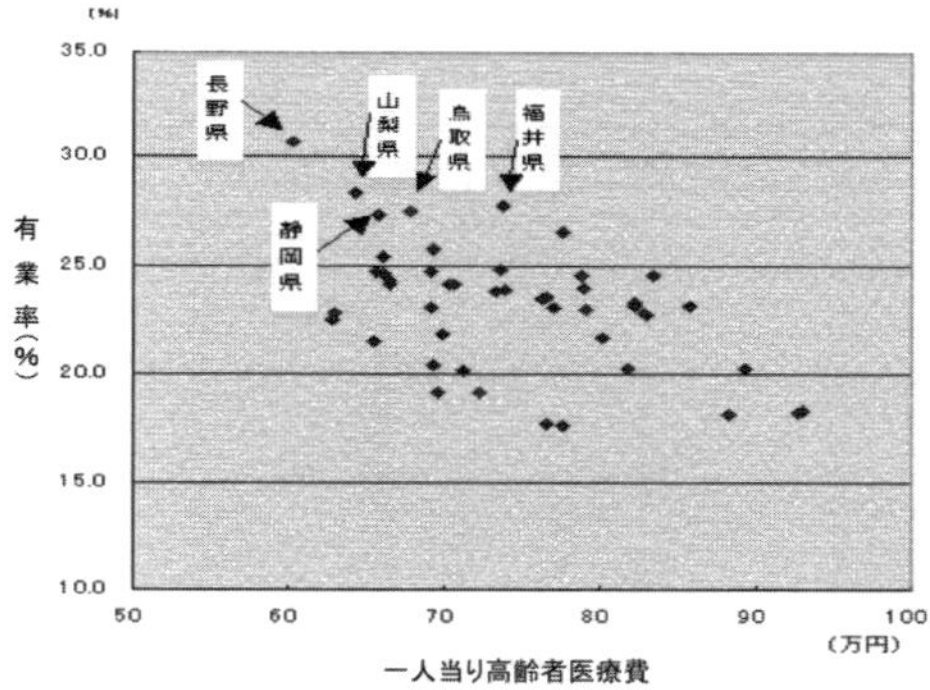

図5　高齢者医療費と有業率

その中で、ウォーキングなどの運動が認知症の予防方法として注目されていた。ただし、歩くだけでは効果はない。歩きながら脳を使うこと（脳のトレーニング）が重要だそうである。歩きながら引き算、一一〇から三つずつ引き算を続ける、あるいは七つずつ引き算してゆくとのこと。団体運動の場合は、尻取りを二つ前からしてゆく。例えば、「…り↓りんご↓ごま」と言えば、次は「りんご↓ごま↓まつり」、その次は「ごま↓まつり↓りす」といった具合である。

団塊世代はつらい。何も好き好んでなったわけでもないのに、二〇二五年の問題児と不本意なレッテルを貼られ、その宿命は最期まで付きまとう。しかし、団塊世代はへこたれない。これまで、しぶとく生き抜いて来た。だから、脳トレ・ウォーキングなど、やれる事はなりふり構わず駆使し「生涯現役・健康長寿」を達成して「医療費節約」を果し、「二〇二五年の問題児」というレッテルを剥がす。これが団塊世代、人生最期の宿題である。

（同窓会誌「学士鍋」二〇一四年六月号）

一六八号の特集テーマは「高齢者医療　～現状・課題・これから～」です。
高齢者の医療をどうするかは昔からの課題ですが、最近、話題になってきたのは皆さんご指摘の二〇二五年問題。つまり、その年、団塊の世代が七五歳以上となるからです。私もその一人。団塊の世代と、ひと括《くく》りにされるのは慣れていますが、好き好《この》んでなったわけでもないので、社会のお荷物のように扱われるのは辛いものです。ただ、人口が多いだけに、現実問題として避けられません。それが宿命とはわかっています。できるかぎり周りに迷惑をかけず「生涯現役・健康長寿」を成就し、医療費節約に貢献できるよう、老骨に鞭打って頑張ります。

（「きんむ医」一六八号　編集後記　二〇一四年三月）

一七〇号の特集テーマは「医師と健康」。〝特集を組むに当たって〟の中では昔から「医師の不養生」という言葉があるくらいだから、医師の健康管理は難しく、平均寿命も短いのではと述べられています。事実、医師の過労死が顕在化し、二〇〇七年、日経メディカルで特集報道されました。一方、職業別寿命を調査した古い研究に、長寿一位宗教家、二位実業家、三位政治家、四位医学者との報告もあります。しかし、医師といっても専門分野や施設の機能などの違いによって勤務実態は大きく異なります。したがって、医師をひとまとめにして平均寿命を調査しても無意味です。少なくとも一般の入院患者を担当する医師の勤務は不規則で長時間労働です。医師が健康でなければ、患者の命、ひいては国民の健康にも悪影響を及ぼします。医師の健康管理は自分自身だ

けでなく、患者や国民にとっても大変重要なのです。

定期開催の勤務医会学術講演会のご講演は大学大学院移植・消化器外科教授の先生でした。原爆で全てが破壊され、最愛の妻、そして自ずからも命を召されながらも、医師、夫、父親としての永井博士の生き様には、本当に心を強く打たれました。特に物語のエンディングで、藤山一郎が唄う「長崎の鐘」が会場を包んだ時は、思わず目頭が熱くなりました。多くの命が奪われても、壊れずに生き残った浦上天主堂アンジェラスの鐘が哀しむ長崎の人々の心に希望と勇気を与えたのです。

表紙の写真は博多祇園山笠の紙粘土細工です。作者は看護師長で、細かいところまで丁寧に作られており、心温まる作品です。彼女は他にも、多くの作品を制作し、福岡アジア美術館などで展示会も開催されて、好評を博しています。新進気鋭の紙粘土細工師です。

（「きんむ医」一七〇号　編集後記　二〇一四年九月）

海外で驚いたこと　感心したこと

季刊誌「きんむ医」特集担当の先生から、巻頭言を依頼された。テーマは「海外で驚いたこと　感心したこと」とのこと。会誌の巻頭言は今回で二度目である。最初は大学の同窓会誌編集長から、地域のがん医療のオピニオンリーダーの立場で、ということだった。日頃から取り組んでいた課題だったので、執筆に左程の支障はなかった。今回は、以前お世話になった院長からということもあり、二つ返事で快諾した。しかし、海外旅行の経験はわずか四度だけである。パソコンにワード文書を立ち上げたが、一向に筆（キー入力）は進まない。

まずは過去の経験を一つひとつ辿ってみるしかない。初めての海外旅行はハワイ。当時、新婚旅行の定番だった。内容は㊙で詳しくは語れない。差し障りのないところを披露する。日本を出発したのは夕方だったが、ハワイに着いたのは同日の朝だった。時間が過去へ戻ったのである。飛行機内で少しは眠れたが、到着と同時にまたその日が始まった。半ば徹夜して翌日仕事するのと同じ状況である。頭は働かず、体も動かなかった。一方、帰国時は、午前中に出発して、翌日の夕方到着した。時間が未来へ飛んだのである。そのためなのか、意外と楽だった。

その経験から、人は東へ移動するよりも、西へ移動する方が、体調的に楽ではないかと気づいた。その理由を考えてみた。東へ移動する時は時間が過去へ逆戻りする。つまり実際の時間より短くなる。時間がマイナスになり、時が早く進むので体が追いついてこない。一方、西への移動は未来へジャンプする。実際の時間より長くなる。つまり、時がゆっくりと進むので、体が対応できる。この時間のずれによって体のリズムが崩れるのが時差ぼけ、すなわち体内時計の乱れということだろう。これを突き詰めてみると、

図１　アイガー北壁内部からの展望

超時空速度で東へ移動すれば過去へ、西へ移動すれば未来へ行くことが出来るかもしれない。これこそタイムマシーンということになるが、過去への移動は体調的に辛く、未来へは楽なのだろうか。

二度目は西ドイツでの国際学会発表である。今から三〇数年前であったが、当時から既にトルコ人の移民が多かった。それが印象に残った。学会が終わって、スイスとイタリアを観光した。スイスではユングフラウ登山鉄道に乗って海抜三、四五四mのユングフラウヨッホ駅へ向かった。所要時間約五〇分。鉄道はアルプスの岩山、アイガーとメンヒの山中を貫き、ほとんどがトンネルだった。トンネル内に駅が二つある。その一つ、アイガーヴァント駅からトンネル内を歩いてアイガー北壁（垂直に聳える一、八〇〇mの崖、多くの登山家を葬り、「死の壁」と呼ばれる）に達すると、崖の中から外を見渡せるようになっていた（図1）。鉄道建設開始は一八九六（明治二九）年。完成は一九一二（明治四五）年。足掛け一六年。つるはしや手持式ドリルの人力だけで堅い岩盤を掘削。爆発事故で死者まで出して挑んだ難工事だった（図2）。その目的は観光である。スイス人のアルプス観光に懸ける情熱、意気込みに感嘆した。

イタリアでは、ローマの街を歩いていると前方から子供たちが駆け寄って来た。まだ七～八歳くらいである。女の子もいる。かけっこでもして遊んでいるのかと思ったら、突然一人が右肩に下げたバッグをひったくろうとした。盗られまいと咄嗟に両手でバッグを掴んでいると、別の女の子が無防備になった左側のズボンのポケットを探ろうとした。そこで、左側を防御すると、また今度は別の子が右肩のバッグを盗ろうとする。巧妙なチーム連携である。「コラッ!!」と一喝すると、何やら捨て台詞のような言葉を発しながら、一目散で逃げて行った。真昼の明るい街通りでのことである。後で知ったことだが、彼らはジプシーの子供たちで、集団でスリやひった

図２　ユングフラウ鉄道工事

くりをするプロの窃盗グループだそうで、ローマでは日常茶飯事。特に日本人がよく狙われているとのことだった。

西ドイツやスイスでは治安は良く、鉄道も時刻表どおりに運行されていたが、イタリアに入った途端、鉄道の発着時刻は守られなかった。運行の遅れはいつものことなのだろう。誰も鉄道職員に文句を言う人はいなかった。ローマのホテルでは、チェックイン受付でパスポート提出を要求された。提示だけかと思ったら、チェックアウトまでホテルで保管するという。無銭宿泊対策なのだろうが、免税店での買い物にはパスポートが必要である。そのことを何度も強く主張すると、渋々返却してきた。イタリアの治安の悪さには閉口した。実直型のドイツ、楽天的なラテン系イタリアという国民性の違いを実感した。

三度目は韓国のソウル。アジアの国際学会だった。まだ日韓交流が盛んでなかった時代。観光目的の日本人も少なかった。直接、対面した時は客として丁重に扱ってくれたが、そうでない時の表情や態度に反日的な感情を垣間見ることがあった。あまり良い印象はなく、その記憶がトラウマのようになってしまった。戦争の後遺症が癒やされるには、数世代に及ぶ歴史的年月が必要なのかもしれない。

四度目は米国への留学である。幼子二人を連れて一家四人、東部フィラデルフィアで一年二ヶ月ほど生活した。その経験から、簡潔に言えばアメリカは雄大で、良くも悪くも、懐の深い国であった。それは多民族から成る移民の国だからであろう。日本のように長い伝統で培われた謙譲の美徳、武士道的精神などの精神的背景はない。「以心伝心」「黙して語らず」の日本的美徳は通用しない。自分を理解してもらうには、言葉でしっかりと主張・発言しなければならない。上司であれ部下であれ、正しいことは遠慮無く発言すべきである。そうしないと誤解されるだけで、対等に付き合うことはできない。まして尊敬されることもない。相手は間違っていたとわかれば、自分の非を認めることは無くても、意見を引き下げることは何度か経験した。

中国人の研究者とも共同研究した。彼は日頃、温厚で良い人物だったが、同じ東洋人であっても、その精神構造は欧米人と同様だった。ある研究をめぐって、彼と意見が対立した。彼は自分の主張を譲らない。私も確かな根拠があるので、徹底的に議論した。遂には私の方が正しいと解ったようで、彼は持論を主張しなくなって、議論が終了した。彼は最後まで自分の誤りを認めなかったが、私の意見を尊重してくれた。その後の関係も悪化することはなかった。むしろ、お互いの見解を理解するようになって、親交が深まった。自宅にも招待してくれた。私が帰国する時には、涙を浮かべて別れを惜しんでくれた。

日本人は相手との関係が悪くなるのを避けて、正しい主張を遠慮しがちであるが、欧米人や中国人には逆効果である。正しいことは理性的にしっかりと主張しなければ、誤解されて、関係が悪くなるだけである。互いの意見を述べ、議論を尽くせば、見解は一致しなくとも、相互の立場が理解され、対等の関係を築くことができる。米国では、個人の意見・行動が、年齢、性、経歴、人種を越えて最も重視され、評価される。米国留学でこのことを強く実感した。日本との歴史的関係から見ても、米国は影響力の大きな国だが、素晴らしいと思う反面、醜い、恐ろしいと感じる国でもある。良くも悪くも、懐の深い国といえる。

最近、日本と中国の見解が衝突することがあるが、日本の謙譲的精神による遠慮は、誤解を生むだけ。百害あって一利無し。正当な見解はしっかりと主張すべきである。短期的には軋轢を生むかもしれないが、長期的にみれば適切な方向へ向かうと思う。

これからの日本を担う人々には、積極的に海外に出て世界の人々と交流し、その国民の文化・伝統に接してもらいたい。異なるところがあっても、遠慮せずに正々堂々と議論し、互いの見解を尊重し合って、理解を深めてゆけば、世界における日本の歩むべき道筋を誤ることはないだろう。

（二〇一七年一月）

V 昭和の記憶

運命の絆

昭和二〇年四月、彼女（二二歳）は一人で満洲・大連へ行くことになった。敗戦の四ヶ月前だが、当時はまだ八月一五日が終戦になるとは誰も思っていない。夜明け前の朝五時に起床し、身支度を整え、朝食を済ませると、前日までに準備しておいた四〜五日宿泊分の手荷物とリュックを背負い、家から歩いて一五分ほどの国鉄牛津駅（佐賀県小城郡）へ向かった（図1）。家族に見送られ、午前七時七分、佐世保・長崎線鳥栖行きの列車に乗った。午前八時一二分

図1　牛津駅

図2　博多駅

鳥栖駅に着くと、一〇分停車し、そこから鹿児島本線へ入り、午前九時一四分、博多駅に着いた（図2、3）。

駅前の路面電車に乗って呉服町から千代町を経て、築港口駅で降りると、博多港中央

図3　国鉄路線図

図 4　呉服町方面

図 5　千代町

図 6　博多港中央埠頭

図 7　景福丸　3,619 トン

埠頭は歩いて直ぐの所だった（図4、5、6）。午前一〇時を過ぎていた。博多港から釜山港へは鉄道連絡船（博釜連絡船）だ。乗船の手続きを済ませ、午前一〇時三〇分には景福丸（三、六一九トン）に乗船した（図7）。午前一一時出航した。船内で昼食を摂る予定だったが、船酔いのため横になった。朝早かったので、すぐ眠ってしまった。

彼女は三人の兄、妹、弟の六人兄弟姉妹の長女だった。父は洋品雑貨の商いを手広く行っていた。地元の小・中学校、高等女学校を卒業し、上級学校へ進学を希望していたが、その頃（昭和一五年）は戦時色が濃くなり、不況で教育費の余裕はなかった。やむなく、地元の海軍専属工場に就職していた。直ぐ上の兄（三男）は七歳年上で、南満洲鉄道（満鉄）に勤務していたが、結核に罹り、満洲大連の満鉄南満洲保養院に入院していた。結核の特効薬、ストレプトマイシンは昭和一八年一〇月には発見されていたが、日本で使用できたのは戦後の昭和二四年ごろからだ。この時代はまだ死因トップの難病だった。兄の病状は一進一退で、東分院に転院していたが、状態は次第に悪化していた。その知らせを受けた父は日本に連れ戻したいと願い、家族の誰かに迎えに行ってもらうことにした。

父は誰にするか苦悩した。長男は家業を嫌っていて、父との折り合いが悪く、次男は父と喧嘩して家を出ていた。次女は高等女学校を卒業し、小学校で代用教員をしていたが、一九歳だった。四男はまだ学生だった。母は舞踊や俳句を習ったり、お洒落が好きな芸術家タイプで家業には一切係わっていなかった。長女の彼女は明るく温和な性格で、海軍専属工場での仕事ぶりの評判もよかった。彼女は、家庭の事情も理解していたし、三男の兄には幼少時からよく可愛がって貰って、仲も良かった。彼女は父からの話を受けて、満洲へ行くことを決心した。

当時、満洲へのルートは二つ。一つは大阪から門司港を経て大連までの大阪商船大連航路。もう一つは下関港から釜山港（関釜連絡船）を経て、朝鮮鉄道・南満洲鉄道でのルートだ。国は朝鮮・満洲への主要交通路として関釜連絡船経由の鉄道路線を強化し、下関港から釜山港へは毎日六便が運航されていた。したがって、一般民間人が満洲へ渡る時は、経費も安く、便利な鉄道連絡船ルートが利用された。しかし、昭和一八年一〇月五日午前二時、下関港から釜山港へ向かっていた崑崙丸（七、九〇九トン）が沖の島付近で米軍潜水艦の魚雷を受けて沈没した。これ以降、夜間航行は中止となった。

昭和二〇年三月二六日、米軍の沖縄上陸作戦が開始された。この頃は、南方からの補給ルートが断たれていたので、日本本土への食料物資の輸送は満洲・朝鮮からの鉄道連

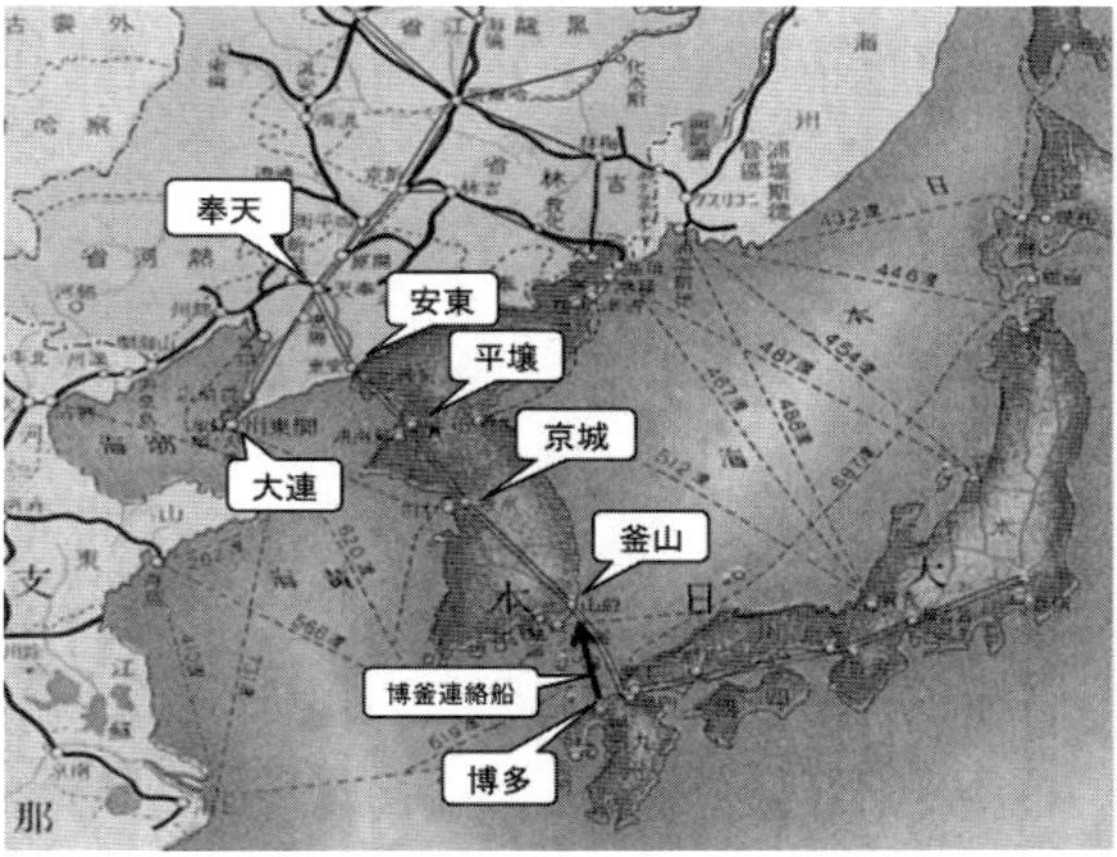

図８　鉄道連絡船ルート

絡船が生命線だった。日本軍は本土決戦に向けて、食料や軍需関連物資の輸送をこの航路に集中させていた（図8）。

一方、米軍は日本本土上陸作戦に向けて、補給路を断つため、「飢餓作戦」と称して、港湾、特に関門海峡地域の機雷封鎖作戦を開始した。同年三月二七日、B29が下関海峡に飛来し、約一、三五〇個の機雷を投下した（一期作戦）。以後終戦まで四四回の機雷封鎖作戦（五期作戦まで）が行われたが、三四回が下関海峡付近だった。総機雷数は一万二、一三五個に及んだ。同年四月一日、関釜連絡船、興安丸（七、〇七九トン）

が機雷に触れ、航行不能となった。したがって、旅客便は博多港（博釜連絡船）へ変更された。夜間便は中止となっていたので、一日一便だった。

昭和二〇年は、四月七日に終戦目的の鈴木貫太郎内閣が発足。五月八日にはドイツが降伏し欧州戦線は終戦となっている。日本の敗戦は濃厚だった。彼女が大連へ向かった同年四月は旅客便が博多港からの博釜鉄道連絡船に変更されていたが、米軍の機雷封鎖作戦が毎日のように徹底され、対馬海峡には米軍潜水艦が出没していた。博釜連絡船の航行も危険だった。五月末には博多湾も機雷封鎖されたので、鉄道連絡船が運航された僅かな時期に、彼女は一人で朝鮮へ渡ったのだ。南満洲鉄道の切符は内地で手に入れることが困難だったが、満鉄職員の家族ということで、大連までの切符が実家に送られてきた。

博多港を午前一一時に出航した景福丸は午後七時一〇分、釜山港に着岸した。八時間一〇分の航海だった（図9）。鉄道釜山駅は港の桟橋に隣接していた（図10、11）。まだ船

図 10　釜山港

図 11　釜山停車場

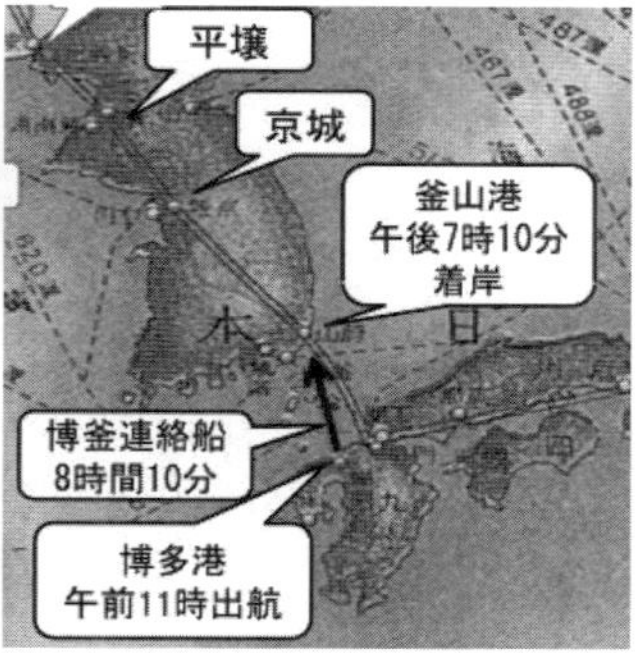

図 9　釜山まで 8 時間 10 分の航海

図12　釜山桟橋駅、急行ひかり、
朝鮮総督府鉄道急行（左より）

酔いは続いていたが、次の列車の発車までには一時間一五分ほど時間があったので、駅構内のベンチで暫く休んだ。船酔いが回復したところで、昼食と夕食を軽めに済ませた。

朝鮮総督府鉄道・急行ひかりに乗車した。列車は午後八時三五分に発車した（図12）。ここから、長い鉄道の旅だ。列車内で一日目の夜を迎えた。揺れる車内では睡眠も十分とれず、うとうとするうちに、夜が明けた（二日目）。午前九時に京城（現ソウル）に到着した。急行といって

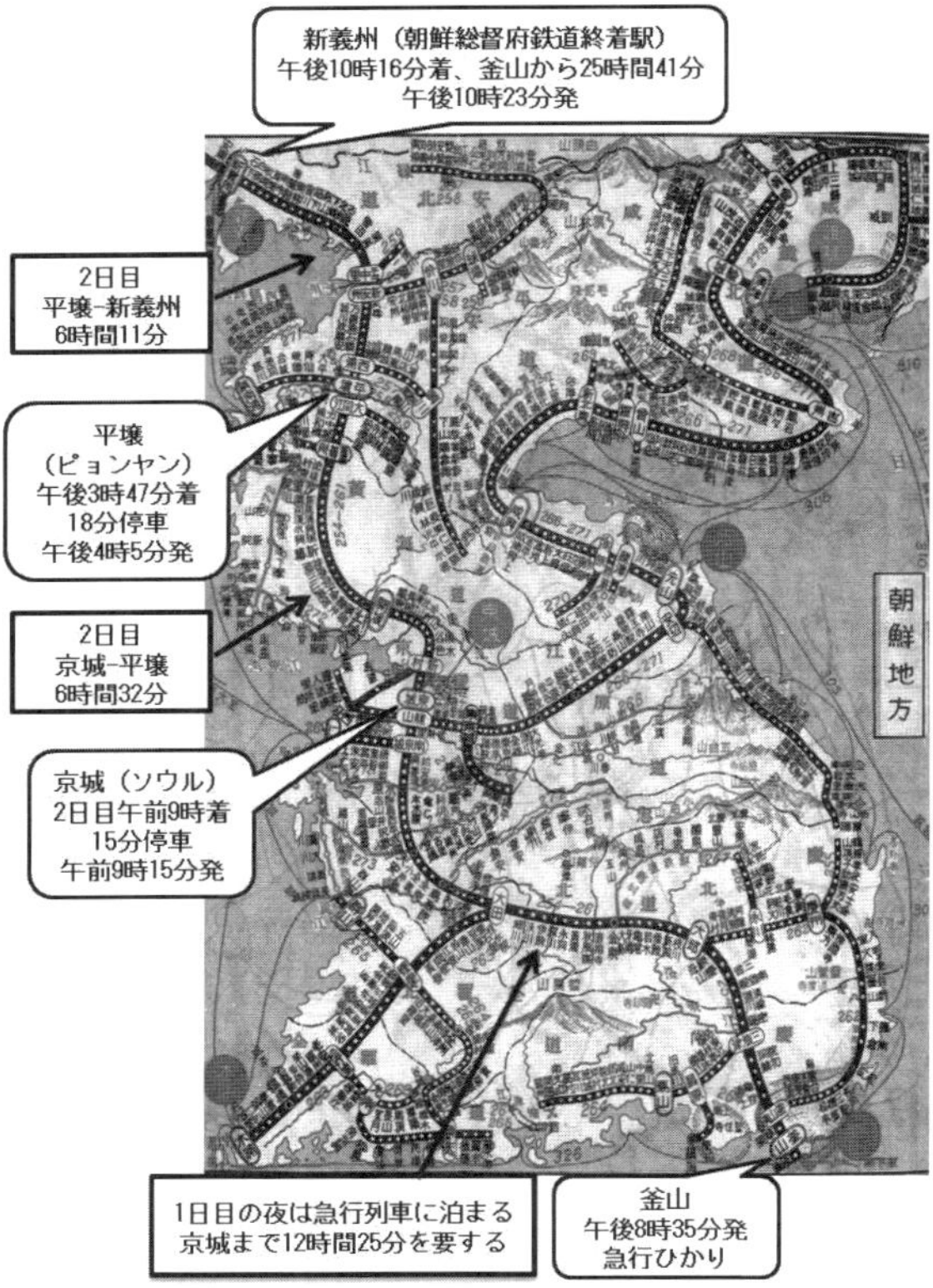

図 13　釜山（始発駅）から新義州（終着駅）まで

も平均時速は四五kmだ。釜山から一二時間二五分かかった。一五分間停車し、午前九時一五分京城を発車した。朝食と昼食は車内でとった。午後三時四七分平壌《ピョンヤン》に到着。京城からは六時間三二分だった。一八分停車後、午後四時五分平壌を発車した（図13）。

次の新義州駅までは六時間もある。夕

図 14　鴨緑江鉄橋
朝鮮と満洲（中国）の国境

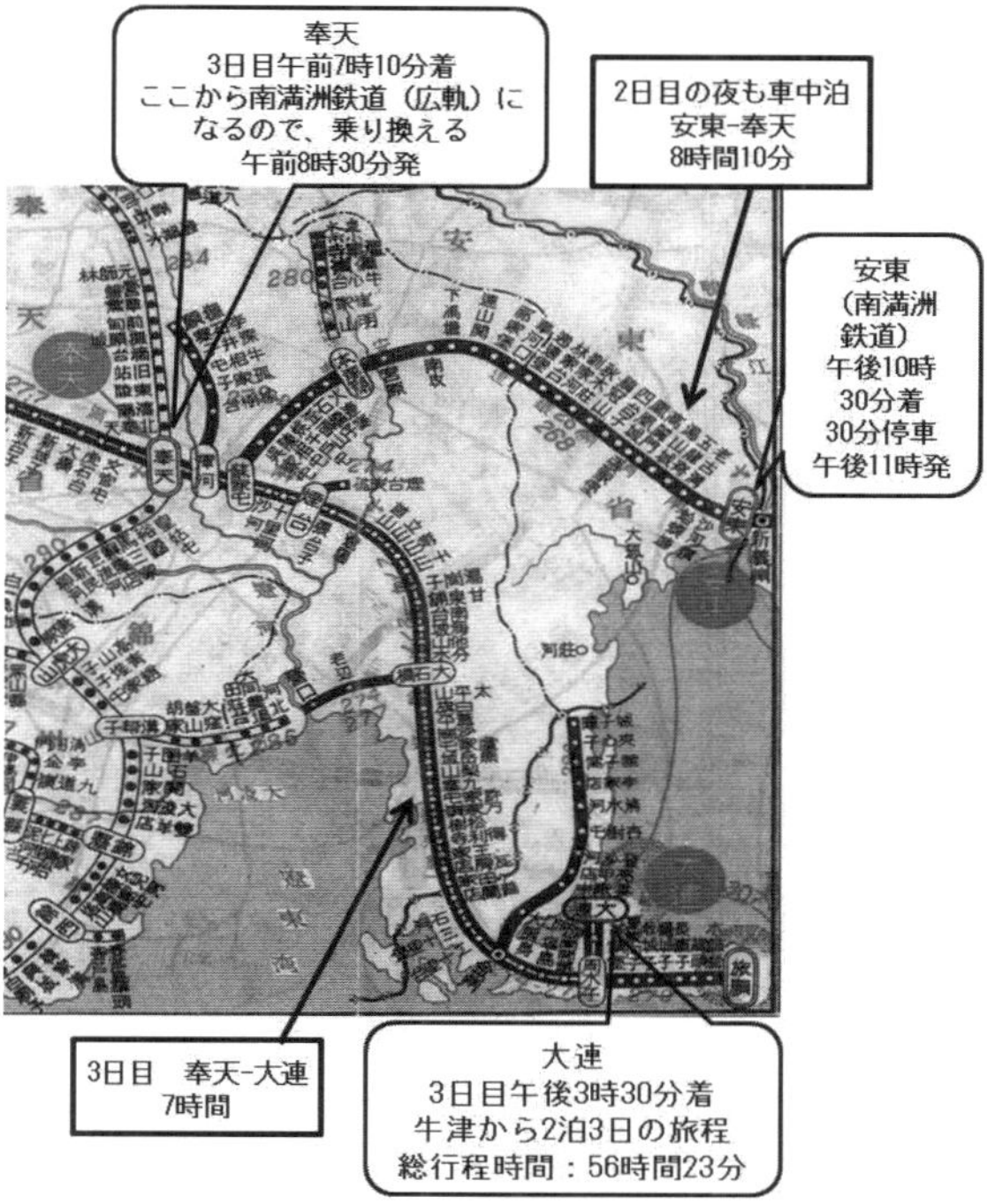

図 15　安東駅から大連まで

図 16　大連駅構内

図 17　大連駅全景

食は車内でとった。二日目の夜遅く、午後一〇時一六分、新義州に到着した。平壌から六時間一一分を要した。この駅までが朝鮮総督府鉄道だ。鴨緑江の鉄橋（図14）を渡ると、次の安東駅から南満洲鉄道となる。釜山から新義州まで、二五時間四一分の鉄道路だった。

新義州を午後一〇時二三分発車した。次の安東駅までの区間（国境）で警官が見回りに来た。午後一〇時三〇分、安東到着。三〇分停車し、午後一一時発車。二日目の夜も車中泊だ。熟睡はできなかったが、二日目ともなると昨夜よりは眠れた。翌日（三日目）午前七時一〇分、奉天に到着した（図15）。ここから南満洲鉄道（広軌）に入るので、乗り換えとなる。発車まで一時間二〇分あったので、奉天駅構内で朝食をとった。午前八時三〇分発大連行き急行に乗り換えた。

▲図 18　大連市街の路面電車
◀図 19　大連市常盤町の路面電車
右端の高い建物は三越百貨店

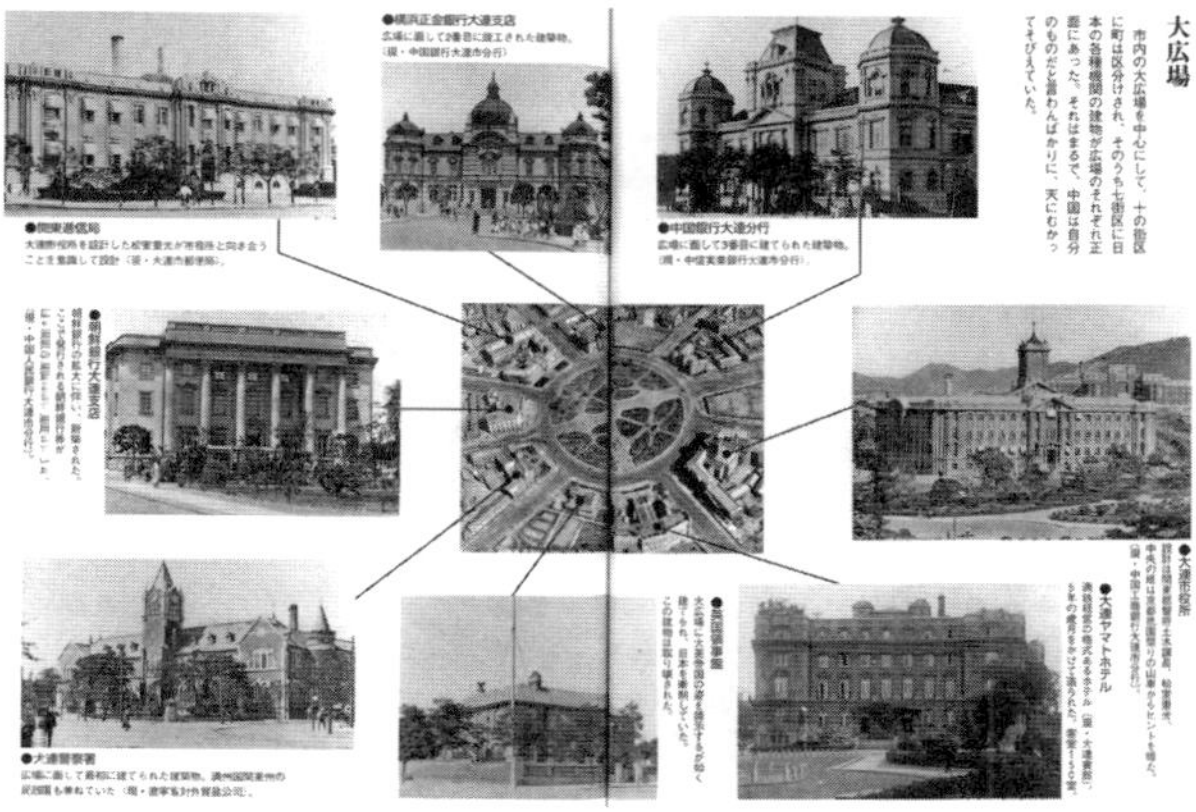

図 20　東洋のパリ

昼食は車中でとり、午後三時三〇分大連に到着した（図16、17）。総行程時間、二五六時間二三分、二泊三日の旅だった。

大連は日本が日清戦争に勝利して割与された遼東半島の一漁村で、青泥窪《ジンニーワ》と呼ばれていた。三国干渉後、ロシアが租借し、旅順と共に極東拠点として、パリをモデルに都市開発を計画。ダーレンと命名した。しかし、建設初期に日露戦争になったので、勝利した日本が統治し、大連と称して大規模な投資を行い、都市を完成させた。道路は舗装され、市街は路面電車が巡らされて、便利だった（図18、19、20）。

日本統治後は家屋建築規制が設けられたので、レンガや石造りの西洋建築の家屋が建設され、東洋のパリと呼ばれた。通りや町の名称は日本語で、通貨は円が通用し、電車や店舗の職員は日本人が多かった。日本語で不自由なく生活できるので、海外とは思えない街だった。梅雨もなく、星ヶ浦には海水浴場、ゴルフ場もあり、住み良い生活環境だった。特に旅順大連間道路のアカシア並木の春の通勤は快適だった。昭和二〇年当時、二〇万人の日本人がここで暮らしていた（中国人五八・五万人）。

彼女が大連駅に到着したのは、午後三時三〇分だ。大連の四月、昼は気温が一五～一六度になるものの、夜は六度くらいにまで下がる。陽はまだ落ちていなかったが、寒

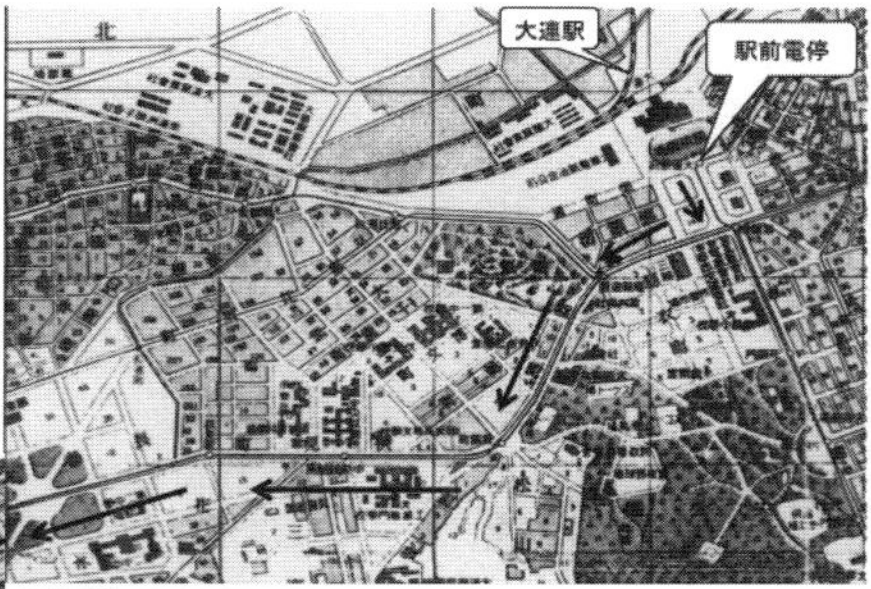

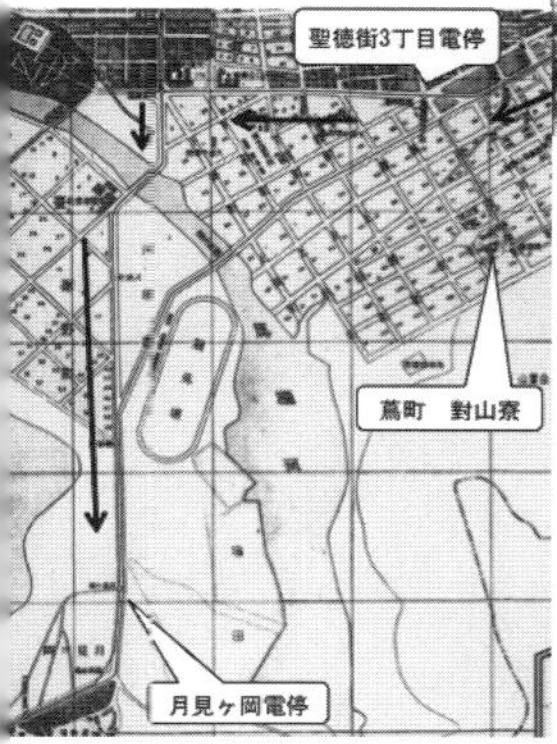

図 21　6 系統
星ヶ浦線　市内

図 22　聖徳太子堂前

図 23　郊外を走る路面電車

くなってきた。駅を出ると、目の前には石造りのビルが立ち並び、道は広く、舗装され、路面電車が走っていた。夢のような大都会だ。暗くなる前に、星ヶ浦の満鉄南満洲保養院・東分院に着きたかった。路面電車の職員に訊ねた。六系統の星ヶ浦線の終点、黒石礁で降りて、少し歩けば着くとのことだった。

駅前電停で、六系統に乗った。電車は次の四つ角で西へ曲がった。聖徳太子堂のある聖徳公園前の

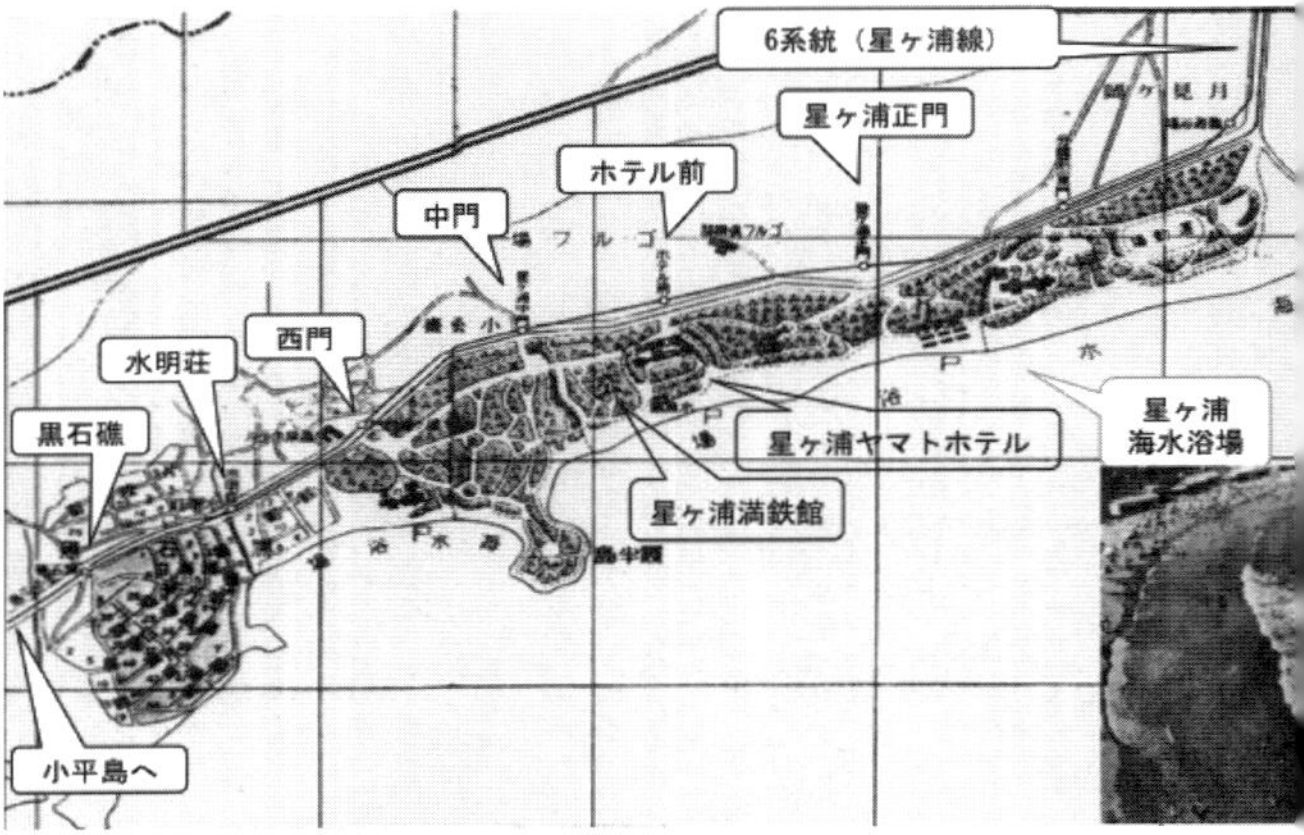

図24　6系統　星ヶ浦線終点附近

聖徳街三丁目電停を通り、大正通り交差点で南下。馬欄河を渡ると左側に競馬場が見えた（図21、22、23）。月見ヶ岡にさしかかると左は塩田が広がっていた。陽は次第に落ちてきた。ここを過ぎると、星ヶ浦だ。

星ヶ浦へ入ると、左は海水浴場、右はゴルフ場が広がっている。風光明媚だ。観光旅行ではないが、心が和む。ホテル前に着くと、すぐそこに立派なホテルが見えた。星ヶ浦ヤマトホテルだ。夏はリゾート客で賑わうそうだが、この時期はひっそりしていて寂しさを漂わせていた（図24）。

中門、西門、水明荘を過ぎると、終点の黒

石礁。この辺りは、高級住宅街で、別荘地だ。もうすぐ陽が沈む。景色に浸っている余裕はない。先を急いだ。

東分院へ着いたのはもう夕暮れ時だった。看護婦に案内され、病室で兄に面会した。久し振りに兄の顔を見ると、嬉しかった。しかし、その容貌はやつれ、やせ衰えていた。大連に渡る前の元気な頃の面影は全くなかった。別人のようだった。彼女は再会の喜びの気持ちと、そのあまりの変わりように対する驚きと哀しみの気持ちが入り乱れた。なぜか、涙がこぼれてきた。兄は妹が来る事は手紙で知っていたが、現実に一人でこんな遠くまで来てくれた妹を見ると、嬉しくて元気が湧いてきた。お互いに話したい事は沢山あったが、もう暗くなってきたので、彼女はとりあえず事前に頼んでもらっていた星ヶ浦満鉄館（昭和一七年七月星ヶ浦に開設）に向かった。

満鉄館は黒石礁駅から三駅戻った中門駅で降りると目の前だ（図25）。ヤマトホテルの隣にある。そこは満鉄の青少年社員で結核「ツ」反応陽性者の発病予防のための静養宿泊施設で、新聞、雑誌、書籍、娯楽器具、浴場を備え、栄養士、指導員が勤務してい

図25　星ヶ浦

た。満鉄館職員（寮母さん）に東分院に入院中の兄の妹と挨拶し、部屋へ案内してもらった。部屋に入り、自分の荷物を解き、整理した。その日は疲れもあり、食事を済ませると、早く休んだ。兄にも会えて、ひと安心、ほっとしたせいで、良く眠れた。

翌朝、東分院へ行き、兄とゆっくり話したが、病状も良くなく、長くは話せなかった。すぐに日本へ帰れる状態ではなかったので、しばらく、ここでの生活を覚悟した。満鉄館の寮母さんの所に泊めてもらって、東分院へ通うことになった。郷里の父へ手紙を書いた。無事大連へ着いた事、兄にも会えたが、病状は芳しくないので、しばらくここで生活しながら、兄の恢復を待つことなどを知らせた。寮母さんは、戦争のさなか、若い女性が一人で大連まで来たことに感心し、親身

図 26　市営火葬場

になってくれた。

彼女は毎日、病床へ行き、世話をしながら、家族のこと、故郷での幼い頃の楽しかったことなどを話して、兄を元気づけた。兄も早く元気になって、日本に帰りたいと熱望した。しかし、五月になっても、病状は快方に向かうどころか、次第に悪化していった。当時の担当医は帝国大学医学部卒業一年目の若い医師だった。結婚していて子供も一人いた。

戦況はいよいよ厳しく、一般家庭も灯火管制や軍事訓練、消火訓練に協力した。満洲でも食料事情は悪化し、燃料不足は著しく、氷点下となる冬でも朝だけしか暖房してもらえなかった。

兄の病状は芳しくなく、六月になるといよいよ危篤となり、二ヶ月の看病も実らず、彼女が見守る中、六月一五日死去した。享年二九。日本に戻れず、両親や他の兄弟姉妹にも会えず、外地での最期は無念だったに違いない。ただ、短い期間であったが、兄弟姉妹の中で一番仲の良かった妹に会えて、身の回りの世話をしてもらったのが救いで、幸せだった。大連市内の火葬場で埋葬された（図26）。彼女は、よく可愛がってくれた仲の良い兄との楽しかった日々を想い出し、早過ぎる別れに、涙が溢れて止まらなかった。寮母さんが葬儀に立ち会ってくれて、彼女を慰めてくれたが、一人になると涙がこぼれた。こころにぽっかりと空白ができて、日々の暮らしが虚しく過ぎていった。

博多や下関への鉄道連絡船はすでに六月一二日に断絶しており、運輸省は六月二〇日、同連絡船の運航中止を決定していた。彼女の帰国の道は閉ざされ、大連に一人取り残されてしまった。外地で身寄りもなく、故郷へ帰る望みも絶たれ、これからどうなるのか不安で一杯だったが、寮母さんとその家族が一緒にいてくれたので、気持ちも落ち着いてきた。父へも、兄の死去、日本へ戻れなくなったことを手紙で知らせた。

その頃、内地では都市への空襲が日本全土に広がっていた。郷里の家族も、彼女の最悪の事態を覚悟した。昭和二〇年五月八日にドイツが降伏して欧州戦線は終結していたが、同年六月二三日には沖縄戦も終結し、日本の敗戦は決定的だった。八月になると、広島と長崎に新型爆弾が落とされて、甚大な被害が出たらしいとの情報が流れた（図27、28）。八月九日、北部満洲一帯へ約一五八万のソ連軍が侵入した。鉄道がストップしたので、ソ連軍進駐の情報はすぐに広まった。

図27　広 島

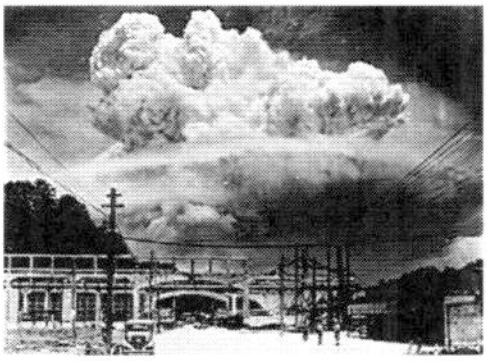
図28　長 崎

八月一五日、満鉄館では、本日正午に重大放送があるので、全員食堂のラジオの前に集まるようにとの指示があった。正午の時報の後、アナウンサーが聴衆に起立を求め、天皇陛下の玉音を放送するとの説明があり、「君が代」が流れた。続いて、天皇陛下のお言葉が始まったが、

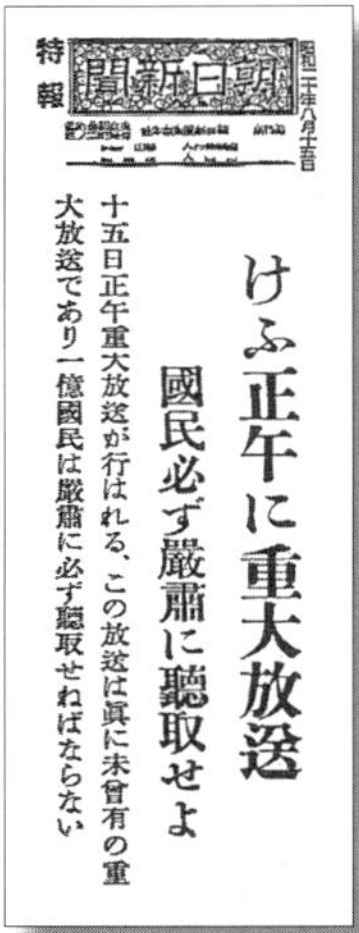
昭和二十年八月十五日
朝日新聞
特報

けふ正午に重大放送
國民必ず嚴肅に聽取せよ
十五日正午重大放送が行はれる、この放送は眞に未曾有の重大放送であり一億國民は嚴肅に必ず聽取せねばならない

図 29　朝日新聞

図 30　玉音放送

図 31　玉音放送

雑音が入り、聞き取りにくかった。内容はよくわからなかったが、「堪え難きを堪え、忍び難きを忍び」のお言葉が印象深かった。天皇陛下の放送は四分ほどだったが、前後の終戦関連ニュースを入れると三七分となった。誰ともなく、戦争に負けたようだとわかると、みんなの顔はゆがみはじめ、涙がひとりでに流れ、やがておえつとなった。暫くは互いに言葉を交わすこともなく、敗戦という虚しさと戦争が終わったという安堵感、そしてこれからどうなるのだろうとの不安が交錯した（図29、30、31）。

北部満洲ではソ連軍の略奪、邦人婦女子への暴行、凌辱が横行していた。婦女子は断

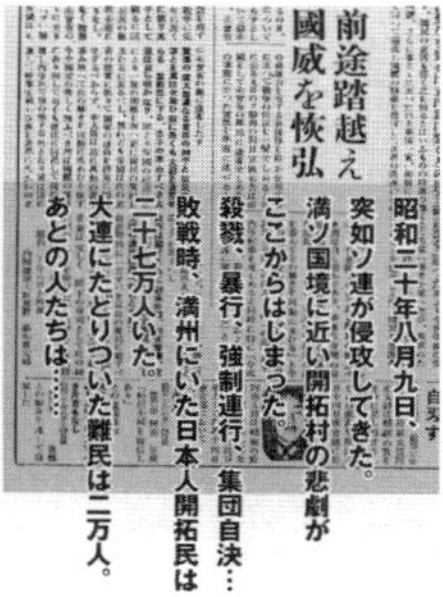
前途踏越え
國威を恢弘
昭和二十年八月九日、
突如ソ連が侵攻してきた。
満ソ国境に近い開拓村の悲劇が
ここからはじまった。
殺戮、暴行、強制連行、集団自決…
敗戦時、満州にいた日本人開拓民は
二十七万人いた。
大連にたどりついた難民は二万人。
あとの人たちは……

図 32　ソ連軍進駐

髪して男装せよとの知らせが届いた。八月二三日にはソ連軍戦車部隊が大連に進駐してきた（図32）。ソ連軍は四人兵との噂も聞かれた。夜ごと、酔っぱらったソ連兵が家の戸を叩いて、女を出せと要求した。婦女子は断髪・男装し、昼は屋根裏に隠れた。ソ連軍将校は日本人自治会に「慰安所」設置を要求。日本人女性二名が犠牲にならざるを得ず、当初は満鉄社員家庭の娘をくじ引きで決める予定だったが、結局、満鉄病院の看護婦が「性の防波堤」として、ソ連軍将校の相手をさせられた（引揚者手記より）。別の地域では、辱めを受けないよう救護班の看護婦（二〇歳代）達が集団自決した事件や日本人自治会の幹部が歓楽街で働く女性に懇願し、身代わりを買って出た義侠心ある女性に看護婦の服を着せて派遣させたとの証言や手記も残っている。このようなことは表に出にくく、戦後数十年以上経ってから明らかにされたために、事実確認が難しい。作話ではないかとの意見もあるが、数々の手記、証言などから、現実には起っていても不思議ではない。

ソ連兵士による暴行、略奪、凌辱は日常茶飯事だった。満洲北部には二七万人の日本人開拓民がいたが、ソ連軍進駐による殺戮、暴行、凌辱、強制連行、集団自決、さらに乳幼児の病死、伝染病などで、帰国できたのは一一万人という。大連へ辿り着いた開拓民は二万人足らずだった。全財産を売り払って、食料も底をついていた。

南満洲鉄道は中華民国（国民政府）とソ連の合弁となり（実際は中国共産党も関与していた）、中国長春（中長）鉄路公司となった。小平島の満鉄南満洲保養院と満鉄館も接収されたので、彼女は寮母さんと一緒に大連港埠頭に近い中国人街のマンションに引っ越した。ソ連兵士の暴行、略奪、凌辱は日本人街が対象だったので、中国人街の方が安全だった。

ソ連軍司令官はヤマノフ少将だった。彼は兵士の規律を正すことができず、大連は不法地帯と化していた。九月一〇日に司令官がコズロフ中将に交代すると、規律を守らない兵士は厳しく処罰（重罪は銃殺刑）されたので、治安は回復した。一一月にソ連軍が撤退してからは、一般婦女子や従軍看護婦に対する半ば強制的な慰安婦問題は沈静化した。翌年（昭和二一年）の正月は大連神社への日本人の参拝も行われた。

激動の昭和二〇年が終わり、昭和二一年を迎え、彼女は二三歳になった。寮母さん家族と生活を共にしていたが、兄を亡くし、家族にいつ会えるかわからない状況で、旧満鉄本社に顔を出したり、旧満鉄大連厚生事務所（中長鉄路公司医務処）を手伝って、寂しさを紛らわせていた。星ヶ浦の保養院の医師もその医務処で働いていたが、その中に端正な顔立ちの青年医師がいた。彼は彼女の兄の担当医だった医師と大学の同級生だったので、彼女のことは聞いていた。

彼は、若い女性が一人で戦時中の危険も顧みず、故国を遠く離れて、よくやってきたものだと、感心していた。医務処で彼女をちょくちょく見かけるようになると、美人ではないが明るい温和な性格と童顔の彼女が気になっていた。社会が不安定な中、女性が身寄りのない外地で独り暮らす不安や寂しさを思い、また郷里が同じということもあり、彼女に声をかけた。

彼女は明るく振るまってはいるが、優しくて仲の良かった兄を亡くし、日本に帰れるかどうかもわからず、途方に暮れていたが、彼から声を懸けられて嬉しかった。郷里の話題に花が咲いた。先の見えない暗い時代にあって、希望の光がさしてきた。


彼は、戦時中で軍医不足のため、卒業が六ヶ月繰り上げとなり、昭和一八年九月に卒業した。その後、予備役軍医教育を受け、二四連隊（福岡城内）に軍医（中尉）として入隊した。除隊時の徴兵検査で、幼少時の中耳炎による鼓膜破損の影響で片側の聴力低下があるため、乙種不合格となり、補充兵となった。

彼は大学時代に満鉄から奨学金をもらっていたので、満洲に渡ることになった。昭和一九年一月だった。その頃はまだ下関港からの鉄道連絡船（関釜連絡船）が運航されていたので、それに乗って、鉄道ルートで満洲へ向かった。満鉄奉天支店に出頭すると、勤務先の希望を聞かれたので、暖かい所を希望したところ、大連郊外の星ヶ浦の先、小平島（実際は半島）にある満鉄南満洲保養院の勤務となった。

満鉄南満洲保養院は、戦前から満洲で結核に罹り、内地に帰って死亡する者が多かったので、満洲での結核対策を強化するため昭和七年五月二五日、設立された。満洲唯一、最初の結核療養所（当初一七四床）だった（図33）。東京帝大から専門医が招聘された。院長は遠藤繁清氏（秩父宮殿下、元侍医）、副院長は佐々虎雄氏（戦国武将佐々成政の子孫）だった。他に三名の医師が勤務していた。そこへ新人医師四名（帝国大から二人、慶応一人、慈恵一人）が加わったので、合計九名となった。しかし、帝国大の同僚医師は東分院へ転院し、他の二人は陸軍へ召集された。彼は徴兵検査で乙種不合格となっていたので、召集されなかった。新人医師で終戦まで残ったのが彼だった。

図33　満鉄南満洲保養院

彼は佐々先生から厳しい指導を受けた。ソ連が大連に進駐し

図 34　蔦町　望洋寮　對山寮

てきた時、南満洲保養院が接収されたので、医師達は荷物を星ヶ浦の院長宅へ運び、看護婦も同居することになった。その夜、ソ連兵士が院長宅に来て、時計を出せと要求した。看護婦が四～五個出した。それでも、兵士は不満な様子で、もっと出せと要求するので、彼は父から旧制中学入学祝いにもらって大事にしていたスイス製の時計を出した。

その後、直ぐに星ヶ浦の院長宅も接収されたので、院長家族は大連市内蔦町の望洋寮（満鉄家族寮）に引っ越した。彼は隣りの對山寮（満鉄独身寮）に移転した（図34）。彼は満鉄大連厚生事務所（大連駅と大広場の間にあり所長は

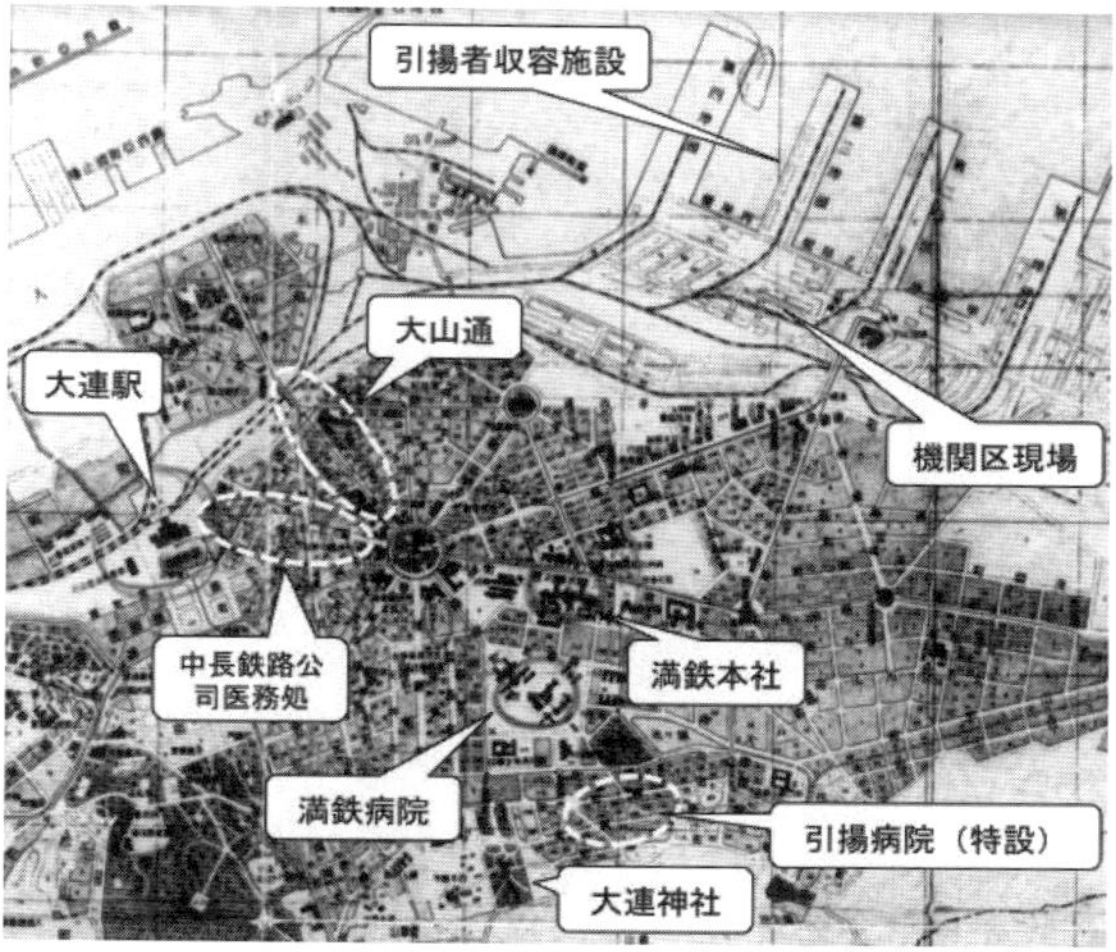

図 35　大山通　中長鉄路公司医務処

図 36　大山通

小野寺医師）勤務となったが、そこはすでに中長鉄路公司医務処となっていた（図35）。処長は中国人となっていたが、当分の間は、小野寺先生が指示していた。中国共産党の職員は理解のある良い人だった。給与は現物支給だった。食生活は不足なかったが、情報が混乱していて、内地引揚げがいつになるか不明で、落ち着かない時代だった。

満鉄職員は鉄道運行と日本人引揚げ輸送を担うため、引揚げは認められず、そのまま任用（留用）となった。彼は大山隊舎内診療所（大山通）（図35、36）を開設し、看護婦と勤務していたが、機関区現場（埠頭附近）へ移動させられた。若い看護婦は避けたがよいとのことで、中高年の保健婦と勤務することになった。

彼女は彼から声をかけられて、嬉しかった。その翌日からは毎日が楽しく、気持も明るくなったが、彼が中長鉄路公司医務処から大山隊舎内診療所へ移り、その後、機関区現場へ移動すると、会えない日々が続いた。そこで、思い切って彼の住む對山寮を訪問した。それからは、急速に親しくなった。彼女は、同郷の青年医師が親切にしてくれること、彼を頼りにしていることを実家に手紙で知らせた。

彼は帰国の目処も全くつかず、将来も見通せなかったので、大連残留も覚悟していた。二人は寮母さんに相談し、結婚することにした。大連神社で式を挙げた（図37）。寮母さん家族と彼の友人（満鉄鉄道技術研究所技術士）が同席した簡素な結婚式だった。そ

図 37　大連神社

の友人から写真を撮ってもらった。終戦から一年目、昭和二一年八月二四日だった。彼二六歳、彼女二三歳。住居は、隣りに望洋寮（家族寮）があったが、對山寮のままで生活した。上司には報告してなかったが、佐々先生と小野寺先生が聞きつけて、對山寮へお祝いにきてくれた。

　秋頃からの引揚げ運動の集会では、日本人共産党員の指導で、赤旗の歌を唱わされた。帰国後に日本で共産・社会主義を普及するための教育だ。彼は中長鉄路公司を退職したが、ソ連は医師の引揚げを許可せず、残留組となった。ソ連は旧陸軍病院跡（旧満鉄本社の山手）に引揚病院を特設し、邦人引揚収容所の患者を入院させた。彼はそこの勤務となった。ソ連軍中級医師（女性）が働いていたが、日本の看護婦レベルの知識だった。ソ連軍院長（大佐）が彼のカルテを見て、全てドイツ語で書かれていたので、驚いて、ソ連中級医師に説明していた。それ以降、ソ連軍医師からは一目置かれるようになった。

昭和二一年一二月から引揚げが開始された。引揚げは順番待ちだったが、ソ連は、医師は日本に帰さないそうだとの話を聞いて、本当に帰れるかどうか不安だった。後年明らかになるが、ソ連は満洲からの邦人引揚げに否定的だった。それは、日本軍を徹底的に無力化し再興を防止することとシベリア開発に必要な労働力を確保するのが目的だったからだ。そのための日本人抑留政策で、スターリンの指示だった。日本政府は、海外残留邦人が六六〇万人に及ぶため、帰国させる船舶、燃料、食料もなく、戦前に投資した莫大な財産保全の目的もあって、海外残留邦人は現地に留める方針をとった。

この頃、中国大陸では中国共産党軍（毛沢東）と国民政府軍（蔣介石）の対立で、すでに内戦状態にあり、米国は国民政府軍を支援していた。そんな情勢の折、中国大陸に残る一〇〇万もの武装した日本軍と日本が築いた鉄道や工場などを運用していた多くの邦人技術者が中国共産党軍やソ連軍に編入、利用されることを米国（トルーマン大統領）は危惧した。それを避けるため、米国は海外残留邦人の早期送還を決定。昭和二〇年一〇月一八日、GHQは「引揚げに関する中央責任官庁」の設置を命じた。日本はそ

3　総合・核心　11版　2009年（平成21年）7月24日

シベリア抑留

76万人の新資料発見

ロシア　年内にも日本へ提供

（共同）

資料出所：
東京新聞（朝刊）
09年7月24日
第3面

図 38　ソ連抑留新資料

図 39　収容所へ入る大勢の引揚者

図 40　引揚者　女性と子供

図 41　第 51 送還収容所

の司令に従い、厚生省を責任官庁に指定。地方に引揚援護局を開設して、米軍と共に邦人引揚げを実行した。米軍は多数の艦船を準備した。昭和二一年一二月末には引揚げはほぼ完了した。しかし、ソ連軍の管轄下にあった大連、樺太、千島地区は、ソ連軍が全く動かず、引揚げ活動は暗礁に乗り上げていた。

　米国はソ連と交渉を重ね、昭和二一年一二月一九日に日本人引揚げに関する米ソ協定がようやくまとまった。毎月五万

図 42　引揚船へ乗船

図 43　やっと帰れる　笑顔も見える

図 44　重症患者の乗船

人の送還が決まった。米軍は毎月三〇万人送還を主張し、それに必要十分な艦船の提供を提案したが、ソ連軍は毎月五万人を主張して譲らなかったという。この頃、すでに冷戦が始まっていた。人的資源の争奪戦だ。ソ連がシベリアやヨーロッパなどへ強制抑留した日本人は七六万人にも上った（図38）。

昭和二二年、終戦後二年目に入った。彼二七歳、彼女二四歳。日本では、吉田茂（自由党）が首相となった。ソ連は、前年一一月一〇日、大連港に第三埠頭岸壁倉庫を改造し、日本人所帯から借りた畳を敷き、電気暖房、風よけ扉を設置した引揚施設を完成させた。一万人収容可能だった。

大連では昭和二二年一月から本格的に引揚活動が開始された。米軍管轄地域の引揚げからは一年以上も遅れていた。一人あたりの所持品はリュックサックと両手に持てる荷物、現金は千円まで、写真、地図は廃棄と決められていた。ソ連兵の検閲があり、荷物を勝手にこじ開けて、貴金属や制限を越える現金は没収された（図39、40、41、42、43、44）。

引揚げのピークも過ぎ、最終段階の二月末になって、やっと引揚げの順番が回ってきた。収容所で二日待機した。この頃、彼女は妊娠五～六ヶ月だった。

昭和二二年二月二八日（平年）昼、引揚船の遠州丸（六、八七三トン、一〇ノット）が大連港に到着した（図45）。廃船前の老朽貨物船だった。

図45　遠州丸　6,873トン

図46　貨物船へ乗船

図47　大連港出航（高砂丸）と見送りの残留邦人

タラップを登って乗船し、急勾配の狭い鉄階段を降りると、船底の貨物室が居住区域で、床に新聞紙を敷いただけの雑魚寝状態だった。乗船予定の引揚者は約二〜三千人だ（図46）。乗船が完了したのは夕方だった。タラップが外されかけた時、ソ連の軍用車が横付けし、一人の日本人が乗り込んだ。膀胱腫瘍で大連病院に入院中の大物宗教家・大谷光瑞氏（元西本願寺法主、内閣顧問）だ。彼はスパイ容疑で大連市公安局に監禁されていたが、終戦直前に解放された。本願寺門徒総代と引揚対策協議会の中心メンバーがソ連司令部に掛け合って、二日前に引揚が決まったという。

出航のドラが鳴った。引揚者はみんな甲板に集まって、次第に遠ざかる大連の街を眺めながら、それぞれに思いを馳せた。彼三年間、彼女二年間、人生の分水嶺となる日々だった。彼女は兄との悲しい別れと引き換えたかのように彼との出会いを得て、新しい人生を踏み出した。「さよなら大連、再び来ることはないだろう」との想いが募り、みんな涙を流し、大連に別れを告げた（図47）。

遠州丸はスクリュープロペラの一つが破損していたので、速度が遅かった。長い航行だったが、不安な社会を脱し、日本に帰れる喜びと安心感が次第に湧いてきた。船員さんたちが演芸会を開いてくれた。引揚者の中からも歌や踊りの飛び入り披露があった。中でも、若い女性が、小皿二つを両手の指にはさんで調子をとりながら「一九の春」を歌い、踊った時には、みんなの顔に生気が蘇ってきた。

一方、ほとんどの引揚船が船内死亡者を出している。その中には幼児もいた。亡骸は日章旗で包み、水葬にして、船がその場を三回廻って汽笛を鳴らし、追悼した（図48）。

図48　引揚船内で亡くなった母親

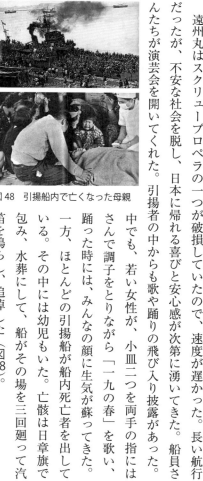

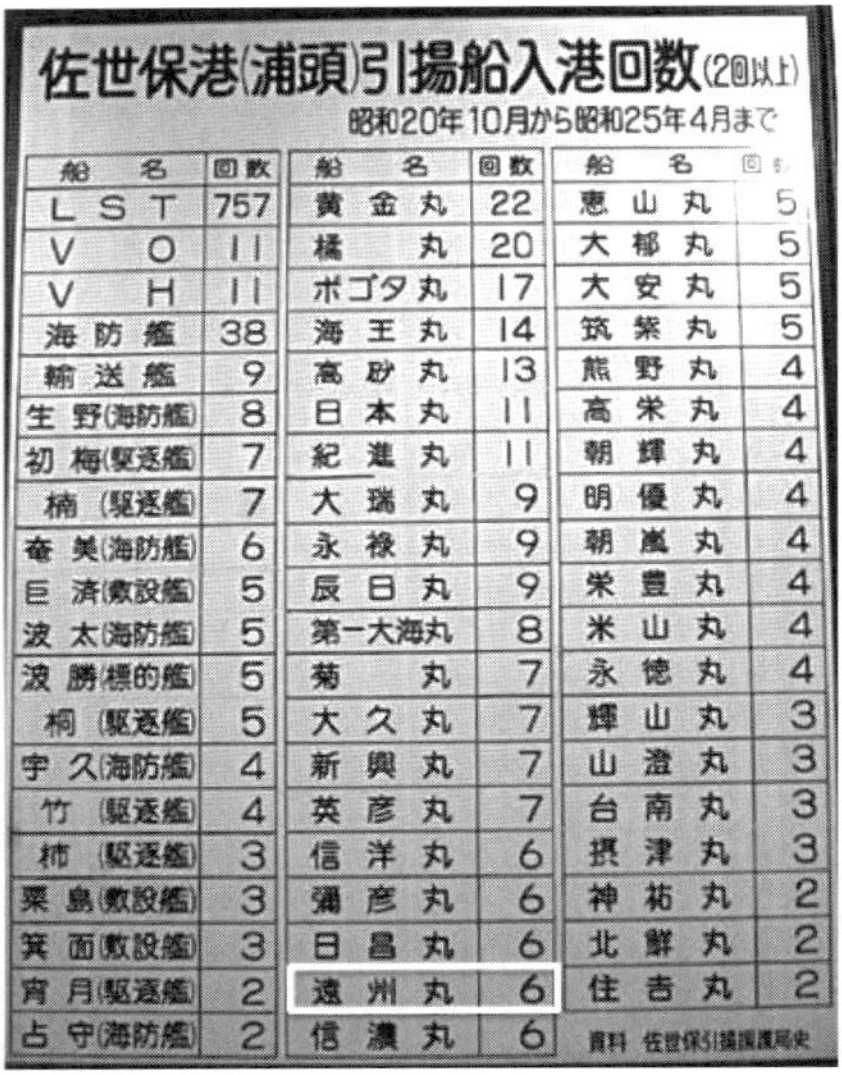

佐世保港(浦頭)引揚船入港回数(2回以上)

昭和20年10月から昭和25年4月まで

船名	回数	船名	回数	船名	回数
LST	757	黄金丸	22	恵山丸	5
VO	11	橘丸	20	大郁丸	5
VH	11	ボゴタ丸	17	大安丸	5
海防艦	38	海王丸	14	筑紫丸	5
輸送艦	9	高砂丸	13	熊野丸	4
生野(海防艦)	8	日本丸	11	高栄丸	4
初梅(駆逐艦)	7	紀進丸	11	朝輝丸	4
楠(駆逐艦)	7	大瑞丸	9	明優丸	4
奄美(海防艦)	6	永禄丸	9	朝嵐丸	4
巨済(敷設艦)	5	辰日丸	9	栄豊丸	4
波太(海防艦)	5	第一大海丸	8	米山丸	4
波勝(標的艦)	5	菊丸	7	永徳丸	4
桐(駆逐艦)	5	大久丸	7	輝山丸	3
宇久(海防艦)	4	新興丸	7	山澄丸	3
竹(駆逐艦)	4	英彦丸	7	台南丸	3
柿(駆逐艦)	3	信洋丸	6	摂津丸	3
粟島(敷設艦)	3	彌彦丸	6	神祐丸	2
箕面(敷設艦)	3	日昌丸	6	北鮮丸	2
宵月(駆逐艦)	2	遠州丸	6	住吉丸	2
占守(海防艦)	2	信濃丸	6	資料 佐世保引揚援護局史	

図 49　引揚船　延 1,216 隻
139 万 6,468 人が浦頭に引揚げてきた
博多港と並ぶ最大の引揚者受け入れ港

七日目の三月七日、「内地が見えたぞ」との知らせに、多くの人が甲板に上がった。水平線の彼方に黒い島影が見えてくると、いっせいに歓声が上がった。彼女は船酔いと環境の悪い居住の疲れで、横になったままだったが、帰ってこれたとの安心感で気分的には楽になった。佐世保港外に碇を下ろした。小舟に分乗して、浦頭桟橋へ上陸するのだが、検疫待ちのため、上陸までは三日かかった。その間、船内で泊まった。

引揚船の中には、佐世保湾内に碇を下ろした後、コレラの発生で、湾外に一ヶ月碇泊、隔離された船（信洋丸）や碇泊中、数名の妊婦が無事に出産した船（大海丸）もあった。また、夜、五島列島で突然座礁。翌日救援に来た米艦艇LSTに命がけで飛び降りて乗り移り、やっとのことで、浦頭沖まで辿り着くも、先着の引揚船の順番待ちで、上陸まで、一週間も待たされた船（米艦リバティ型）もあった。トイレも切実だ。半分に切ったドラム缶や天幕で男女別の仕切はあるが、海面を跨ぐ型で数人縦に並んで用を足すトイレもあった。しかも、簡易トイレは甲板上に設置されていたので、船底からの階段の昇降と常に人が並んで待つのが辛かった（引揚者手記より）。

図50　現在の浦頭桟橋（上）
「引揚第一歩の地」記念碑（下）

敗戦で海外邦人六六〇万人が難民と化したが、四年間で六二四万人が帰還した。これは、人類史上、短期間で最大の集団的難民対策事業となった。佐世保港浦頭と博多港は二大引揚港で、それぞれ約

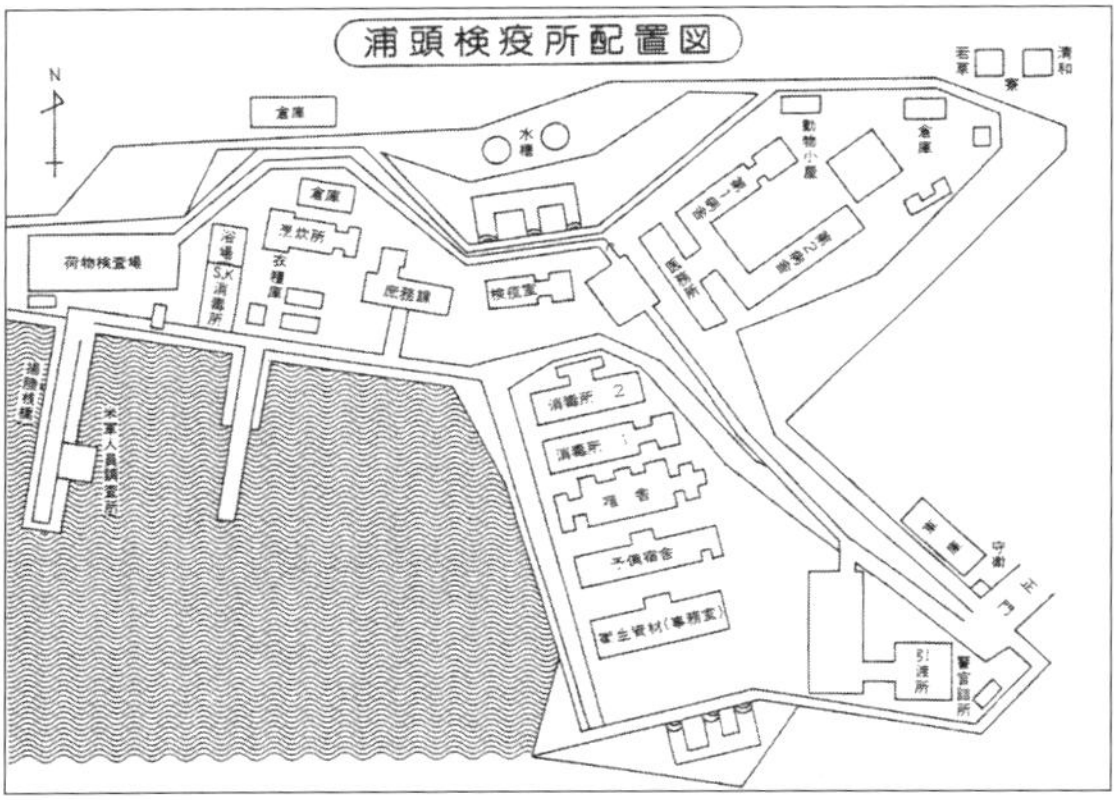

図 51　浦頭検疫所配置図

図 52　浦頭桟橋で検疫待ちの行列

一三九万人が引揚げた。佐世保浦頭には「引揚第一歩の地」記念碑と浦頭桟橋を望む丘に

図 53　DDT散布

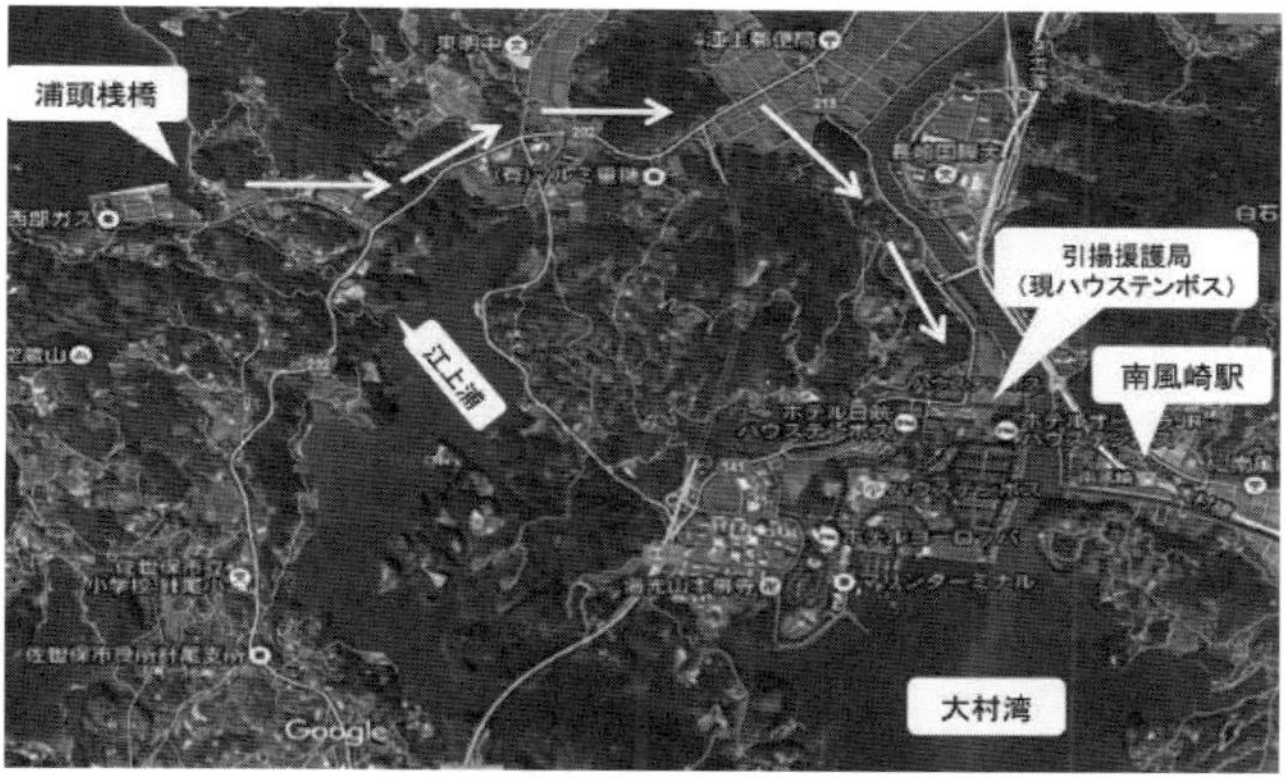

図 54　浦頭から引揚援護局への道

引揚平和記念公園・資料館が建てられている（図49、50）。

佐世保湾に碇泊して三日後、ようやく小舟で浦頭桟橋に上陸した。そこには引揚援護局検疫所待ちの行列ができていた（図51、52）。検疫所ではＤＤＴ粉末（シラミ対策）を頭から全身にかけられた（図53）。検疫がすむと、引揚援護局（旧針尾海兵団跡、現在のハウステンボス）まで、彼女は妊婦だったが、約七㎞の山道を歩いた。大きな荷物を持っていたので体力を消耗した（現在

図 55　約 7km の道を歩いて
引揚援護局へ

図 56　佐世保引揚援護局：２万５千人収容
（旧針尾海兵団跡　現在ハウステンボス）

図 57　引揚援護局収容所の配給

の二〇二号線から二一三号線の道）。病人や幼児などは、浦頭桟橋から、低い山を越え、江上浦（湾）から漁船で大村湾へ回って、援護局まで行った（図54、55、56）。

引揚援護局収容所では大谷氏の荷物が一つ足りないということで、全員の荷物がチェックされた。厳重に荷造りしていたので、荷解きが大変だった。大谷氏の荷物は五〇個もあり、別格扱いだった。

引揚手続きのため三日間、収容所に泊まった。氏名、出身地、家族構成、家族の安否、帰省先などの聞き取り調査後に「引揚証明書」が交付された。ただ、一五歳～五五歳女性は全員、婦人相談所で健康問診を受けなければ、証明書は発行されなかった。辱めを受けて妊娠したり、梅毒に罹患している婦女子は処置・治療のため福岡の二日市保養所（厚生省引揚援護庁の医療施設）へ送られた。証明書が発行されると応急援助金、衣服、日用品等が支給された（図57）。

図58　引揚援護局から南風崎駅まで

図59　南風崎駅から各地へ帰省

帰省先までの鉄道切符も支給されたが、新居はないので、とりあえず、それぞれの実家に戻ることにした。彼女は牛津駅まで、彼は中原駅までだ。援護局収容所には南風崎郵便局の針尾分室があり、郷里への連絡は電報で知らせることができた。

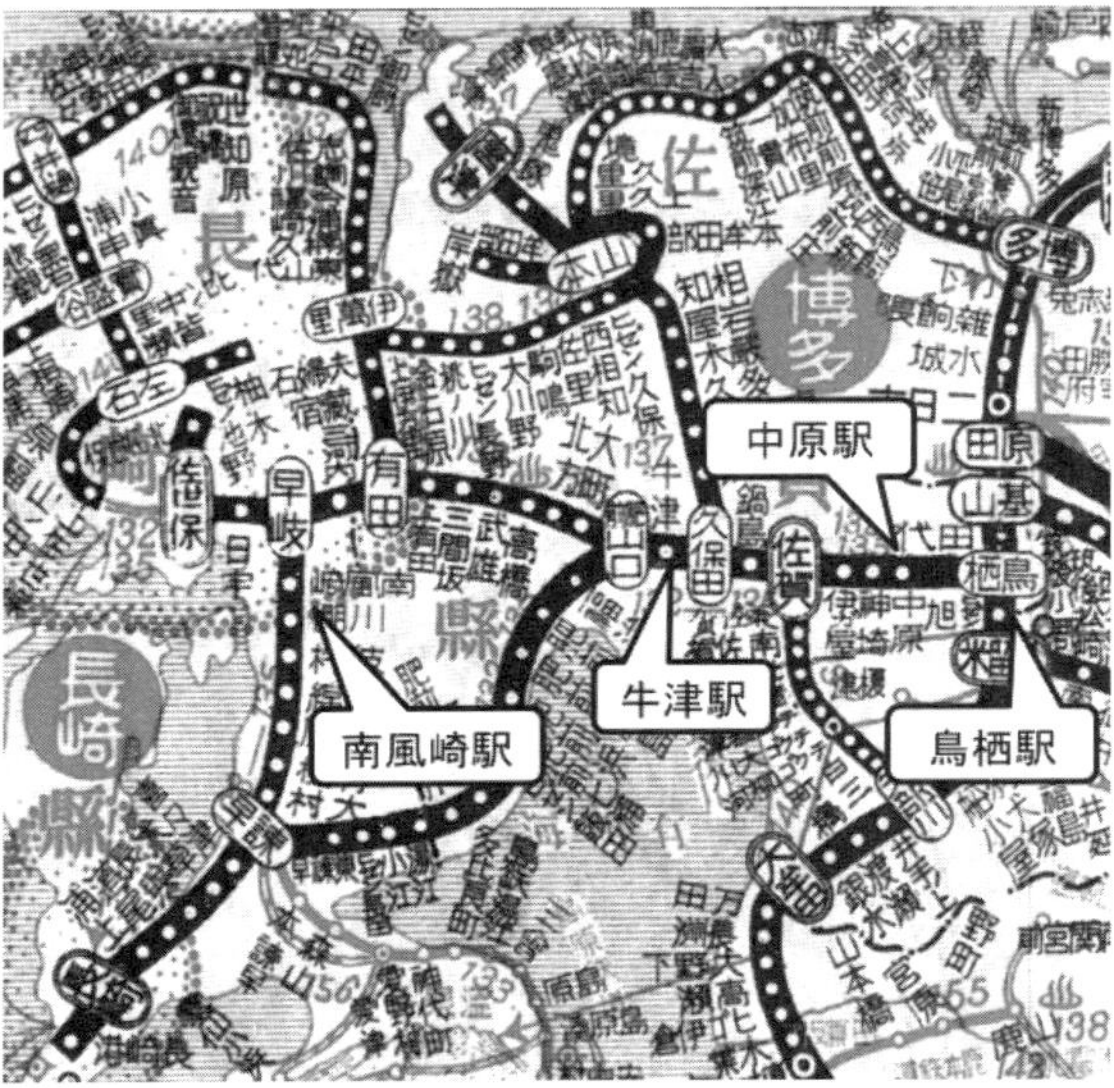

図 60　南風崎駅から牛津、中原へ

引揚列車も順番待ちで、帰省は三月中旬ごろになった。引揚援護局から国鉄南風崎《はえのさき》駅まで、約二・五㎞を歩いた（図58、59）。南風崎から長崎線で牛津までは約一時間三〇分、牛津から中原までは約一時間だ（図60）。

彼女は、牛津駅でひとまず彼と別れた。牛津駅には家族が迎えに来ていた。最悪の事態も覚悟していたので、家族の喜びはひとしおで、涙の再会となった。彼女は妹と抱き合って喜んだ。

一時間後、彼は中原駅で降り、実家まで歩いて帰省した。彼女は二年ぶりの我が家だ。生きて帰れたことが夢のようだった。その日は母や妹と夜遅くまで語り合った。

彼は父に、今後のことを相談した。開業することも考えていたが、まだ若いということで反対された。四月、彼は大学の母教室へ出向いて、勤務先を探してもらうことにした。まずは、結婚式を挙げるということになり、彼女の実家へ挨拶に行った。彼女の両親、家族は大変喜んでくれた。彼の父が知人に仲人を依頼した。昭和二二年四月、佐賀市の神社で挙式した。両家の家族だけ同席した。彼女二四歳、妊娠八ヶ月だった。

彼は実家から大学まで国鉄で通って、職と住まい探しに奔走した。住居は彼の継母（実母は彼が小学校の時に亡くなった）の姉が、鳥栖に間借りを紹介してくれたが、彼女は出産のため、挙式後も実家に留まった。六月、彼女は長女を出産した。体重は七〇〇匁（二、六〇〇グラム）だった。彼は七月から福岡市の病院へ勤務することになったので、鳥栖の間借りに、彼女と長女を呼び寄せて、新生活が始まった。長女は小さかったので、洗面器で湯浴させた。一〇月には病院の病棟を医員宿舎に転用してもらい、そこへ引っ越した。

翌年、彼は博士論文研究のため、国立療養所へ転勤した。住居は療養所の職員用官舎で、昔の高等官舎（一戸建てと広い庭）だったので、広さは余裕があった。

人との関係は運命的な縁で繋がっているようである。この年の二月、彼女の妹が結婚した。相手は、彼女が大連に渡る前、就職していた海軍専属工場で軍事教練の教官をしていた男性だった。その教官は彼女の働きぶりを見ていたので「彼女の妹さんなら、是非に」ということで話がまとまったという。また、大連の南満洲保養院でお世話になった佐々虎雄先生が、彼らの引揚げから二年後の昭和二四年に引揚げてきて、彼の勤務する国立療養所の所長に就任した。佐々先生は彼ら二人の自宅を訪れたり、二人を所長宅へ招いたりしてくれた。その頃、彼女は長男を、それから三年後に次女を出産した。

戦後の日本の復興はめざましく、日本人の生活も豊かになった。彼女は夫の仕事柄、安定した平和な家庭を築くことができた。三人の子供たちも、成長して、それぞれ結婚し、孫八人、曾孫九人となった。幸せな晩年だったが、長女が五四歳で亡くなった。乳がんだった。長女が亡くなった時、彼女は認知症が進行していて、外見上は哀しんでいるようには見えなかった。実際は哀しかったかもしれないが、感情を失っていたとすれば、それは天が救いの手を差し伸べたのかもしれない。そうでなければ、敗戦で世の中が一変し、多くの日本人が亡くなった激動の時代を生き抜き、小さな命を守って出産、育てた長女に先立たれるのはあまりにも辛く、悲しく、彼女のこころは脆く崩れただろうから。

長女の一三回忌の数ヶ月後、彼女は九三歳の生涯を閉じた。彼女を看取るまでは死ねないと言っていた彼も、その数ヶ月後、結婚してちょうど七〇年目の八月末、大連での運命の絆に導かれたかのように、彼女の後を追って旅立った。九六歳だった。

【解 説】

これは実在した、ある女性の記録である。彼女が敗戦、激動の満洲で生き抜いてこられたのは、満鉄館の寮母さん家族と一人の青年医師との運命の出会いがあったからだ。寮母さん家族は、兄を亡くし、帰国できず、孤独になった彼女に親身になってくれた。彼女の生活とこころの支えになっていた。また、ソ連軍の暴行、凌辱の犠牲になったのは、後ろ盾のない若い日本女性だったが、日本人街が対象だったので、寮母さん家族が中国人街に身を隠したことで、彼女は犠牲から免れることができた。そして、青年医師と出会い、結婚したことで、彼女の人生は大きく変わった。ソ連軍や中国共産党軍は優秀な日本人医師を必要としていたので、彼の家族になった彼女は被害に遭わずに済んだ。

敗戦濃厚な時期、二二歳の女性が家庭の事情とはいえ、独り満洲へ渡るのは、無謀だ。しかし、その後の寮母さんや青年医師との出会いが、彼女を護り、その後の人生を導いたのだ。運命の糸はどこで繋がり、どこで切れるのか。それは天のみが知るところだろうが、彼女の生き方から学ぶとすれば、命を惜しまない献身的決断と行動、お互いに助け合い、信頼し合うこと、そうすれば道は自ずと開ける、ということだろう。その道へ導くのは天の糸ともいうべき『運命の絆』なのかもしれない。

この戦争で無念にも命を落とした多くの人々がいる一方で、幸いにも生き延びた人々もいる。この違い、差は、どこにあるのだろうか。単にその人に運があったか、無かっただけなのだろうか。

人生の分岐点において、どう判断し行動するかが運命を決めることになるだろうが、小稿「運と偶然の意味」「The Longest Day of A Japanese Family」（本書 1部）や「運命の一日」（同 2部）でも述べたように、信念、夢、願望を目指した決断と行動がなければ、偶然にしろ、必然にしろ、運は向いてこないということを考えると、人生の岐路において、献身的な決心と行動が重要な意味をもっていることを彼女の人生が教えているのではないかと思う。

〔参考文献〕

「昭和一六年夏の敗戦」猪瀬直樹著（文春文庫　一九八六年八月、中公文庫　二〇一〇年六月）
「日本の駅」野口恭一郎発行（竹書房、一九七九年六月一日）
「チンチン電車の思い出　福岡市内電車六九年の歴史」西日本鉄道株式会社監修（歴史図書社、一九八〇年四月三〇日）
「時刻表（復刻版）」財団法人東亜交通公社（原本）一九四四年一〇月一日
「朝鮮鐵道時間表」朝鮮総督府交通局　一九四四年一〇月一日
「鐵道連絡船一〇〇年の航跡」古川達郎著（成山堂書店、一九八八年五月二八日）
「写真に見る満洲鐵道」高木宏之著（光人社、二〇一〇年九月）
「満洲鐵道発達史」高木宏之著（潮書房光人社、二〇一二年七月）
「大日本帝国の海外鐵道」小牟田哲彦著、東京堂出版　二〇一五年一一月
「さらば大連・旅順」北小路健編（国書刊行会、一九九五年一月）
「図説　大連都市物語」西沢泰彦著（ふくろうの本、河出書房新社、一九九九年八月）

「井上ひさしの大連」ショトル・ミュージアム　井上ひさし編（小学館、二〇〇二年一月）
「戦後中国における日本人の引揚と遣送」佐藤量著、二五巻一号一五五～一七一頁
（立命館言語文化研究、二〇一三年一〇月）
「ソ連軍政下の日本人管理と引揚問題」加藤聖文著、五号一～一九頁
現代史研究（東洋英和女学院大学現代史研究所）二〇〇九年七月
「ソ連軍政下大連の日本人社会改革と引揚の記録」木村英亮著、横浜国立大学人文紀要
同大学教育学部編　一九～三九頁　一九九六年
「大谷光瑞の研究」柴田幹夫著、博士学位論文　広島大学　学術情報リポジトリ
二〇一三年九月一九日
「混乱の日々に耐えて」高山睦子著、茨城県　海外引揚者が語り継ぐ労苦（引揚編）一一巻
満州　平和祈念展示資料館（総務省委託）ホームページ　ライブラリー
「スターリンの日本人送還政策と日本の冷戦への道」横手慎二著、
法學研究：法律・政治・社会　八二巻九号一～五六頁　二〇〇九年

「大連の日本人引揚の記録」石堂清倫著（青木書店、一九九七年四月）
「佐世保戦後復興の一過程 ―引揚の経験」谷澤毅著、長崎県立大学東アジア研究所
「東アジア評論」第七号一四七～一六〇頁 二〇一五年
「再生への原点 引揚港・佐世保（浦頭）を偲ぶ全国の集い」記念手記集
長崎県佐世保市編集 平成一〇年二月二三日
「海外同胞引揚に関する特別委員会議事録 第九号」第七回国会衆議院 昭和二五年三月二日
「戦時性暴力の再政治化に向けて：「引揚女性」の性暴力被害を手がかりに」山本めゆ著、
女性学：日本女性学会学会誌二三 四四～六二頁 二〇一五年
「戦争と看護婦」川嶋みどり他著（国書刊行会、二〇一六年八月一五日）

（二〇一六年十二月）

Ⅵ　医療への想い

論理と情緒

編集当番の先生から季刊誌「きんむ医」の原稿依頼のメールが届いた。「論理より情緒」というテーマである。最近、壊れつつあると指摘されている患者・医師の人間関係の病理を探る興味あるテーマである。そう思って、締切りの数日前にパソコンに向かってはみたものの、一向に手が進まない。興味深いが難しいテーマである。断片的な文章は思いつくものの脳の回路が繋がらない。

論理と情緒。すぐに漱石の『草枕』の冒頭の文章が浮かんだ。「智に働けば角が立つ。情に棹させば流される。意地を通せば窮屈だ。兎角に人の世は住みにくい」。今の医療でいえば、「正しいからといって論理を通せば相手（患者や家族）を傷つける。クレームとなる。しかし相手の気持ちを思うあまり感情を移入しすぎては、正しくても悪い情報は提供できない。診療にならない。兎角に今の医療はやりにくい」とでもなるのであろうか。

『草枕』では、人の世が住みにくければ引っ越しもよい。引っ越しても駄目ならば、詩や絵画、芸術が癒してくれる。となるが、医療には逃げ場がない。芸術が癒してくれても問題は解決しない。ではどうすればよいのだろうか。相手の気持ちを思い遣りつつ、正しいことを行うこと。つまり論理と情緒のバランスが重要ではないかと思う。ただ、今は論理が先行しがちなので、今回のテーマ「論理より情緒」とした方がバランスがとれるのかもしれない。

しかし、すでに医師として活動している人々に「相手の気持ちを思い遣りなさい」と指導、教育するのも何をいまさらの感もする。効果は期待できそうもない。やはり、医学部教育の段階での人間関係教育やコミュニケーション教育、欧米のように医師としての適性評価（医師として相応しくない学生は卒業できない）プログラムの導入などを行うべきであろう。一朝一夕にはゆかない。情緒の醸成は一〇年、二〇年の長いスパンが必要な教育の課題でもある。と至極当たり前の結論となってしまった。これでは、編集当番の先生の意図に応えていない。原稿は不採用となるだろう。

どうしよう。仕方がない。では当センターでも、編集当番の先生と同じようなクレーム事例を経験しているので、それを紹介しながらこのテーマについて考えてみたい。

比較的年齢の若い女性の胃癌患者が紹介されて受診した。もちろん初診時の外来担当医は初対面である。病名をいきなり「胃癌」と告知されたのにショックを受け、精神的な配慮に欠ける医師は信頼できないとのクレームである。担当医の話し振り、コミュニケーションの技術にも問題はあろうが、なぜ入院予約しなくてはならないか、なぜ治療が必要かなど質問されることも多く、それに答えるには、先ず正確な病名を告げなければならない。

しかし、わが国では、家族が本人にがんの病名を告げないでほしいと希望されることが多い。その場合は家族を説得する時間が必要となる。これに対し、益々多忙となる外来診療では一人の患者に多くの時間を割くこともできず、また他に多くの外来患者を待たせていることもあって、精神的に配慮する心のゆとりもない。外来担当医だけを責めるのも酷である。また、問題の解決にもならない。

これは入院についても同じ状況である。以前のように在院日数を気にしなくてもよかった時代は、時間をかけて信頼関係を築くことができたであろうが、現在のように在院日数を短くしなければ病院経営が成り立たない時代ではそれも叶わない。また説明と理解を得ること（インフォームド・コンセント）が医療法で義務化されてから、患者が理解できるように懇切丁寧に説明しなければならなくなった。ここでも時間がかかってしまう。いかにして短い時間で効率良く患者や家族との信頼関係を築くのか。ここは「ない知恵」を絞らねばならない。時間は医師個人の努力ではどうにもできないところまで追いつめられている。したがって、解決策はただ一つ。医師側も努力するが、患者側も前もって時間を割いて努力していただかねばならない。

国民皆保険制度のせいなのか、お役所任せの国民性なのか、わが一般国民は病気や医療についてあまりにも知らなさすぎるのではないかと思う。病気になったら、自分の体、命に関わることである。自分を守るためにも、医者任せにせず、もう少し病気のことや医療のことを学んでほしいものである。数年前、ある外来初診の患者さんに病気について説明した。

「胃に腫瘍があります。病理検査で悪性でした」

その方は少し安心された様子で、

「あー良かった。胃がんではないんですね」

「……!」

私は一瞬頭が白くなった。その患者さんにとっては、胃の悪性腫瘍は胃がんではないのである。まず医療で使う言葉の意味の説明から始めねばならない。がんについて十分理解していただけるまでにどれだけの時間を費やすことになるのか、先が思い遣られた経験であった。

患者さんにも少し勉強して頂きたい。患者さんやご家族に前もって時間を割いてもらうことも必要ではないか、との思いもあり、また外来待ち時間の有効活用という意味からも、二年前から当センターが開始した「説明と同意」のアンケートについて紹介する。

初診の方には診察の前に必ず病名の説明（がんの告知）に関する説明文書を読んで頂き、その後本人の意志を確認するアンケートに答えて頂いている。その文書には、病名を知ることがいかに重要であるか、家族の希望で本人に病名を隠した場合、本人にとってどのような不利益、不幸なことになるのかが説明してある。そして本人が病名を知りたいか、知りたくないか、知りたい場合どこまで（病名、病状、治療の必要性、治療方法、治療効果、副作用、後遺症、治療後の将来の見通しなど）知りたいかを答えて頂いている。

外来担当医はそのアンケートの答えをみて、本人の意志を確認し、がんの病名を告げることになる。本人や家族は前もってがんの病名告知に関する説明文書を読み、本人の意志確認のアンケートに答えているので、心の準備ができている。初対面の外来担当医ががんの病名を告げることは想定内となる。精神的なショックは和らぐのである。

この「説明と同意」のアンケート導入以前は、がんの病名告知に関する説明文書はなく、ただ本人の意志と家族の意向をアンケートで尋ねていた。本人は病名を「知りたい」と答えているのに、家族は「本人には知らせないでほしい」と答えることは珍しくはなかった。そんな場合は、本人の意志が優先することも含めて家族を説得するのにかなりの時間を要していた。そこでまず本人が病名を知ることの重要性について説明した文書を加えた「説明と同意」のアンケートを開始したのである。

したがって新しいアンケートでは本人の意志確認だけになっている。家族の意向を尋ねる項目はない。これまでほとんどの患者さんが病名を「知りたい」と回答しているが、一度だけ「知りたくない」との回答があった。確認のため診察室に呼ぶと、家族だけが入ってきた。

「知りたくない、と回答されていますが、これは本人が書いたのですか」

と尋ねると、家族が本人の代わりに書いたとのこと。

「本人は知りたくないはずだから」

というのである。本人に知らせたくないとの家族の意向とは思いつつも、

「いや、家族ではなく本人の意志を確認したいので、本人自身で書いて頂くように」

と再提出をお願いした。本人は、

「知りたい」

との回答であった。本人と家族を診察室へ呼んで、本人の意志を直接確認した。同席した家族が、

「ほんとに知りたいの」

と聞くと、本人は頷いた。家族は、

「そうだったの」

と意外な様子であった。家族の意向が必ずしも本人の意志を正しく反映しているわけではないのである。家族の意向と本人の意志は異なることを実感した経験である。以来、本人の意志確認のアンケートは、必ず本人自身に回答してもらうよう徹底している。こ

の新アンケート導入後、がんの病名告知に関するトラブルやクレームは今のところ皆無である。

また最近実践していることがある。患者自身の体や健康を守るためにも、患者・医師の信頼関係を効率よく築くためにも、患者の方にもう少し勉強して頂きたいとの願いからである。インフォームド・コンセントに長い時間がかかるのは仕方がないとしても、少しでも効率よくできないものであろうか。インフォームド・コンセントでは、がんの「深達度」、「リンパ節転移」、「腹膜播種」、「肝転移」、「進行度：ステージ」、「五年生存率」など、医学専門用語も解り易く説明しなければならない。用語の意味の説明だけでもかなりの時間を要することになる。しかしこの用語の意味を理解して頂かないとインフォームド・コンセントは先に進まない。ただ、患者さんもインフォームド・コンセントの時に初めてこれらの専門用語の意味を説明されても、情報量が多すぎて、すべてを理解することは不可能である。結果として、説明される側もする側もインフォームド・コンセントに多くの時間とエネルギーを費やさざるを得なくなる。お互いに疲れ果ててしまう。効率よく相互理解するには、医師の説明努力はもちろん不可欠であるが、患者さんも理解も深めるために事前に努力して頂きたいと思う。

そこで初診時の外来診療の時、病名を説明した方には、一般用に市販されている胃や大腸の「がん診療ガイドライン」を無料で貸出して持ち帰って読んでもらうことにした。「とくにこれから折に触れて耳にする病気の医学用語について、少なくともどんな用語が使われるのかだけでも、できればその意味も知っておいて下さい」、「その方が今後説明を受ける時に初めて聞くより理解し易くなります」、「ご自分の体のことですから」、「返却はいつでも構いません。入院まで二週間程ありますのでその時にでもよいですよ」と説明している。この試みを始めてから説明の時間が短くても理解して頂けるようになり、効率よく相互理解ができるようになったと感じている。

今年の六月、国民の強い要望により「がん対策基本法」が成立した。この法律には国、都道府県、医療保険者、医師等の責務に加え、国民の責務も求められており、国民はがんに関する正しい知識を持つよう努めなければならないとされている。がんについて学び、理解を深めることは、国民の責務なのである。患者さんにも、もう少し勉強してもらいたいとの思いで実践していることが、奇しくも今回の法律の主旨にも適っていた。今後も積極的にこれを実行し、広めてゆきたい。

患者・医師の関係は対等である。両者の信頼関係を効率良く築くには、医師の努力と同様に患者自身も理解するための努力（前もって勉強して頂くこと）が重要である。患者、医師相互が努力して初めてより良い信頼関係が築かれるのである。

本稿の最後になって、少し脳の回路が繋がってきた。患者や家族は病気の知識が乏しいため論理を構成できず情緒が勝ってしまうのではないだろうか。どんな人も情報が乏しいと不安になり感情に走ってしまう。患者や家族には「情緒より論理」を。すなわち、病気の知識を深める努力をして頂き論理を強化してほしいのである。病気の正しい知識を得ておけば不安も軽くなるに違いない。逆に、医師は専門知識があるので論理はしっかりしている。その反面、情緒が抑制されてしまう。医師には今回のテーマ「論理より情緒」を望みたい。

―患者に論理を・医師に情緒を―

患者・医師がお互いの足りないところを補うよう努め、両者とも「論理と情緒」のバランスがとれた時、患者と医師の、真に対等の信頼関係が生まれることになるのではないだろうか。

書生論的な青いまとめになってしまった。編集当番の先生の意図に応えられたであろうか。『草枕』の末尾の文章「余が胸中の画面はこの咄嗟の際に成就したのである」のようには成就できなかった。ご容赦願いたい。

（「きんむ医」一三九号　二〇〇六年九月）

看護学校卒業式　祝辞

このたびの卒業式にあたりまして、一言お祝いを申し上げます。

看護学科一八回生ならびに助産学科一〇回生の卒業生の皆さん、ご卒業、誠におめでとうございます。

またご両親ならびにご家族の皆様、そして熱心に教育指導されました教職関係の皆様にも心からお慶び申しあげます。

さて、丁度一年前、三月一一日、千年に一度と言われる東日本大震災。それに続く福島の原発事故は私たちに大きな衝撃を与え、近代社会発展のあり方に大きな疑問を投げかけました。また、世界に目を向けますと、リビア、エジプトの政権崩壊、ギリシャの財政破綻、ユーロ危機など世界全体が大きく変わろうとしています。わが国の医療界においても、医療費抑制に歯止めがかかったといっても、財源に先の見えない現状では、将来の医療や年金などの社会保障がどうなるか不安な状況です。

このような地球規模の大変革、不安定な時代の中で、皆さん方は社会人として医療の現場へ第一歩を踏み出すことになります。これまでは講義や実習を通じて学んでこられましたが、実際の現場に出ますと講義や実習では学んでこなかったさまざまな出来事を体験することになります。これからが本当の意味での学習ということになります。いろいろ困難なことが立ちはだかってくると思います。

病気はその人の人生にとって予期しない不幸な出来事です。したがって、図らずも不幸を背負ってしまった患者さんたちは「なぜ自分が」と納得のいかない気持ちになり、いろいろな不満、不平が募り、不安になります。そのような患者さんに最も多く接するのは皆さん方ですので、精神的にも、ストレスを多く受けることになります。

しかし、誰でも病気になればそのような抑うつ的で、不安な気持ちになるものです。それはあくまで病気のせいであって、患者さんは「立場の弱い人」、「助けが必要な人」であるとの気持ちを持って接することが大切です。弱い立場の人を助けたり、支援したりする仕事は、大変すばらしく、かけがえのない職業であることに自信と誇りを持って臨んでもらいたいと思います。

皆さんはマザー・テレサという方をご存知だと思います。恵まれない人々への献身的な働きに対して、一九七九年にノーベル平和賞を受賞された方です。彼女は、私たち医療者にとって支えとなる貴重な言葉をたくさん残しています。その中で、私の好きな三つの言葉を紹介したいと思います。

一つ目は、「人生の九九％が不幸だとしても、最期の一％が幸せならば、その人の人生は幸せなものに変わる」という言葉です。彼女は絶対助からない病気の人を「最期の一瞬でもいいから、生まれてきてよかった」と思ってもらいたいとの思いで看護をしたといわれています。

二つ目は、「大切なのはどれだけ沢山のことをしたかではなく、どれだけ心をこめたかです」という言葉です。患者さんにとっては、多くのことを行ってもらっても、そこに心がこもっていなければ感謝の気持ちも湧いてきません。しかし、少しのことでも、そこに心がこもっていれば大きな幸せを感じるということです。

そして、三つ目は、「自分の行っていることは大河の一滴にすぎないかもしれない。しかし、何もしなければ、その一滴も生まれないのです」という言葉です。どんな小さなことでもとにかく「実行すること」が大切だということです。

私はこれら三つの言葉をまとめて、皆さん方に贈りたいと思います。「どんなに小さなこと、ささいなことでも、心をこめて実行し、人生最期の一瞬でも幸せな気持ちにしてあげることで患者さんの人生を幸せにできる」ということを、心の片隅にでも刻んでおいてもらいたいと思います。

皆さん方が社会にでて、これから何気なく毎日行うことは、一見小さなことに思えるかもしれませんが、そこに「こころ」が込められていれば、病む人の人生を幸せに変えることができるのです。

今後なにか辛い事、困難なことがあっても、このマザー・テレサの三つの言葉を思い出して下さい。そして、看護師という仕事は病む人に幸せを与えることのできる素晴らしい職業であることに誇りと自信を持って臨んで下さい。そうすれば、皆さん方にも必ず良い結果が生まれてくると信じています。

これからの皆さん方の明るい未来を心から祈願しまして、お祝いの言葉といたします。本日はご卒業、まことにおめでとうございました。

（「九州医療センター附属福岡看護助産学校　卒業式」二〇一二年三月一日）

「がん征圧の集い」～特別講演者決定の舞台裏～

二〇〇一年（平成一三年）、三月二六日病院機能評価審査が終わった。その委員長の任も解かれ、六月に合格通知が届いて、病院の気分も一新した。息つく間もなく、続いてリスクマネージメントに関する業務が本格化した。また2.5：1看護体制への整備もあった。さまざまな改善を行わなければならず、相変わらずの忙しさであった。

そんな頃、幹部会議であったと思うが、来年の二〇〇二年（平成一四年）は本院が設立されて三〇周年になるので、その記念事業を行うことになった。ただ従来のような記念誌の発行とか職員だけの行事ではあまり意味がない。それ以外の形式、例えば市民公開講座のような講演会を開催したりするのがよいのではということになった。がんセンターの基本方針の一つに国民への情報発信がある。市民公開講座はこの方針に合致していた。この事業を推進するため設立三〇周年記念事業委員会が設置されることになった。まず委員長を決めねばならない。誰が指名されるのか。病院機能評価審査が終わったばかりである。まさか私には回ってこないだろうと思っていたが、世の中そう甘くない。渡る世間は……ばかり? 院長のご指名である。やらねばならない。少し弛みかかっていたペースをギアチェンジし、ちょうど一年前の平成一三年一二月二五日に第一回の委員会を開催した。

一回目の委員会では各委員の紹介と、どのような形式で行うかなどを話し合った。特別講演とシンポジウム、展示などの基本的な事項の合意、確認を行った。期日は平成一四年九月二八日（土曜）に決定した。一般市民への講演会は、福岡県対がん協会が「がん征圧の集い」を毎年秋に開催している。共同で開催すれば予算的にもお互いの利益になるだろうとのことである。そこで、二月七日、（前）庶務課長と共に福岡県対がん協会会長の先生へお願いに出向き、ご快諾を得た。その時に会場のアクロス福岡も仮契約して頂いた。

次は特別講演の人選を早くしなければならない。これが悩みであった。多くの市民に参加してもらうためには、高名な方にお願いするのがよいとわかってはいるものの、限られた予算である。どなたにお願いするか。委員の誰も、そう簡単には適任者は思い浮かばない。二回目（平成一四年二月二〇日）の委員会でも何人かが候補に挙がったが、決定打は出ない。三月一日にサイボウズ（院内ネット連絡システム）に掲載して全職員に候補者を募集してみた。返答はない。少々あせってきた頃、委員の一人で、当時中央材料部の看護師長がこの問題解決の糸口を見つけてきた。

以前、栃木県下で看護部関係の研修会に出席した時、あるお方の御講演を拝聴し、大変感銘を受けた。そのお方を御呼びしてはどうかとの提案である。何とそのお方とはお髭の殿下の愛称で国民に親しまれている寛仁親王殿下であった。ビックリ仰天。これが実現すれば、クリーンヒットどころか、ボンズ並みの逆転さよなら場外大ホームラン級である。通常では思い付かない夢のような人選である。当初はとても実現は不可能と思ったが、彼女はすでに関係方面へ連絡していた。殿下の日程上、九月二八日はまだ予定が入っておらず、可能性はあるとのこと。しかしすぐにご予定が入ってくるので、急いで手続きをしたほうがよいでしょうとの返事だったそうである。

ひょっとしたら実現するかもしれない。俄然、慌ただしくなった。早速、殿下のお付きの方へ手続きについて尋ねた。まず御講演をお願いする手紙を差し上げるようにとの御指示。御講演料のことが気になったが、殿下は御講演依頼の手紙をお読みになって、お気持ちが動けば、承諾されるので、それはあまり気にしなくてもよいだろうとのこと。御講演料については少し安心した。しかし手紙で殿下のお気持ちを動かさねばならない。手紙の内容に、講演会の成否がかかっている。書く者の責任は重大である。私は小学校の頃から、今でも作文は一番の苦手である。しかし、早くしないと殿下のご予定が詰まってしまう。誰かに頼む時間はない。自信はなかったが、気持ちだけは込めて、文章を練り、推敲を重ねた。数日後書き上げて、院長に校正頂き、あとは郵送するだけとなった。

　ここで次の難題。殿下へのお手紙である。ワープロの文書ではいかにも事務的で、無味乾燥。気持ちもこもっていない。お付きの方も手書きの方が気持ちもこもっていてよいでしょうとのことである。それはもちろんわかっているが、字の下手なことには人一倍自信がある。これぱかりは誰かに頼むしかない。院長に相談した。彼女（臨床研究部）に頼もう。即答である。三月八日（金）の夕方であった。上質の和紙や毛筆の準備も必要である。それらも用意せず、「明日郵送したいので、今日中に清書して頂けますか」と、突然の急なお願いであったが、彼女は快く引き受けてくれた。仕事帰りに和紙なども購入してもらって、自宅へ帰って、夜遅くまで清書。翌日（土曜日）届けて頂いた。大変素晴らしく見事な字であった。誠に感謝申し上げる次第である。

　殿下へのお手紙は直接郵送できない。二重封筒にするのである。つまり、殿下へのお手紙を入れた封筒を、お付きの方へ宛てた封筒の中へ、お付きの方への文書を付けて同封するのである。このような細かい部分までご指示を頂き、大変勉強になった。三月

九日（土曜日）郵送。やることはやった。あとは結果を待つのみ。はたして桜は咲くのか散るのか。合格祈願の受験生である。ご返事は意外と早かった。三月一三日（水）、手術の指導をしていたところへ、お付きの方から電話で連絡が入った。殿下ご内諾と。〝桜咲く〟。合格である。気持ちの中でガッツポーズ。人選の看護師長、手紙を清書して頂いた臨床研究部の彼女のお陰である。手術が終わると、直ちに院長室へ。院長も大変喜ばれたのは言うまでもない。

その日は気持ちも舞い上がって、すぐにでも全職員にお知らせしたかったが、まだご内諾の段階である。ご体調不良などで中止になるかも知れない。公表はもう少し先に延ばすことになった。ところが一夜明けて冷静になってみると、少々不安になった。昨日のことは本当だったのだろうか。聞き間違いではないか。電話連絡だけで、直接聞いたのは私だけである。あとは誰も聞いていない。本当にご内諾があったかどうか、証拠は何もないのである。確証がほしかった。失礼かと思いつつも、ご内諾の通知を文書で頂けないかとお付きの方へＦＡＸを送った。その日の内にご内諾文書がＦＡＸで届いた。確かに間違いなかった。動かぬ証拠を手にした嬉しさが再び込み上げてきた。何度もそのＦＡＸを眺めた。

以上が特別講演者が決るまでの舞台裏である。これで、記念講演会も立派なものになるに違いなかった。まずは一安心。しかし、これからが大変であった。なにせご皇族を御呼びするのである。ご接待、警備など、どのようにしたらよいのやら。誰に聞いても、知るわけがない。未体験ゾーンである。この点については、四月から新しく就任した庶務課長が活躍した。

最後に謝辞を述べる。

設立三〇周年記念事業のメインイベント、市民公開講座「がん征圧の集い」は晴天下の平成一四年九月二八日、盛会の内に終了しました。寛仁親王殿下には大変ユーモアに溢れた感銘深い特別講演を賜りまして、誠にありがたく、衷心より御礼申し上げます。わたくしども医療人として大変参考になりましたし、市民の一人としても一生忘れられない思い出となりました。また、シンポジウムも大旨好評で、一般市民へのがん情報の提供という役割も果たせたと思っています。シンポジウムでご講演頂きました先生にも大変感謝申し上げます。この市民公開講座が成功しましたのも、殿下をはじめ、大変ご多忙な中、ご来賓のお祝辞を頂きました福岡県知事殿、福岡県福祉部健康対策課、県警、市警、アクロス福岡、さらに共催して頂いた福岡県対がん協会の皆様をはじめ、ボランティアの方々など多くの関係の方々のご協力の御陰であります。心から御礼申し上げます。そして、当院職員の皆様には本講演会の成功に向けて大変尽力頂き、本当にありがとうございました。

（「九州がんセンター」第七号　二〇〇三年三月）

がんから身を守る食生活

一　胃切除後の機能の変化

●はじめに

食事や生活習慣とがんとの関係については、疫学的な研究などで、がん発生の危険因子が数多く明らかになってきています。胃を切除された方が今後がんから身を守るためには、食事や生活習慣をどのようにしたらよいのでしょうか。

胃を切除すると胃の機能が低下し、さまざまな症状や後遺症が起きてきます。それらは、胃の2／3あるいはすべてを失うことより起こってくる欠損症状です。したがって、正常の胃の働きを知ることによって、胃切除後の症状や後遺症についての理解が得られ、その対策も納得できるものと思います。そこで、まず一回目は、胃の働きと、その欠損によりどういう弊害が起こってくるかを解説しましょう。

●胃の働き

胃の働きは一言でいうと「食物の消化」であり、口で大まかに咀しゃくされた食物をさらに消化分解して、十二指腸へ送り出すことです。胃には栄養分を吸収する働きはなく（アルコールは胃でも吸収されますが）栄養分の吸収機能は主に小腸が担っています。したがって、食物が胃で充分に消化分解されていないと、十二指腸での食物の栄養分の処理（ミセル化など）が不十分となり、その後、小腸に送られても、栄養分は吸収されないまま排泄されることになります。このように、胃での食物の消化分解機能は小腸における栄養吸収にとって、たいへん重要なものなのです。

胃の消化機能に携わっている細胞は、胃体部の胃底腺領域にある主細胞と壁細胞、胃の幽門腺領域と十二指腸球部にあるG細胞の三種類です。主細胞からはペプシノーゲン、壁細胞からは塩酸、G細胞からはガストリンが分泌されます（図）。

主細胞から分泌されるペプシノーゲンには本来、消化分解作用はなく、壁細胞から分泌される塩酸の作用で蛋白分解酵素のペプシンへと活性化されることで消化分解作用を得ます。この活性化には胃液が塩酸によりpH6以下の酸性（至適pHは1.5～2の強酸性）になっていなければなりません。

G細胞から分泌されるガストリンというホルモンは、主細胞に作用してペプシノーゲン分泌を促し、同時に壁細胞にも作用して塩酸分泌を促します。このようにガストリンは活性型のペプシンが生成される環境を作る働きをしています。また、ペプシン自身もペプシノーゲンの活性化を促しています。

この胃の消化分解機能を食物摂取の時間経過に沿って説明します。

空腹になると、迷走神経を介して唾液が分泌されるとともに、G細胞からガストリンが、壁細胞から塩酸が分泌されます。食事を開始して食物が胃に到達すると、さらに塩酸とガストリンが分泌されます。ガストリンは主細胞と壁細胞に作用し、ペプシノーゲンと塩酸分泌を促し、塩酸によりペプシノーゲンはペプシンへ変換されます。食物は胃の蠕動運動によりペプシンと混合し消化分解されてペプトン（流動物）となり、少しずつ十二指腸へ送られます。

その後、十二指腸ではセクレチンなどのホルモンが分泌され、これらがガストリンの分泌を抑制し、胃酸は次第に中和されて、胃の消化分解機能が停止します。

●胃切除による消化・分解作用機能低下などの影響

胃内の消化機能を担う三種類の細胞は、図のように分布しています。主細胞と壁細胞は胃体部の胃底腺領域に分布しています。壁細胞の方が主細胞よりやや広く分布しています。G細胞は幽門部の幽門腺領域と十二指腸球部に分布しています。

通常行われている胃幽門側2／3切除の手術では、胃内の壁細胞が一〇〇％分布する部位（図）まで切除範囲になりますので、主細胞、壁細胞、G細胞の多くが失われます。

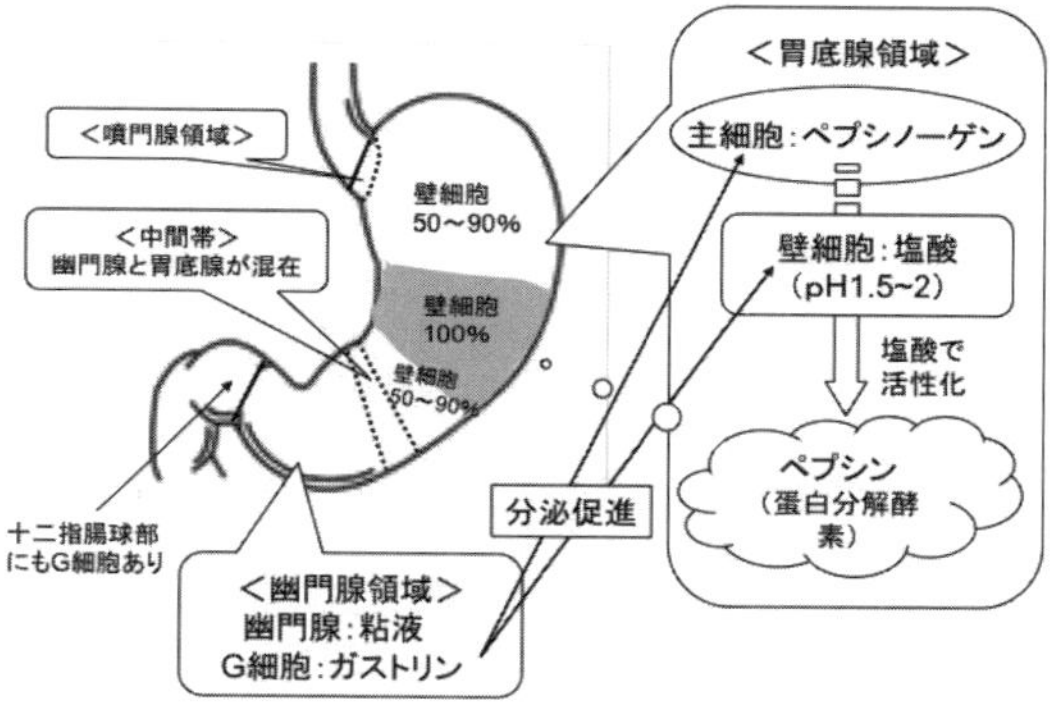

その結果、ペプシノーゲン、塩酸、ガストリンの分泌が減少して、活性型のペプシンも少なくなります。したがって、食物の消化分解作用が十分にできなくなり、小腸での栄養吸収もままならなくなります。胃全摘では、胃の消化分解機能は全くなくなります。

このため、胃切除後は消化のよい食物を摂取するように栄養指導がなされるわけです。ただ、唾液のアミラーゼも炭水化物を消化分解するので、よく噛んで食べることで胃の消化分解機能を補助することができますし、食事中に消化酵素薬を服用することでも、消化分解を補助することができます。

●胃切除後貧血

胃切除後には、二種類の貧血になりやすくなります。一つは鉄の不足によって起こる鉄欠乏性貧血です。食事中の鉄分は胃の酸によってイオン化されることにより、十二指腸や小腸上部（空腸）で吸収されます。しかし、胃を切除して塩酸の分泌が減少、あるいは胃全摘で消失すると、鉄分がイオン化されないため、鉄分が吸収できず、貧血となります。治療は、胃の酸が少なくても吸収できる鉄剤の服用で対応できます。

もう一つは、ビタミンB12の低下により起こる巨赤芽球性貧血です。ビタミンB12は小腸の末端部分（回腸）で吸収されますが、それには胃の壁細胞から分泌される内因子という糖タンパクと結合する必要があります。胃を切除すると壁細胞が減少しますので、内因子はビタミンB12と結合できず、吸収量が減少します。胃全摘では内因子が全く分泌されませんので、この貧血は必ず起こってきます。ただ、ビタミンB12は肝臓に数年間は蓄積されていて、すぐになくなることはありません。ビタミンB12は食事や内服薬で摂取しても、内因子がなければ回腸で吸収されませんので（これについては後述の「胃全摘後のビタミンＢ12の補充について」で訂正します）、治療は、ビタミンＢ12を注射により補充します。

●その他の後遺症

胃切除では、リンパ節郭清に伴い、胃の周囲を走る迷走神経を切離することがあります。胆のうを支配する迷走神経を切離すると胆のうの収縮力が低下し、胆石ができることがあります。最近では、胆のうへ入る迷走神経だけ残したり、胃切除後の胆石の発生を考慮して、胆のうを一緒に摘出したりすることもあります。

ダンピング症候群も重要な後遺症です。食事が一度に小腸へ入ることで、動悸、発汗、めまいなどの症状をきたす早期ダンピング症候群と、食後二～三時間たって、脱力感、冷汗などの低血糖症状をきたす後期ダンピング症候群（後述）があります。

カルシウムの吸収低下により骨粗鬆症も起こりやすくなります。カルシウムは十二指腸や空腸で吸収されるので、ビルロートⅡ法など、食物が十二指腸や空腸を通過しない再建法を行った場合は、カルシウムの吸収が低下します。

胃切除後には、血糖の調節機能も異常をきたしやすくなります。G細胞が分泌するガストリンには血糖を調節するインスリンの分泌を促す作用がありますが、胃切除でG細胞およびガストリンの分泌が減少し、インスリンの分泌も不足します。

また、食事が残胃内を早く通過し、すぐに小腸へ入るため、食物中の糖分が一度に吸収され、血糖値が急激に上昇します。その結果、インスリンの過剰分泌をきたして低血糖になり、後期ダンピング症候群を招きます。これには、食事を少しずつゆっくりとること、食事の内容を低糖質、高蛋白、適度の脂肪を含むものにすることなどで対応できます。

今回は正常な胃の機能を解説し、胃切除後のさまざまな症状、後遺症が起こる仕組みについて理解を深めて頂きました。次回は発がんの危険因子、がんを予防するための食事や生活習慣について、とくに胃切除後に焦点を当てて解説したいと思います。

（「アルファクラブ」二〇一一年八月号）

〔補〕胃全摘後のビタミンB12の補充について

アルファクラブ第三五〇号（平成二三年八月号発行）「アルファ・メイト医学教室」欄に「がんから身を守る食生活（二）」を執筆しました。その中で、「胃全摘後には内因子が無くなるため、ビタミンB12が吸収されず、巨赤芽球性貧血が起こってくる。その治療はビタミンB12を注射で補充すること」と紹介しましたが、これに、内服薬によるビタミンB12の補充についての情報を追加します。

確かにビタミンB12は内因子と結合することによって小腸で吸収されます。したがって、胃全摘後は内因子が無くなるため、その吸収は低下します。しかし、ビタミンB12の吸収には濃度勾配によるものもあることが指摘されており、高濃度のビタミンB12製剤の内服でビタミンB12が正常値にまで上昇することが明らかにされています。

ある報告では、ビタミンB12製剤のメコバラミンを一日三回（計一・五㎎、常用量だが高濃度に相当）二~四週間内服することにより、体内のビタミンB12は一・五倍に上昇しています。もちろん注射の方が速効性はありますが、メコバラミンの長期内服も、胃全摘後のビタミンB12低下の治療の選択肢となります。

二　食事、生活習慣と発がんのリスク

●はじめに

がんの発生や予防因子の研究は、数多く、情報が氾濫しています。世界保健機関（WHO）とその外部組織、国際がん研究機関（IARC）は世界の信頼できる研究論文を基に、人の発がんの危険性（リスク）と予防の可能性を検討し、その評価を「確実」「ほぼ確実＝可能性大」「可能性あり」「証拠不十分」の四段階に分けています。次に大切なポイントを解説します（詳しくは国立がん研究センター、がん対策情報センターの

ホームページをご覧下さい)。

●がんのリスクを上げる要因

①「確実」なもの

喫煙は最大のリスク要因で、がん死亡の三〇%に関与していると推計されています(ハーバード大学がん予防センター、一九九六年)。タバコには約六〇種類もの発がん物質やニコチン、ホルムアルデヒド、窒素酸化物、一酸化炭素、アンモニアなどの有害物質が含まれています。口腔、咽頭、喉頭、肺、食道は煙が直接作用し、胃、膵臓、肝臓、腎臓、尿路系、膀胱、子宮頸部、骨髄は血液中に入った発がん物質が作用すると考えられます。

タバコは小児にも害を及ぼします。親が喫煙者の小児(二歳半~三歳)と非喫煙者の小児とで尿中ニコチン量を比べた研究では、親が屋外でタバコを吸うと小児の尿中ニコチン量は二倍、換気扇の近くか屋外で吸うと三・二倍、屋内で吸うと一五倍にもなると指摘しています。埃、衣服、カーペット、家具などに付いたタバコのニコチンを小児が吸い込んでいるためかと考えられます。(Johansson ら、Pediatrics 2004)。

受動喫煙は他人のタバコの煙(副流煙)を吸うことです。喫煙者が吸う煙と比べて、副流煙には発がん物質が一〇〇倍、ニコチン二・六〜三・三倍、ホルムアルデヒド〇・一〜五〇倍、窒素酸化物四〜一〇倍、一酸化炭素二・五〜四・七倍、アンモニアが四七〜一七〇倍も含まれています。受動喫煙は肺癌の確実なリスク要因で、四〇歳から六九歳までの非喫煙日本女性二万八千人の調査(倉橋ら)では、夫の喫煙により、妻の肺癌のリスクが三〇%上昇し、女性に多い肺腺癌では二倍になると指摘しています。

最近、ヒトの正常な乳腺細胞と乳がん細胞にニコチン受容体のあることが発見され(米国ハーバード大学 Chang Y Chen ら、二〇〇八年)、ニコチンによる乳がんの発症も実験的に証明されました(台湾 Lee CH ら、二〇一〇年)。喫煙・受動喫煙は乳がんのリスク要因と考えてよいと思います。

喫煙者は非喫煙者の家族、友人や他人にも害を与えている事実を自覚し、また自らの健康も考えて、ぜひとも禁煙してもらいたいものです。

過体重と肥満も大きなリスク要因で、がん死亡の約三〇％に関与していると推計されています。脂肪組織中の女性ホルモン「エストロゲン」は子宮体癌や閉経後乳がんのリスクを高め、肥満による腹圧上昇は胃酸の食道への逆流を招き食道がんのリスクを高め、また、肥満はインスリン抵抗性（インスリンが効きにくい状態）を招き、そのために起こる高インスリン血症（血液中へのインスリン大量分泌）や血液中の遊離型インスリン様増殖因子の増加が続くと、大腸癌のリスクを高めると考えられます。

飲酒は口腔、咽頭、食道、乳腺、肝臓のがんのリスク要因（がん死亡への関与は三％）です。理由としてアルコールは発がん物質を体内へ取り込み易くする、体内で発がん物質のアセトアルデヒドに分解される、アルコールの薬物代謝酵素やエストロゲン代謝への影響（乳がん）、免疫抑制作用、飲酒による栄養不足の誘発などが考えられます。お酒は飲み過ぎが問題で、一日にビール大瓶一本、日本酒一合、焼酎2／3合以内なら大丈夫です。ただし、飲酒で顔が赤くなる人は食道がんのリスクが高まるとの報告があり、注意が必要です。

②「ほぼ確実」なもの

貯蔵肉（ハム、ソーセージなど）は大腸癌のリスク要因です。貯蔵によって生じるニトロソ化合物や、加熱調理による焼け焦げにできる発がん物質（ヘテロサイクリックアミン、多環芳香族炭化水素など）や、肉や脂肪による腸内細菌叢の変化も理由に考えられます。

食塩・塩蔵品は、高濃度の塩分が胃の粘液を破壊して胃酸による胃粘膜の炎症をきたし、さらにヘリコバクター・ピロリ菌が持続感染することで胃がんのリスクを高めます。また塩蔵品は保存過程でニトロソ化合物などの発がん物質が発生します。わが国の塩分摂取量が多い地域には胃がんが多いことがわかっています。

熱い飲食物は口腔、咽頭、食道のがんのリスク要因で、熱による粘膜の障害がその理由と考えられます。一般的に食道癌の多くは男性ですが、家族で熱い茶粥を食べる習慣がある地方では、男性と女性の差はなく食道がんが多いことがわかっています。

また、肝炎ウィルスと肝がん、ヘリコバクター・ピロリ菌と胃がん、ヒトパピローマウィルスと子宮頸がん、ヒトT細胞性白血病（ATL）ウィルスとヒトT細胞性白血病（ATL）のようにウィルスや細菌の持続感染が、がん死因の二〇％に関与しています。

●がんのリスクを下げる要因

①「確実」、「ほぼ確実」なもの

運動（身体活動）は、肥満の解消、インスリン抵抗性の改善、免疫機能の増強、腸内通過時間短縮、胆汁酸代謝への影響などによって、結腸癌は確実に、乳癌はほぼ確実にリスクを下げると考えられます。

野菜や果物の摂取は、それらに含まれるカロテン、葉酸、ビタミン、イソチオシアネートなどが発がん物質の解毒酵素を活性化させたり、発がんに関与する体内の活性酸素を消去したりすることによって、口腔、食道、胃、大腸の癌のリスクを「ほぼ確実」に下げると考えられます。

●胃切除と発がんリスクの関係

前述の発がんリスクを、胃切除との関係から考えてみましょう。タバコはいうまでもなく禁煙厳守です。肥満については、胃切除後は食事摂取量が減り、消化機能も低下して、体重は一〇～二〇％減少しますので、逆に発がんのリスクを下げる要因ともいえます。

お酒は、胃切除により胃内通過時間が短くなり、すぐに小腸に入るため、アルコールの吸収速度が早まり、体内濃度も急上昇します。つまり胃切除後はお酒に弱い体質になります。飲酒ががんのリスクを上げるのは、アルコールによる全身代謝の活発化が理由ですから、手術前より飲酒量を減らすこと、空腹時には飲酒しないことが必要です。酔わない、たしなむ程度の量をお薦めします。

食塩・塩蔵品の摂取は、特に残胃のある人は、新たな胃癌の発生を予防するため、最小限に留めておきましょう。大腸癌のリスクが高い貯蔵肉、咽頭や食道癌のリスクが高い熱い飲食物は避けたいですが、一方で野菜・果物をとって、リスクを下げることが大切です。野菜や果物は不足しない程度の量が必要で、大量にとっても効果はありません。

●おわりに

胃を切除された方は、鉄分やビタミンB12の吸収低下による貧血、消化機能低下による栄養不足が招く免疫力の低下、急速なアルコールの吸収など、気をつけなくてはならないこともありますが、一方では肥満になりにくいなどの良い面もあります。

禁煙をして、発がんリスクの高い飲食物を避け、野菜や果物なども含んだ栄養バランスのとれた食事・消化のよい食事をよく噛んで食べて、運動も適度に行いましょう。

さらに残胃のピロリ菌検査、定期的な内視鏡検査、がん検診を受けて、がんの予防、早期発見・早期治療を心がけて下さい。

（「アルファクラブ」二〇一一年九月号）

製薬企業の不正問題を考える

㈠

製薬会社に対する信用が大きく揺らいでいる。二〇一三年のノバルティス・ファーマ社がディオバン臨床試験のデータ改竄《かいざん》を行った問題に引き続き、一四年、武田薬品が高血圧症薬「プロプレス」の大規模臨床研究のデータを改ざんしたことが明らかとなった。自社で開発した高血圧治療薬の効用を誇大して広告し、世間を欺き自社の利益に繋げた両社の罪は重い。国立病院機構の院長として臨床試験の仕組みに精通する九州がんセンターの岡村健院長は、日本の医師主導型臨床試験は製薬会社へ経済的援助を依存する仕組みに拘束されていると指摘。これを解決しないことには、また同様の事件を繰り返すであろうと警告している。

【寄稿】製薬企業の不正問題を考える　㈠

独立行政法人国立病院機構
九州がんセンター 院長　岡村　健

ノバルティス・ファーマ社や武田製薬社員による研究データ改竄の根は深い。問題を起こした会社や社員を制裁するのは当然であるが、それだけでは根本的解決にならない。このままでは同様の事件は必ず起きる。それは、現在の『医師主導型臨床試験*』の仕組みが問題だからである。

*医師主導型臨床試験とは〝既に市販された薬剤〟を用いて、医療者側が主体となって行う臨床試験のこと。これに対し、新しく開発された薬剤を〝市販薬剤として認可を受けるために〟人を対象として製薬企業が計画し、医療者側がその計画に従って実施

する臨床試験を『治験』と呼ぶ。これは制度がしっかりしているので、今回の不正問題に関与した医師主導型臨床試験とは明確に区別すべきである。

そもそも臨床試験を行うには、プロトコールの作成、参加施設との検討・協議、倫理委員会とのやり取りなどの準備段階に始まり、実行段階では同意文書の説明、計画どおりの検査予約とその確認、データの収集と登録、中央でのデータ集計、確認、統計解析など、膨大な業務量を行わなければならない。日常の診療業務と併行して、質の高い臨床試験を行うには担当医師を支援する強固な体制、すなわちCRC（Clinical Research Cordinator）と呼ばれる臨床試験専門の看護師、薬剤師、検査技師、統計専門家、事務職などの職員で構成される臨床試験推進支援組織が必要である。しかし、現在の病院収益だけで、このような組織を設置・管理・運営・維持するだけの経済的および人的余裕はなく、国からの援助も全くない。したがって、この役割を担ってくれる製薬企業の支援がなければ、医師主導型臨床試験は成り立たないのが現状なのである。

しかし、製薬企業社員がデータの収集、集計、統計解析に関与すれば、自社製品の売り上げを伸ばすため、データ改竄の誘惑に駆られる。医療者側は製薬企業からの支援を受けているとの負い目もあり、それをチェックする体制も甘くなる。近年、学術研究論文にＣＯＩ（Conflict of Interest: 利益相反）について明記するよう求められているのは、世界的にも研究者とその支援者の利害関係が不正の温床となっているからである。

それならば、医師主導型臨床試験を止めてしまえとの意見も出るであろう。しかし、医療は日進月歩。人類誕生以来、文明は進化する。医療の進歩も止めることはできない。既に市販されている薬剤を複数組み合わせることで、新たな効果を期待できる治療法や別の疾患にも効能が期待されることもある。ただ、企業は一旦、市販された薬剤に対して、自社主導で新たな臨床試験を計画することには消極的である。だからといって、開発に投じた多額の資金の償還が始まったばかりの時に、新たな投資は避けたいと思う営利企業の経営姿勢を責めることもできない。一方、新しい治療法を確立し、病に苦しむ患者さんを治そうとするのは、医師としてごく自然の「ありのまま」の姿。登山家が何故山に登るのかと問われて、山がそこにあるから、と答えたのと同じ感覚である。だから、いわば自然発生的に医師主導型臨床試験が始まったのである。しかし、前述のように臨床試験を遂行する体制、組織の基盤が貧弱なため、製薬企業の支援に頼らざるを得ず、今日の事態を招くことになったわけである。したがって、この問題の根本解決には、医療者と製薬企業との経済的依存関係を断ち、医師主導型臨床試験を支援・推進する新たな公的仕組みが必要である。

（二）

安倍政権は米国のＮＩＨ（国立衛生研究所）を参考に、「日本版ＮＩＨ」構想を打ち出し、臨床試験や研究を支援する組織を設立した。しかし米国ＮＩＨの職員数約一万八千人、予算、年間約三兆円に対し、「日本版ＮＩＨ」の職員数約三〇〇人、予算は年間一、二二五億円とあまりにも小粒過ぎる。米国とのＧＤＰ相当に換算しても、１

／8～9の予算でしかない。そこで、政府はこの組織を具体化するに当たり、米国ＮＩＨと同じ組織との誤解を避けるため「日本版ＮＩＨ」の表現を封印。独立行政法人日本医療研究開発機構（Japan Agency for Medical Research and Development）A-MED（エーメッド）の呼称に変更した。しかし、この機構だけでは医師主導型臨床試験を支援するには不十分である。根本解決にはほど遠い。医療の進歩は全国民に還元される。したがって、この支援には国費を投入すべきであるが、現在のわが国の借金財政で、これ以上の予算増は期待できない。となれば、広く寄附を募って臨床試験（研究）推進基金（仮称）を設立するか、あるいは継続的研究援助資金を確保する新たな仕組みを考案・導入するしかない。

ところが、寄附による基金設立については、残念ながら、わが国では寄附文化が醸成していない。ＯＥＣＤ諸国を含む三六カ国の寄附金額を対ＧＤＰ比でみると、米国が断トツの一位（一・八五％）。英国七位（〇・八四％）。わが国は二九位（〇・一二％）である。さらに、成人一人当たりの寄附金額（年間）でみても、米国一三万円、英国四万円に対し、わが国は二五〇〇円とあまりにも寂しい。この現状では寄附による基金設立の実現可能性は低い。特に一流企業の経営者において、寄附に対する米国との意識の差は大きい。

例として、米国のがん専門病院の中で高い評価を受けているベスト五を紹介する。一位のMDアンダーソンがんセンターの設立資金提供者MDアンダーソン氏は綿花取引で財を築いた資産家。二位のメモリアル・スローン・ケタリングがんセンターのスローン氏とケタリング氏は世界最大自動車会社GMの元社長。三位のメイヨー・クリニックは医師のメイヨー兄弟、四位のジョンズ・ホプキンス病院のジョンズ・ホプキンス氏は銀行家、五位のダナ・ファーバー・B&Wがんセンターのダナ氏はジャーナリスト・慈善家、ファーバー氏は小児科医である。米国では税制上、寄附し易い環境にある。また、スポーツ選手であれ大企業家であれ、自分が財を成し得たのは社会があってこそ、だから大きな資産を築いたら、社会に還元するのが当然という意識、すなわち「ノブレス・オブリージュ：高貴な（富める）者は社会に貢献する義務を負うこと」が根付いているのである。寄附する理由の調査でも、米国や英国では「チャリティは重要」「寄附は正しいこと」など慈善意識が歴史的・文化的に社会に浸透している。

㈢

江戸時代、米沢藩主、上杉鷹山は「三助：自助、互助、扶助」を奨励。自らも実践して、藩の財政改革を成し遂げた。特に天明の大飢饉では、お互いに助け合うこと（互助）の大切さを説き、富農、富商、藩から米を供出。裕福な町民から援助金を徴収して、大飢饉から領民を救った。東北地方では米沢藩だけが餓死者を一人も出さなかったという。また、先の東日本大震災では国民の多くが寄附している。このように、わが国でも助け合いの精神が無いわけではない。ただ、眠っているだけである。米国に出来て、日本が出来ないはずはない。まずは、大災害の時だけでなく、通常時でも資産家が広く社会に還元する文化を醸成することが大切である。しかし、文化の醸成は国の指導でどうこうする性質のものでもなく、事はそう簡単ではない。それでも、それに向けて環境を整えることは可能である。

まず、税制改革によって、寄附し易い環境を作ること。現在の所得控除では、寄附をしても税負担はあまり軽くならない。むしろ寄附と税の二重の負担となる。これでは誰も寄附しようとは思わない。寄附は社会への還元であり、税と同じ性格の公的貢献である。したがって、寄附は税と同じ扱いとして、寄附をすれば税が軽くなる、すなわち寄附を税額控除にすれば、寄附へのインセンティブが働くことは間違いない。また、国や国家機関に寄附する方が、NPOなどへの寄附よりも税制上優遇されている。この国税への誘導政策を止め、医療や社会福祉など公的非営利事業への寄附も平等になるようすべきである。特に大企業や大資産家が寄附し易い環境を整備し、進んで社会に還元する機運が生まれてくれれば、米国や英国の寄附文化に負けない日本社会になるのではないかと思う。

今回の不正問題解決の成否は、医療者と製薬企業の経済的依存関係を完全に断ち、医師主導型臨床試験に十分な公的支援ができるかどうかにかかっている。医療は「人間の安全保障」であり、その進歩は全国民に還元される。したがって、国（政府）が医療の重要性を理解・認識し、臨床試験・研究が正道を外さないように改革を断行すること。さらに「ノブレス・オブリージュ；高貴な（富める）者は社会に貢献する義務を負うこと」を奨励。国が制度的にそれを推進し、慈善意識の高い社会へ変革させることによって、医療や公益事業への経済的支援が潤沢になること。これらがこの問題解決成否の重要な鍵である。その結果、寄附文化の社会、さらには上杉鷹山の三助の精神を実践する社会が実現すれば、今回のような問題は自ずと衰退してゆくのではないだろうか。理想論、非現実的、気の長い話、との批判もあろうが、それが有効かつ未来永劫存続する根本的解決策である。

（「NET IB NEWS」二〇一四年七月）

がん医療政策の動向

七月初旬、同窓会から封書が舞い込んだ。『学士鍋』巻頭言執筆の依頼である。突然のことに「なぜ私？」と困惑した。本誌に目を通すと、巻頭言は、大学学長、医師会会長など各界要職のご高名な先生ばかり。事務局へ問い合わせてみた。直ぐに、編集長からご返事を頂いた。編集会議では、役職にこだわらずオピニオンリーダーの意見をということで、この地域でがん医療を牽引している九州がんセンター病院長の私を推薦とのこと。現場の生の声を大切にしたいとのご要望である。それならば、と腑に落ちたところで、投稿させて頂くことにした。

昭和五六年にがんが死亡者数の一位になった。国は対策に乗り出し、第一次、第二次と「対がん一〇か年総合戦略」を実施。しかし、二〇年経っても、その増加に歯止めはかからなかった。そこで、第三次では、「がんの罹患率・死亡率の激減」を目標に定めた。この頃、抗癌剤のドラッグラグ問題でがん患者が声を上げ、メディアの報道で国民的運動へ拡大。平成一八年六月「がん対策基本法」が成立。がん対策は一気に進んだ。

この法の基本理念は「がん患者がその居住する地域にかかわらず、等しく科学的知見に基づく適切ながん医療をうけられるようにすること」、つまり、「がん医療の均てん化」である。この実現のため、全国に三九七のがん診療連携拠点病院が指定され、一定レベルの医療は確保された。しかし、施設・地域間格差の有無、均てん化かどうかについては不明である。基本法の理念から考えると、均てん化とは高いレベルに統一することと、つまり全施設を、例えば一〇〇点満点の八〇〜九〇点のように、高いレベルに統一することである。換言すると、均てん化とは「目標レベルの高い標準化」である。したがって、その実現は容易ではない。

数年前、国立病院機構のがん診療連携拠点病院を対象に、祖父江班開発のがん診療の質指標を用い、均てん化の評価を行った。その結果、がん診療の質に施設間格差のあることが示唆された。今後の評価次第では、三九七施設を厳選する、均てん化を広域（二次医療圏から都道府県単位）にする、集約化することなどが検討されるであろう。均てん化実現にはまだまだ難問が待ち構えている。

平成二四年度は「がん対策推進基本計画」が改定。新施策も打ち出された。この計画を策定するのは二〇名の委員から成る「がん対策推進協議会」で、その委員にはがん患者や家族、患者団体代表など六名が入っている。その参加が法律に明記されたのは画期的で、がん医療政策は、この協議会主導で進められている。そこでは、常に患者側の意見が尊重される。その意見は適切なことも多い反面、現状では実行困難なことや目先だけで、将来を見据えていないこともある。患者側の過度な要望に引きずられず、適正な方向へ導くには医療者側委員の役割は重要である。この委員には同窓の九州大学教授と福岡大学教授がおられ、適切な意見を述べて頂いた。同窓の先生方が専門分野のリーダーとなり、がん医療の政策決定に直接関わっておられることは大変心強い。

　九州がんセンターは九州唯一のがん専門施設として四〇年前に設立され、今日に至っている。現在は九州大学病院とともに都道府県がん診療連携拠点病院（福岡県）でもあり、がんの基幹施設としての役割、使命はますます重要になってきている。当院の要職にある医師は厚労省班会議や全国会議の委員、理事になることが多く、母校や同窓の皆様のご支援、ご協力を頂きながら、わが国のがん医療の政策決定やその実施に寄与している。

　学生および同窓の若い諸君には、将来、各自の分野でリーダーとなって、わが国や世界の医療を牽引し、社会に貢献する医師を目指して頂きたいと願っている。


（同窓会誌「学士鍋」巻頭言　二〇一二年一二月）

がん医療の均てん化に潜む課題

昭和五六年にがんが死亡者数の一位となって以降、その数は増加の一途を辿り、今や二人に一人ががんに罹患し、三人に一人ががんで死亡する時代になりました。がんが一位になると、国は対策に乗り出し、昭和五九年「対がん一〇か年総合戦略（第一次対がん総合戦略）」を開始（中曽根内閣）。平成六年からは「がん克服一〇か年戦略（第二次対がん総合戦略）」へ進展しました。これらの対策では、がんの原因究明、予防、診断、治療法の開発など、がん研究に重点目標が置かれました。

第二次対策が終わる平成一五年度、国はそれまでの対策を次のように評価しました。

〝「がんは遺伝子の異常によって起こる病気である」という概念が確立し、遺伝子レベルで病態の理解が進む等、がんの本態解明の進展とともに、各種がんの早期発見法の確立、標準的な治療法の確立等、診断・治療技術も目覚ましい進歩を遂げた。〟

しかし、がん死亡者数の増加に歯止めはかからず、平成一六年度からの第三次対がん一〇か年総合戦略では、「がんの罹患率・死亡率の激減」が目標に掲げられました。その数年前、わが国では未承認で使用できない抗癌剤（ドラッグラグ）について患者の会が声を上げ、某ＴＶ報道番組でこの問題が全国に波及。がん医療の地域間格差も国民的な関心を集め、厚労省は「がん医療水準の均てん化の推進に関する検討会」を発足させました。その後の国民的運動も後押しとなり、平成一八年六月「がん対策基本法」が議員立法により成立しました。

この法律の基本理念は「がん患者がその居住する地域にかかわらず、等しく科学的知見に基づく適切ながん医療をうけられるようにすること」、つまり、「がん医療の均てん化」です。この法律に基づき、がん対策推進協議会が中心となって、「がん対策推進基本計画」を策定。がん医療の均てん化を実施するため、全国に三九七のがん診療連携拠点病院が指定されました。この指定要件は、詳細に亘っており、結構厳しいため、そう容易く指定されません。したがって、一定レベルのがん医療は確保されていますが、施設間格差の有無については闇の中です。その（均てん化）評価方法も研究段階で、まだ確立されていません。

数年前、私が共同研究主任となって全国の国立病院機構のがん診療連携拠点病院三八施設中一五施設を対象に、厚労省祖父江班が開発したがん診療の質指標（Quality Indicator：QI）を用い、がん医療の均てん化の評価を行いました。その結果、均てん化と判断されるQI項目が少ないことが明らかになりました。つまり、がん診療連携拠点病院の中でも、がん診療の質に施設間格差のあることが示唆されました。今後、種々の方法で均てん化の評価が行われるでしょうが、もし均てん化していないとなれば、各施設のがん診療の質を向上させるためにどのような対策・支援が必要か、三九七施設をもう少し厳選してはどうか、均てん化の範囲を広域（二次医療圏から都道府県単位）にしてはどうか、医療資源に制限がある中で、交通網の発達した現在、むしろ集約化の方が現実的・合理的ではないかなど、がん医療の均てん化実現にはまだまだ難問が潜伏し、待ち構えています。

（「福岡県医報」二〇一三年一月）

「ちょっと知っ得」

ロータリークラブでは毎週、週報というミニ通信紙が発行される。福岡南ロータリークラブでは、二〇一六〜二〇一七年会長の発案で昨年から「ちょっと知っ得」というヒトクチコラムが設けられた。会員にはさまざまな職業の人々がいる。これは知っておくと得しますよ、という情報を各職業分野から披露してもらおうとの趣旨である。二度ほど投稿したので、紹介する。

一　免疫チェックポイント阻害薬

最近、がんの免疫回避機能が分子レベルで解明され、この機能解除で免疫細胞のがんへの攻撃が有効となった。「免疫チェックポイント阻害薬」と呼ばれる新しい機序の夢の薬だ。しかし、喜んではいられない。問題はその価格。肺癌の新薬オプジーボは一人（体重六〇kg）一ヶ月二六三万円、年間三、一五六万円となる。国民皆保険と高額医療制度がなければ、治療は受けられない。対象の肺癌患者は年間五万人と推定。年間一兆五千億円だ。「一つの薬が国を滅ぼす」と話題になった。

もう一つ問題がある。この薬は非喫煙者肺癌には効果が小さいことだ。たばこは吸わないのに、不幸にも肺癌になった患者にさらなる不幸が襲う。一方、肺癌になるから禁煙せよとの忠告もきかず、たばこを吸いまくった肺癌患者にはこの薬が助けとなる。しかし国を滅ぼしかねない薬剤だ。さらに悩ましいのは、この薬には延命効果はあるが、がんを治す効果はないことだ。なんともやりきれない現実だが、いずれは解決されると信じている。

＊この投稿後、暫くしてメディアでこの薬剤の価格が話題となり、内閣でも問題視され、平成二九年二月から半額に減額される。しかし、それでも毎月一三一万円、年間一、五〇〇万円である。

二　欧米人は酔っ払い

日本人はアルコール（酒）に弱く、欧米人（白人）は強いという認識は正しくない。これは、日本人には飲酒で顔が赤くなる人が多い（約四割）のに対し、欧米人では殆どいないので、そう思われたのだろう。確かに、それは事実だが、真実ではない。なぜなら、顔が赤くなるのはアルコールが直接の原因ではないからだ。

アルコールは体内に入ると二段階で処理される。まず、アルコール脱水素酵素で処理されてアセトアルデヒドになり、アセトアルデヒドはアセトアルデヒド脱水素酵素で処理されて無害の酢酸と水に分解される。真犯人はこの中間分解産物であるアセトアルデヒド。これが顔を赤くし、吐き気、気分不良、脈拍の増加などをきたすのだ。さらに、恐ろしいことに発がん物質だ。

この二種類の脱水素酵素活性は民族によって異なる。日本人には主に二つのタイプがあり、約五割は二つの脱水素酵素とも、活性が高いので、アルコールとアセトアルデヒドの処理は速い。したがって、このタイプはアルコール（酒）に強いといえる。もちろん顔が赤くなることはない。ただ、約四割の日本人が、アセトアルデヒド脱水素酵素活性が低いので、顔が赤くなり気分も悪くなるため、アルコールに弱いと思われがちだ。しかし、この四割のタイプはアルコール脱水素酵素活性が高いので、アルコールの処理は速く（アルコール血中濃度の低下は速い）、アルコールには強いのだ。アセトアルデヒドに弱いだけだ。

一方、欧米人の九割は、アルコール脱水素酵素活性が低いのでアルコールの血中濃度は高いまま長時間維持される。ただ、アセトアルデヒド脱水素酵素活性が高いので、顔が赤くなることはない。そのため、一見アルコールに強いように見えるが、実際は弱い、つまり見かけ倒しなのだ。

アルコール（酒）に強いかどうかはアルコール処理速度、すなわちアルコール脱水素酵素活性が高いか低いかで判断される。日本人の九割はその処理速度が速いので、飲酒を止めれば、顔が赤くなるかどうかに関係なく、アルコールの血中濃度は速やかに低下する。通常の飲酒量なら翌日まで酔っ払うことはない。

逆に欧米人の九割はその処理速度が遅いので、飲酒を止めてもアルコールの血中濃度は長時間高いままだ。翌日まで酔っ払っていることもまれではない。顔が赤くならないので、見た目では判らないだけ。欧米でアルコール中毒が社会問題となるのも、もっともな話だ。欧米人こそ、アルコール（酒）に弱い、酔っ払いなのだ。

（「福岡南ロータリークラブ 週報」ヒトクチコラム
二〇一六年一〇月、二〇一七年一月）

〔附〕季刊誌「きんむ医」編集を終えて

「三月のある日、勤務医会会長から電話がかかってきました。『これまで三年間、「きんむ医」の編集を担当してきたけど、先生にはよく投稿してもらってるし、文章も名文で面白いので、来年度から「きんむ医」の編集担当になってもらえんでしょうか』

会長職はご多忙のようですし、名文と誉められて、無下に断るわけにもゆきません。戦国時代、「誉め上手」「口説き上手」といわれた秀吉が脳裏をかすめ、思わず「はい、わかりました」と快く返答。ということで、四月から本季刊誌「きんむ医」の編集を担当することになりました。どうぞ宜しくお願い致します。」

この文章は初めて編集を担当した二〇一一年六月号（№一五七）の編集後記の冒頭です。当時、勤務医会会長から電話があったのは二〇一一年三月初旬でした。それから一週間ほど経った三月一一日、東日本大震災・巨大津波・原発事故がありました。その時期は、ちょうど六月号の原稿募集期間に重なったので、執筆予定の方々は直接あるいは間接的に救援活動に関わることになり、大忙しだったと思います。六月号のテーマは「忘れられないこの一例」。急遽内容を変更された方もおられましたが、先生の優れた筆力による効果もあって、震災体験は印象に残るものでした。表紙の写真は私の撮影だったので、この六月号（№一五七）は「忘れられない一編」です。

大震災の救援活動については、次の九月号（№一五八）の特集テーマで取り上げられました。「大震災と災害医療」。各病院から様々な活動が紹介されましたので、国民一体となって救援奉仕する現場の様子を知ることができました。海外の報道も日本の救援活動の意識レベルを高く評価していましたので、「日本ってまだまだ捨てたものではない、素晴らしいな」と誇りに感じた時でした。

あれから四年。勤務医会理事も次世代へ交代しましたので、季刊誌「きんむ医」の編集も次の方へバトンタッチしました。この間、前号まで一七冊の編集に携わりました。

№160「霧氷のライオン岩」（大船山、九重）

振り返ってみますと、どれをとっても想い出に残るものばかり。その中で、特集に複数、ご寄稿頂きました方が八名おられました。トップの三名様には「きんむ医大賞」を差し上げます。但し賞状、賞品はありません。某院長は三大トップのお一人で、その格調高い玉稿を拝読した時から、次期編集長は彼しかいないと密かに心に決めていました。

表紙の写真を複数ご提供頂いた方が一人だけおられます。№一六〇「霧氷のライオン岩（大船山、九重）」№一六六「ミヤマキリシマ・九重平治岳」いずれもプロ級の素晴らしい山の景色。先生には「山岳カメラマン大賞」を差し上げます。しかし、これも賞状、賞品なしです。ミヤマキリシマの表紙を見るたびに、平治岳で偶然、先生にバッタリ出くわした時の様子が蘇ってきます。人がひとり通れる程度の狭い山道。しかも人ごみで渋滞、混雑する中、下りる私と登る先生。正面衝突的ご対面。まさかこんな所でこんな形でお会いするとは思ってもいませんでした。勤務医会理事会で定期的にお会いしているといっても、こんな珍しい出会いは二度とないでしょうから、さぞかしや会話が弾んだと思われるでしょう。

先生「オウ！　独り？　今日、来たんか？」

私「はい、今朝夜明け前に出てきました。独りです。

先生は？」

先生「ウン！　俺も今日。いつもソロ。じゃあな！」

すれ違いざまに言葉を返すやいなや、〝俺にかまうな〟と言わんばかりに颯爽と雑踏の中へ。その姿は頸から提げた一眼レフ高級カメラを手に、絶景アングルを求める山岳カメラマン。あっけない対話でしたが、その時の様子は、まるで少年。童心に返り、嬉しそうで、躍動感に溢れていました。〝○○さん（教室の先輩は「さん」付けで呼ぶのが決

№166「ミヤマキリシマ・九重平治岳」

№170「博多祇園山笠」紙粘土細工

まり）、身も心も一〇〇％「山男」になっとんしゃぁー。そっとしとこぉー〃と独りつぶやきながら、楽しそうに遠ざかって行く〇〇少年の後姿を見守りました。この時の作品が№一六六の表紙です（№一六六編集後記）。

　表紙の写真は特集担当理事から提供していただくことになっています。ほとんどがご本人またはその関係者の撮影による風景写真ですが、一編だけ異色のものがあります。№一七〇「博多祇園山笠」紙粘土細工の作品です。作者は元看護師長。現在は福岡市やその近郊で展示会を催すなど、新進気鋭の塑像作家として活躍中です。心温まる作品で、レイアウトは私も少しお手伝いさせていただきましたので、記憶に残る表紙の一つです。

また、巻頭言が知人の先生だったこと、この号から学術講演会の講演内容の掲載を始めたこと（後述）、私も特集に投稿したことなど、想い出深い編集号です。

さて、特集や特別寄稿欄では、不肖、自らも、勝手に何度も皆様方に拙稿を晒しました。本紙面をお借りして、ご容赦の程お願い申し上げます。また、編集後記は毎号、長文になってしまいました。そのためでしょうか。ある知人医師から「先生の編集後記、巻頭言のようやね」とのお言葉をいただきました。「……！」これってお誉めの言葉？ご批判？　皮肉？　何と返事したらよいのか若干戸惑いましたが、その時の穏やかな表情から、お誉めの言葉と思って、感謝のご返事をしております。などなど、懐かしい想い出がいろいろと浮かんできます。

最終編集となりましたNo.一七三のテーマは「心に残る患者さん」で、初編集のNo.一五七「忘れられないこの一例」と同じようなテーマとなりました。その編集後記で「このようなテーマはもう一度設けてもよいのではと思う」と書いていましたので、偶然とはいえ、編集の最初と最後、何か因縁を感じた次第です。No.一七三の巻頭言の先生の、説明のつかない奇跡のようなご経験には驚きました。人の体にはまだまだ想像を越える未知の不思議な世界があるんですね。皆さんの貴重な経験はどれも「心に残る患者さん」でした。

今回の編集作業中、新たにジャンルを三つ増やしました。勤務医会のもう一つの活動、学術講演会は毎回大変素晴らしいご講演ですが、参加者数が少ないのが残念でした。しかし、二〇〇四年六月の先生のご講演「永井隆博士の生き方に学ぶ —医師の使命感と終末期医療—」は会場もほぼ満席で、感動的でした。そこで、もっと多くの方々に知ってもらいたいと願い、理事会の承認を得て、学術講演を「きんむ医」に掲載しました（二〇一四年九月号 No.一七〇）。二つ目は「新任医師紹介」。各病院で新たに診療科の責任者となられた方を広く知ってもらうために設けました。顔写真も掲載することで、関係者の皆様にも親交を深めてもらえればと思って始めました。勤務医会理事（病院長、副院長）の新任、退任の挨拶欄も随時設けました。三つ目は「特別寄稿」です。季刊誌

きんむ医 №157（2011年6月）〜№173（2015年6月）

「きんむ医」を活性化しようと企画しましたが、これは難産でした。特集テーマへのご寄稿の中で、読み応えのあるものは「特別寄稿」へ変更しましたが、この欄を目的とした投稿は自作自演状態となってしまいました。編集者から執筆依頼するとか当番で義務化するとか、何らかの工夫が必要だったのではと反省しています。

最後に編集事務を担っていただいた院長室秘書のMさんには、本当に大変お世話になりました。彼女なくしては、ここまで大過なく（若干の小過はありましたが）、任務を全うすることはできませんでした。こころから感謝しています。

短い期間ではありましたが、福岡市医師会、勤務医会、関係の皆様方にはいろいろとお世話になりまして、誠にありがとうございました。こころから御礼申し上げます。

今後は、新編集長の下で、季刊誌「きんむ医」が益々発展してゆくことを願っています。

（「きんむ医」一七四号　編集後記　二〇一五年九月）

あとがき

まえがきで述べたように、作文は不得手で、小・中・高校時代一貫して、教科の中で国語の成績は常に最下位だった。そんな私が本書を自費出版することになったのは、福岡市医師会勤務医会の季刊誌「きんむ医」に係わるようになって、文を書く事が増えたのがきっかけである。還暦に近くなってからのことなので、文章は一向に上達しなかった。ただ、内容が面白かったとのご意見を頂くことがあったので、それが出版の決意を後押ししてくれた。

内容は医療に関するものが多いが、高校時代の大学受験の経験から、「何故？どうして？」と疑問に感じることが性分になっていたので、図書館などで調べることが日課の一つになった。疑問は常に解決できたわけではないが、自分なりの納得行く見解を得た時や新たな発見をした時の喜びは一入《ひとしお》だった。それを季刊誌などで披露し、読者のご意見を聞くのが楽しみになった。

資料の調査で原稿作成に多くの時間を要したのは、「故郷：ふるさと」「軍艦「筑波」～偉大なる航海・世紀の臨床実験～」（1部）、「ロータリーソング誕生秘話」「運命の一日」「昭和の記憶～運命の絆」（2部）などである。これらはエッセイというより歴史探訪で新たな発見、知見の調査報告とでも思って頂いた方が妥当かもしれない。

日本の歌では、荒城の月の原曲、小学校唱歌の歴史的意義についての発見が新鮮だった。明治以降、西洋音楽の作曲に携わったのは、ほとんどが日本人カトリック教徒だったのには驚いた。

歴史探訪では、高木兼寛氏の素晴らしい業績と彼の人生に感動し、もっと広く知ってもらいたいと願って、軍艦「筑波」として報告した。多くの皆様から、貴重なご意見を頂いた。

「運命の一日」「運と偶然の意味」「運命の絆」などでは、人生の岐路における運命の意味、運命の絆について、考えさせられた。これらの執筆を通じて、遠藤周作が述べていたように、運は偶然ではなく、そこには何かの繋がりがあるのではないかということを感じるようになったが、未だこの疑問（運は偶然か、必然か）の解答は得られていない。ただ、「運命の絆」の解説でも述べたように、「人生の岐路において、信念・願望をもって決断し、前向きに生きて行くことで、運は自ずと開けてくる」ということは言えるのではないかとの思いに至った。

本書が、午後のひとときの気分転換に、あるいは、人生の道標の一助にでもなれば、幸いである。

本書の編集、出版には梓書院の白石洋子氏に大変ご苦労頂いた。タイトルは白石氏の提案「コーヒーを淹れる」に「午後のひととき」を加えたものである。また本書の中核となったのは季刊誌「きんむ医」時代のものである。同誌編集長の時には秘書の宮崎友里氏に大変お世話になった。お二人には心から感謝申し上げる。

平成二九年一月　著者

岡村　健（おかむら・たけし）

略歴

外科医師。1949年福岡県生まれ。
九州大学医学部卒、同大学附属病院外科、
病理、米国留学、産業医科大学外科助教授、
九州がんセンター消化器外科医長、
同　統括診療部長、副院長、院長を歴任。
2015年退任。2011年から2015年まで福岡市勤務医会
の季刊誌「きんむ医」の編集長を務めた。

コーヒーを淹《い》れる　午後《ごご》のひととき

発行日　2017年３月10日
著　者　岡村　健
発行所　㈱梓書院
発行者　田村志朗
〒812-0044　福岡市博多区千代3－2－1
TEL 092-643-7075　FAX 092-643-7095
URL：http//:www.azusashoin.com

印　刷　青雲印刷
製　本　岡本紙工